綿裡繡花針

2

風文創 1029

秋水痕 著

目錄

第二十一章

吳遠聽說顧綿綿昏倒，立刻匆匆趕來。

一入西廂房，吳遠和顧季昌翁婿二人打過招呼後，也顧不得避嫌，拉起顧綿綿的手就開始診脈。

吳遠的眉頭越皺越緊，從脈象上看，顧綿綿似乎沒有不妥。他又翻開顧綿綿的眼皮，見她的瞳孔忽大忽小，這是作噩夢的表現。

吳遠看向顧家人。「綿綿可是受到了什麼刺激？」

顧季昌看向衛景明。衛景明也不隱瞞，把二人間的對話仔細又說了一遍，一個字不保留。

吳遠沈吟片刻。「想來是衛兄弟的哪句話刺激到了她，一時急火攻心，等她緩過來就好了。」

顧季昌連忙問道：「小吳大夫，我女兒可有異常？」

吳遠搖頭。「從脈象上，姑娘身子好得很。有人受了刺激就會作噩夢，你們都是她的親近之人，多喊她幾聲，說不定就能喊醒了，只要破了噩夢，很快就能無礙。」

衛景明抱拳。「多謝小吳大夫。」

吳遠深深地看了他一眼，然後坐到旁邊的桌子上寫藥方，囑咐阮氏如何給顧綿綿餵藥。吳遠看過病，又看了衛景明一眼，然後帶著藥僮走了。

顧季昌坐到床前，拉著女兒的手。「綿綿，妳別怕，妳要是不想去京城就不去啦，一輩子在爹身邊也可以。爹雖然只是個衙役，能養得活你們娘兒幾個。」

顧綿綿似乎聽到了顧季昌的話一般，她的手忽然握緊了他的手，開始說胡話。「爹、爹，我不要進宮，爹，你去把衛大哥救回來，他不是山匪……」

顧季昌還沒回應，便聽她又道：「官人，我死後，就把我葬在這院子外頭，我想永遠陪著你……」

衛景明聽到這話心裡大驚，他一下子衝到床前，摸了摸顧綿綿的額頭，又摸摸顧綿綿的臉，他顧不得顧季昌夫婦在場，對著顧綿綿的耳邊說道：「綿綿，妳快醒來，我在這裡，妳不會進宮做妃子，我也不會進宮做太監，妳快醒來，我們永遠在一起。」

顧季昌和阮氏都直了眼睛。這兩個孩子怎麼都開始說胡話呢？

夫妻倆還沒反應過來，一向天不怕、地不怕的衛景明忽然哽咽起來，他把顧綿綿從床上抱起來，緊緊摟在懷裡，一直在她耳邊低語。「綿綿，妳乖，快醒來。我在這裡呢，妳看到的都是假的，都是虛妄。妳不是冷宮的妃子，我也不是太監，那墳墓也是假的，妳放心，這一次，我不會讓任何人搶走妳，我回來了，妳也快回來……」

說著說著，他突然失聲痛哭起來，一聲一聲的喊道：「綿綿，綿綿……」

顧綿綿似乎有了反應。「衛大哥，衛大哥，你別走，我在這裡……」

顧季昌的呼吸都快停止了。

他的女婿，往常那個算無遺策的耀眼少年郎，什麼時候這樣失態過？而且，這兩個孩子說的都是什麼話？什麼妃子？什麼太監？他們都著魔了不成？

床上的顧綿綿忽然安靜下來，呼吸平緩，衛景明也停止了哭泣，他把顧綿綿的頭髮順了順，把她放在床上，又用薄被子給她蓋好。

阮氏本來目瞪口呆，見衛景明這樣，心裡又疑惑，一個少年郎，如何照顧人這樣熟練，彷彿做了很多遍似的。

等做完了這些，衛景明轉身看向顧家夫婦。「爹，二娘，我來照看綿綿，您二位先去歇著吧。」

顧季昌還想說什麼，阮氏拉了他一下，顧季昌沒有反抗，跟著阮氏一起到了正房。

顧綿綿終於在無邊的黑暗中恢復了意識，她又回到了老家，青城縣那個小小的院子裡，她娘走了，她每天和大哥一起吃、一起睡，等二娘進門，家裡又有了弟弟，一家子快快樂樂的。

很快，衛大哥又來了，他帶著一臉的疲憊和滄桑，不顧所有人的懷疑，想方設法接近顧家，而自己，卻像個傻子一樣，還罵他是二百五。

顧綿綿弄不清這中間的關係。

衛大哥，你是誰，我是誰？她一看到衛大哥憂鬱的雙眼，她的心就一陣陣絞痛。

顧綿綿的腦海忽然混亂起來，第一次見面，她是不諳世事的衙役女兒，他是少不更事的小衙役；再一次初見，她還是不諳世事的衙役女兒，他卻已經是歷經滄桑的出色少年。

所有的事情，一幕幕在她腦海中來來去去，她的耳邊又響起那句話——

「綿綿，我會永遠守著妳的。」

很快，她又看到了那兩道虛影。他們一起飄出京城，飄過無數的山河湖泊，最後回到青城縣，在青城山頂。

他說：「綿綿，願我們有來生，一起過平凡的日子。」

她說：「官人，有來世，我願你平安喜樂。」

然後她聽見他在心裡默唸：若有來世，願妳忘記所有的痛苦……

顧綿綿覺得自己的心要被撕裂開來，無邊無際的痛苦和歡樂一起向她襲來……

她被激得一下子睜開了眼。

天黑了，屋裡點起了燈，入眼是淡綠色的蚊帳，上面是她繡的蟲草。再一側臉看，是衛景明那張熟悉的臉。

衛景明本來正想摸摸她的額頭，忽然見她睜開了眼，他的手停頓在半空，不知道要不要繼續摸。

顧綿綿感覺自己的嗓子很乾啞，她壓著聲音喊了一句。「衛大哥。」

衛景明咧嘴笑了笑。「綿綿，妳醒了，妳餓不餓，要不要吃東西？」

顧綿綿低聲道：「我想喝水。」

衛景明趕緊去給她倒了一杯溫水過來，一口一口餵她喝完。

喝完水，衛景明摸了摸她的額頭。「無事了就好，妳被魘住了，只要醒來就好。」

顧綿綿怔怔地看著衛景明，她記得他趴在墳墓上，一聲一聲說要守護她的模樣。

顧綿綿的眼淚止不住流了下來。「衛大哥，我好像作了個噩夢。」

衛景明想了想，決定主動戳破。「妳是不是夢見我變成了太監？」

經他這麼一提醒，顧綿綿又想起來了一些，但她實在不好意思把太監二字說出口。

衛景明摸摸她的額頭，在她耳邊輕聲道：「不瞞妳說，我也作過這樣的夢。把我嚇了一跳，妳別怕，我真不是太監。」

顧綿綿被他逗得想笑，可心裡那股疼痛又來了，她訥訥道：「衛大哥，這夢跟真的一樣。看到你趴在我墳頭上哭，我心裡好難過啊！」

衛景明感覺自己的心被重重擊了一下，他忽然抓過她的手，一把按住小明。「綿綿妳看，我真的不是。」

顧綿綿本來正在傷心，忽然愣住了。

她摸到了什麼？正在甦醒的小明！天啊！

顧綿綿一把縮回了手，瞪著眼睛罵他。「你個臭流氓！」

衛景明嘿嘿笑，一把將她攬進懷裡。「別怕，不管什麼夢，說破了就好。妳看，咱們兩個現在不是好好的？不要想那些事情了，還有好多快樂的日子在等著我們呢。」

顧綿綿嗯了一聲。「衛大哥，以後你有什麼事情，一定要告訴我，不要一個人扛著。」

衛景明摸摸她的頭髮。「好。」

顧綿綿想了想，忽然又問：「衛大哥，你是不是、是不是真的經歷過那些事情？」

衛景明摸摸她的頭。「都過去了，我喜歡現在的日子。」

顧綿綿訥訥問道：「衛大哥，她就是我，我就是她嗎？衛大哥，你喜歡的是她還是我呢？」

衛景明笑著反問道：「那，我是他，他是我嗎？」

顧綿綿頓時破涕為笑。

衛大哥說得對，那裡有衛大哥，也有她，這裡也是一樣。要是、要是我真的是她，他也是衛大哥，就能圓得住了，難道是誓言起了作用？我們又重來一世？是了，衛大哥起誓，所以我忘了，但他還記著。

顧綿綿忍不住伸手摸了摸他的臉。「衛大哥，你一個人都記著，是不是心裡很難過？對不起，我都忘了，連你來了我也不認識你。」

說著說著，她的眼角就掉下了兩顆淚珠。

衛景明掏出帕子給她擦擦淚，又在她臉上親兩口。「現在咱們不是很好？乖，快睡吧！」

顧綿綿嗯了一聲，乖乖靠在他懷裡。

兩個人就這樣安靜地抱在一起，到了最後，衛景明個臭不要臉的直接歪在床上，讓顧綿綿枕著自己的胳膊睡覺。

顧綿綿有些不好意思。「衛大哥，你回東廂房吧。」

衛景明搖頭。「不行，我不放心妳。妳只管放心睡，一切有我呢。別怕，爹讓我守著妳的。」

顧綿綿想說什麼，但她實在太累了，很快再次進入夢鄉。

第二天早起，顧綿綿一睜開眼，就發現衛景明已經起身了，正坐在她床前。

他只瞇了一、兩個時辰，看起來卻精神抖擻。

可不精神嗎？多少年了啊，他終於又能摟著媳婦睡覺了。

顧綿綿想起來，卻感覺有些頭暈。

衛景明連忙按下她。「妳別動，我扶妳起來。」說完，他輕輕扶起顧綿綿，在她背後塞了個枕頭。「妳坐會兒，我去打水給妳洗臉。」

顧綿綿笑道：「你別忙，我自己能起來。我又不是生了重病，哪裡能讓你服侍我。」

衛景明想了想。「那我扶妳起來走一走。」

攙著他的手，顧綿綿在屋裡走了兩圈。「衛大哥，我好多了，你幫我打點水來，我梳洗過後去見爹娘。」

衛景明讓她坐在床沿上，自己拿著盆子去了廚房。

阮氏正在做飯，連忙問道：「綿綿怎麼樣了？」昨晚顧綿綿醒來後顧季昌聽到了，他卻沒有過來，阮氏一大早悄悄起來給女兒做飯，也沒有去打擾他們。

衛景明笑著回阮氏。「二娘別擔心，綿綿好得很，才剛在屋裡走了兩圈呢。」

阮氏的心放了下來。「那就好，我早上熬了些青菜瘦肉粥，等會兒讓她吃一些。」

衛景明謝過阮氏，先回了西廂房。

阮氏看著衛景明的後背發愣，她昨晚被衛景明的痛哭嚇到了。整個顧家，所有人都覺得衛景明像個無堅不摧的勇士，像個足智多謀的智士，沒想到他居然會有那種失態的時刻。兩口子昨晚到後半夜才睡著，他們終於意識到，女婿也是個人，他會難過，會哭。

阮氏嘆了口氣，繼續回去做飯。

等衛景明幫助顧綿綿漱洗完後，她扶著衛景明的手一起到了正房，飯菜都已經擺好了，都等著她呢。

顧季昌看了看女兒。「怎麼樣了？可嚇著我和妳二娘了，壽安也擔心得不行。」

顧綿綿笑著坐在餐桌前。「讓爹和二娘擔心了，我無事了，就是作了個噩夢，醒來就好了。」

顧季昌不再多問。「吃飯吧。」

衛景明旁若無人地給顧綿綿盛飯，還把粥給她吹了吹。眾人也視若無睹，顧綿綿很快要跟著衛景明上京城，他們的關係越好，家裡人越放心。

如果說以前顧季昌對衛景明還有那麼一絲絲的不放心，經過昨天的事情，顧季昌的疑慮已經全部消失不見。他是男人，他看得見女婿眼裡的情義，那不是裝出來的。不過他現在就是特別好奇，女婿和女兒那些莫名其妙的話到底是怎麼回事？

薛華善和顧岩嶺偷看了顧綿綿好幾眼，見她正常吃飯，都沒有多問。

等吃過了飯，衛景明忽然對顧季昌道：「爹，我準備去找楊大人辭行。」

顧季昌問道：「那你準備什麼時候走呢？」

衛景明也不迴避大家。「此去京城，路上至少要花二十天。公文上給的是四十天，我預備十天後出發。到時候綿綿身體也好了。這十天我不去衙門了，就在家裡。」

顧季昌聽到十天兩個字，心裡一緊，臉上仍舊表情溫和，點了點頭。「也好，咱們一家子好好聚一聚。」

顧岩嶺拉著顧綿綿的袖子問道：「姊姊，妳什麼時候回來？」

顧綿綿摸摸弟弟的頭。「姊姊得空就回來看岩嶺。」

顧岩嶺把頭靠在姊姊身上。

吃過飯後，眾人都散去，顧季昌把女兒、女婿留了下來。

他先問衛景明。「昨兒是怎麼回事？」

衛景明斟酌了片刻道：「爹，這世間的事，總是十分奇特，人和人之間的緣分也是上天注定的。我沒來青城縣之前，總是作夢夢見這個地方。夢裡有人告訴我，說這裡有個漂亮姑娘和我有緣分，我就來了，結果真的遇到了綿綿。前一陣子方家相逼，我做了不太吉利的夢，就沒說出來，誰知昨兒綿綿居然也作了同樣的夢。爹，這大概就是緣分吧。」

顧季昌總覺得女婿的話沒說全，但昨兒女兒說的胡話他聽到了，除了作夢，正常情況下也不可能說出那種話來。

顧綿綿現在又想起昨日夢裡的內容，聽見衛景明這樣說，她也幫腔。「爹，我就是想多了，才作了個噩夢，現在都好了。」

她不想讓父親知道太多，不管那些事情是真是假，對父親來說，都是無法接受的椎心之痛。況且她感覺那是她和衛大哥之間的秘密，她不想告訴太多人。

顧季昌見他們兩個一條心，也不再多問。「這幾日好生歇著，莫要多思多想，家裡人都擔心妳。壽安昨兒熬了一夜，先去歇會兒吧。」

衛景明聽話地去了東廂房，臨走前看了顧綿綿一眼，顧綿綿對著他輕輕點了點頭。

等衛景明一走，顧季昌主動坐到了女兒旁邊。「別怕，人這一輩子，多少都會遭受點磨難，後面才能有平穩好日子過。」

顧綿綿知道老父親捨不得自己，主動活絡氣氛。「爹，我不怕。我長這麼大，還從來沒去過京城呢！我也想去見識見識。等我到了京城，我就給您寫信。」

顧季昌點頭。「好，去了京城，一切聽壽安的安排。妳人生地不熟的，沒事不要亂跑。也不要輕易聽方家人的話，好好孝順李大師。」

顧綿綿輕輕點頭，又問道：「爹，要是我娘找我，我要去見她嗎？」

顧季昌知道，在任何孩子心裡，自己的親生父母都是無法取代的，他微笑著囑咐顧綿綿。「她若是找妳，妳可以見見，然後好生勸一勸她，過好自己的日子。還告訴她，爹沒有食言，一直用心帶妳，妳二娘也很好，從來沒有刻薄過妳。」

顧綿綿的眼角又濕潤了起來，她吸了一下鼻子，甕聲甕氣道：「爹，謝謝您。」有幾家男人會費心費力帶著一個女兒過日子呢？從小到大，她爹從來沒有彈過她一根手指頭，她雖然沒有娘，爹卻給了她雙倍的疼愛。

顧季昌什麼都沒說，輕輕拍了拍女兒的手，讓她莫哭，然後安靜地坐在女兒身邊。

顧綿綿一時也不知道要說什麼，父女倆就這樣沈默對坐，過了好久，顧季昌先開口。「妳只管放心的去，我還有妳二娘他們呢。」

顧綿綿開玩笑。「爹，等我發達了，我接您去京城享福。」

顧季昌頓時哈哈笑了起來，屋裡沈悶的氣氛一掃而空。他拉起女兒的手。「走！爹帶妳出去逛逛。今日咱們一起去買菜，買些妳喜歡吃的。」

顧綿綿連忙起身，父女倆笑著一起往外走。院子裡的阮氏聽到他們的笑聲，也跟著放鬆笑了起來。

衛景明醒來的時候，晌午的飯已經做好了。

今日顧季昌是親自買的菜，有顧綿綿喜歡吃的小雞燉板栗、嫩韭菜和豆腐皮，還有衛景明喜歡吃的河蝦。阮氏今日拿出看家本領，做了一桌好飯菜，薛華善也告假，一家子熱熱鬧鬧吃一頓團圓飯，慶祝衛景明高升。

顧季昌端起酒杯。「壽安，你比我有出息，來，我敬你一杯！」

衛景明趕緊起身。「爹，該我敬您才對。」

阮氏拿起一雙乾淨的筷子，把兩隻雞腿分給了顧綿綿姊弟倆。「綿綿昨兒受了驚嚇，多吃些好的補一補。回頭上京城，山高路遠，路上肯定吃不好，這幾日定要先打好底子。」

旁邊的薛華善也對著衛景明舉起酒杯。「大哥，我祝你前程似錦。」薛華善心裡十分羨慕，但他清楚，有衛大哥這樣的本事才能去京城那個地方闖一闖。

衛景明看出了他的心思。「華善，這幾天每天跟我練兩個時辰的功夫，我給你留下一些內家功夫修練的法子，不能光耍刀槍，高手對決，還是要看內家功夫。你努力把底子打好，將來必定也有你自己的前程。」

薛華善頓時大喜，一仰脖子喝乾淨杯中酒。「多謝大哥。」

顧季昌不滿意了。「怎麼只教他不教我？」

衛景明連忙給老岳父倒酒。「爹要是有閒工夫，也來指點我們兩下。」爺仨越喝越興奮，吹起牛來沒個邊際，阮氏在一邊照顧一雙兒女，間或跟顧綿綿說兩句話，氣氛十分溫馨。

吃過一頓團圓飯，顧家開始著手衛景明和顧綿綿上京的事情。

衛景明抓緊時間和顧季昌父子倆切磋，阮氏也忙著給女兒置辦嫁妝。顧綿綿之前收到的所有布料，阮氏把大部分都賣掉，折算成銀子給顧綿綿。又另外從家裡積蓄裡拿出一百多兩銀子，湊齊了二百兩銀子給顧綿綿。顧綿綿從小到大自己的首飾和體己銀子，都歸她。

二百兩銀子，在青城縣可以置辦一份相當體面的嫁妝。

阮氏還說再給顧綿綿打兩件首飾，顧綿綿拒絕了。「二娘，出門在外，錢財多了也不是好事，這已經很多了，我總不能把家給掏空吧？」

阮氏長長出了口氣。「當日我初進門，十分擔心和妳處不好。天可憐見，妳是個懂事的好孩子，從來沒有為難過我，在外還幫著我樹立好名聲。二娘感謝妳，希望妳以後去了京城，能夠一切順順利利的。」

顧綿綿心裡也有些觸動。「人家都說後娘狠毒，我命好，二娘處處照看我。往後我不在家裡，還請二娘照顧好自己的身體，這個家裡最不能缺的就是您。」

阮氏眼底有些淚光閃動。「去了京城，要是見到妳親娘，千萬不要和她硬頂。她是尊貴的貴妃娘娘，妳聽話乖順些，又是她唯一的孩子，她肯定會照看妳。都是做娘的，我理解她的心，不到萬不得已，誰也不會願意拋棄自己的孩子。」

顧綿綿也哽咽著點點頭。

過了兩天，吳遠忽然上門。

正在院子裡的衛景明主動行禮。「小吳大夫好。」

吳遠回禮。「衛兄弟好。」

衛景明作勢請他入正房。「二娘正說讓我去請您來，再幫我爹看看腿傷呢。」

吳遠跟著他往屋裡走。「我就是來給顧叔複診的。」

二人一起進了正房，吳遠和顧季昌夫婦打招呼，然後給顧季昌把脈，半晌後笑道：「顧叔的傷算是徹底好了。」

阮氏向天作揖。「阿彌陀佛，總算是好了。」

吳遠又看向顧綿綿。「姑娘都好了嗎？」

顧綿綿微笑著點頭。「都好了，多謝小吳大夫。」

吳遠點頭，吩咐藥僮把藥箱打開，一樣一樣從裡面掏出許多藥材。「我聽說你們要上京城，我也沒有別的東西相送，這是我準備的一些常用藥，衛兄弟和姑娘要是不嫌棄，帶在身上急用也可以。」

阮氏又在心裡嘆道：真是個有心的好孩子。

衛景明看著眼前的一堆藥，對著吳遠拱手。「多謝小吳大夫，恭敬不如從命，我就全部收了。」

吳遠舒了口氣，他還擔心衛景明不肯收呢。

衛景明對吳遠道：「小吳大夫，我知道朝廷太醫院每隔幾年都會對外招一些大夫。我看您雖然年輕，醫術倒是不錯，若是有機會，也可以去京城碰碰運氣。」

吳遠笑道：「多謝衛兄弟替我籌謀，但太醫院裡臥虎藏龍，豈是我能比的？」

衛景明搖頭。「小吳大夫自謙了，太醫院之所以對外招人，也是不得已。任何好大夫，在太醫院混了幾年都變成老油條，每天只會開一些太平方子，吃不死人、治不了病。多找些水平高的民間大夫進去，換一換水，太醫院才能活起來。聽說令祖也曾在太醫院任職，說不定還有些老關係在裡面，多少也能用用。」

吳遠見衛景明說真心話，也不藏掖著。「不瞞衛兄弟，你說的話我也想過，但我還想再多歷練幾年。在鄉間，我能看到許多病症，可以大膽的治，這樣才能提高醫術。去了太醫院，步步小心，於醫術上並無進益。」

衛景明笑了笑。「嗯，這話確實不假，趁著年輕多歷練歷練，前程倒是不急，我只是提一句，您心裡有數就好。」

吳遠再次拱手。「多謝衛兄弟，以後我去京城，恐怕還要叨擾您。」

衛景明一拍大腿。「只管來、只管來，我最喜歡家裡人多，熱熱鬧鬧的。」

第二十二章

吳遠在顧家逗留一陣子就走了，留下一堆藥材。

衛景明像沒事人一樣對顧綿綿道：「小吳大夫不來，我還準備去找他呢。去京城路上這麼遠，我皮糙肉厚不怕，萬一妳需要個什麼，路上哪裡能買到好藥？都收起來，咱們帶上。」

顧綿綿小聲道：「這藥都沒給錢呢。」

衛景明笑咪咪的。「給什麼錢？以後他去京城，我管他吃住。」

日子很快，一眨眼，十天就過去了。

盛夏的一個早上，顧綿綿和衛景明收拾好了簡單的行李，準備和家人告別。

往日裡鋼鐵一般的漢子這會兒也撐不住了，顧季昌雙眼含淚，一把將女兒摟進懷裡。

「爹的好乖乖，妳一定要好好的。」

顧綿綿放聲大哭起來。「爹、爹，我不去了，我要在家裡！」

顧季昌給她擦了擦眼淚，笑著搖頭。「傻話，妳當然要去，爹還等著妳做了誥命夫人，好跟著一起風光呢。」

顧綿綿依次和家裡人相擁而別，顧岩嶺哭得話都說不清楚，而阮氏也哭成了淚人，一遍遍哭著囑咐女兒。「記住我說的話，一定要好好的。」
顧季昌揮揮手。「華善，你去送一送他們，我就不去了。」
衛景明對著顧季昌和阮氏抱拳。「爹、二娘，此去山高水遠，不知何日才能歸，還請二位長輩保重身體。」
說完，他拉顧綿綿跪下，小夫妻一起給顧季昌夫婦磕了三個頭。
顧季昌夫婦一人拉一個，把他們拉了起來。
衛景明牽著顧綿綿的手。「綿綿，咱們走吧。」
顧綿綿吸著鼻子點了點頭，在薛華善的陪同下，一起出了顧家大門。
走了有一段路，顧綿綿回頭看了一眼顧家大門，又忍不住放聲大哭起來。
街坊們都伸頭來看，薛華善只能幫著解釋，眾人聽說衛景明要去京城上任，立刻滿嘴的恭喜，有關係好的還往顧綿綿懷裡塞了些塵儀。
衛景明租了一輛騾車，扶著顧綿綿一起上了騾車。
顧綿綿掀開車簾子，對著薛華善道：「大哥，以後我不在家裡，請你代為照看我爹娘和弟弟。」
薛華善強忍住傷感之意，對著顧綿綿笑了笑。「妹妹只管去，家裡有我呢。」
顧岩嶺抓著阮氏的衣角，邊哭邊向他們揮手。
顧綿綿咬牙放下了車簾子，車伕一甩鞭子，騾車吱吱呀呀往禹州府而去。

車裡的衛景明忽然感覺外頭有異動，他一掀開簾子，發現吳遠站在很遠的地方，對著這邊遙遙拱手。

衛景明也對著那邊拱手作別，然後放下了簾子。

坐定之後，衛景明見顧綿綿情緒不高，努力轉移她的注意力。「綿綿，到了府城，我準備去拜訪于大人。」

顧綿綿頓時顧不得悲傷，連忙問道：「為何要去拜訪于大人？」

衛景明小聲和她分析。「咱們走了，華善還小，頂不起大局，爹的班頭之位肯定又落到郭捕頭手裡。是于大人讓爹丟了職位，我肯定不能一走了之。」

顧綿綿看了看前面的車伕，低聲問：「你有什麼好法子？」

衛景明神秘一笑。「我知道許多方侯爺幹的醜事，于大人在中間也受了些好處。只要他能給爹解決差事，我便假裝什麼都不知道。要是他不肯照看，我去了京城自然有說頭了。」

顧綿綿用手指點點他的額頭。「壞人！」說完，她忽然又問：「衛大哥，你都是從夢裡知道的嗎？」

衛景明的笑容卡在臉上，他拉住她的手。「綿綿，不管那夢是真是假，也算是一場歷練，雖然我們受了許多苦，但總算苦盡甘來。以後妳想知道什麼，只管問我。」

顧綿綿仔細想了想。「衛大哥，你真是玄清子的徒孫嗎？」

衛景明點頭。「沒錯，但其實鬼手李才是我師父，不是我師叔。」

顧綿綿想到一個可能，顫抖著問他。「衛大哥，你這一身本事，也是夢裡學的嗎？」

衛景明再次點頭。「是呀，我從夢裡醒來，什麼都沒帶來，只帶著記憶和這一身本事。老天垂憐，有這一身本事，我可以護住妳了。可惜的是師父可能不認識我了，我只能冒充師姪去找他老人家。」

顧綿綿內心受到了極大的震撼，她忽然想起在青城山頂上，衛景明說若有來世，願她忘記所有痛苦。

若不是機緣巧合，恐怕她永遠也想不起來。

顧綿綿不禁雙眼含淚。「衛大哥，我忘記了好多事情。」

衛景明摸了摸她的頭髮。「不要緊，我們如今都活著。」

顧綿綿嗯了一聲，主動趴在了他的腿上。

衛景明慢慢撫摸她的頭髮，輕輕拍她的後背，騾車慢慢行駛，顧綿綿漸漸睡著了。

一路慢慢走，兩天半的時間，二人才到府城。

衛景明帶著顧綿綿直接去了知府衙門，于大人聽說衛景明來訪，一點不吃驚，讓人帶他進來。

衛景明帶著顧綿綿一起進去，顧綿綿今日穿的是男裝，假裝是衛景明的小廝。

知府衙門裡許多衙役羨慕地看著衛景明，這才多久，這小子就要到京城去赴任了，而且一去就是小旗，手底下可以管十個人呢！而且那是錦衣衛，直接歸皇帝管！

進了于大人的屋子，衛景明抱拳行禮，顧綿綿低著頭跟著行禮，等衛景明坐下後，她安靜地站在他身後。

于大人眼睛毒辣，一眼就看出顧綿綿是個女子，再見她容貌出眾，立刻猜出她的身分。

「姑娘既然來了，去跟妳姨母說說話吧。」

衛景明對著顧綿綿點點頭，外頭進來個婆子，帶著顧綿綿去了後院。

顧綿綿提著自己的小包袱，跟著婆子一路到了正房。

于夫人這回沒有上次那麼熱情，顧綿綿也鬆了口氣，要是她熱情，自己冷著臉也不合適。

顧綿綿先行禮。「見過于夫人。」

于夫人笑容淡淡的。「姑娘來了，看坐。」

顧綿綿坐下後，微笑著看向于夫人。「夫人近來可好？」

于夫人也笑著點頭。「我很好，姑娘此去京城，自有大好前程，我在這裡先恭喜妳了。」

顧綿綿笑咪咪的回道：「多謝夫人，衛大哥現在還只是個小旗呢，說前程還早了些。」

于夫人笑而不語，兩個人淡淡地扯著些閒話。

外書房裡，衛景明先開口。「多謝大人保舉。」

于大人並不攬功。「非是我保舉，而是定遠侯所為。」

衛景明又開始刮自己的手指甲。「若不是大人提起，定遠侯兩隻眼睛怎麼可能看到塵埃裡的我啊？」

于大人喝了口茶。「衛公子似乎對定遠侯有成見？」

衛景明吹了吹指甲蓋上的碎屑。「凡是喜歡倒賣家裡女眷的人，我都有成見。」

于大人被噎了一口。「衛公子的話過於偏激了，滿宮娘娘，難道家家都是賣女的？」

衛景明笑了笑。「大人，人家姑娘若是自願的，那很好啊，但方家女兒卻是被迫的。方侯爺昏頭了，別說他這種功勛世家，就算是皇帝家裡，也沒有說千秋萬代的。他與其費盡心思琢磨這些歪點子，不如好好教導家中子弟。就算一時落魄，早晚也還能起來。」

于大人放下茶盞。「衛公子，雖說天高皇帝遠，說話也不能沒個忌諱。你去了京城可要注意，那裡說話字字要當心。」于大人覺得衛景明將來肯定大有前程，現在也不想得罪他。

衛景明端起茶杯。「多謝于大人，我今日來，是有事請于大人幫忙呢。」

于大人笑兩聲。「本官的榮幸，衛公子居然有求我的地方？」

衛景明哈哈笑。「我一個小衙役，您是四品知府，我求您可不太正常了。」

于知府知道他不會無的放矢。「說吧，本官能辦到的，定然不推脫。」

衛景明吹了吹茶水。「您派的那些黑衣人傷了我岳父，我岳父的差事也丟了，這您可不能不管。」

于知府見他大剌剌地說出黑衣人，臉上有些不自在。「那些人原也不歸我管。」

衛景明卻道：「雖然不歸您管，卻是從您這裡出去的。」

于知府想了想。「青城縣也算是個中等縣，又是龍興之地，原該設個縣尉的，因多年來青城縣並無大案發生，此事就一直耽擱到現在。回頭我向巡撫大人提一提，一個九品縣尉，想來問題不大。」

衛景明立刻對著于知府拱手。「如此，就多謝于大人了。」有了九品傍身，顧季昌在青城縣就不用再怕誰了。自己在京城立足後，想來往後的縣令們也不會故意為難他。

于大人又問：「就這事？」

衛景明點頭。「就這事。」

于大人笑道：「我還以為衛公子要問一問京城裡的事情呢。」

衛景明慢悠悠喝茶。「不是我吹牛，京城裡的事情，于大人知道得未必有我多。比如說，淑妃娘娘家有個姪兒，和太子爺的小舅子爭戲子，被太子爺的小舅子打斷了腿。」

于大人心裡一驚。這等事情，他都是才知道，這小子如何知道的？

衛景明哈哈笑。「我和大人開玩笑呢，我等會兒就出發，大人有沒有什麼書信要帶的？」

于大人搖頭。「並沒有，若是時間不緊迫，在這裡歇一天吧。」

衛景明抱拳。「多謝大人盛情，時間緊，我就不叨擾了，告辭。」

于大人讓人去叫顧綿綿，于夫人聽說顧綿綿要走，要送一些塵儀，顧綿綿堅決不肯收，拎著自己的小包袱就出來了。

衛景明帶著顧綿綿出了知府衙門，又把縣尉的事告訴了顧綿綿。

顧綿綿十分高興。「衛大哥，這下我就放心了。齊縣丞正看我爹不順眼呢，等我爹做了縣尉，你在京城立住了腳跟，看他還怎麼欺負我爹。」

衛景明心疼她坐了幾天的騾車，帶她去了一家好一些的小酒館吃飯。

顧綿綿聽店家報了菜價，拉了拉衛景明的袖子。「衛大哥，太貴了，咱們換一家吧。」

衛景明笑道：「無妨，咱們好幾天沒正經吃飯了，今日吃頓好的。」

他點了三個熱菜和一個湯，一人一大碗米飯。店家見他們相貌不俗，談吐也不怯弱，雖說口音不是府城這邊的，也不敢宰客，規規矩矩要價。

顧綿綿不停地給衛景明挾菜。「衛大哥，你多吃些。」說完，她低聲悄悄道：「後面路還遠著呢，咱們不能總是吃這麼貴的，讓歹人盯住了，麻煩得緊。」

衛景明敞開肚皮吃。「我都吃了，不虧本。」

顧綿綿笑道：「那也不能撐著了。」

吃過了飯，衛景明帶顧綿綿去了府城最大的一家當鋪，拿出一塊玉。

當鋪的掌櫃一看，眼睛一亮，這玉有些年頭了，看成色和品相，是個好東西。

老掌櫃伸出五根手指頭，意思是五十兩。
衛景明搖頭，伸出三根手指頭，意思是三百兩。
老掌櫃立刻搖頭。「不行不行，我出的這個價，公子到哪裡都當不來。」
衛景明收回了玉。「不行就算了，要不是我急著趕路，我才不當呢。」
老掌櫃見兩個年輕人年紀輕，玉卻這樣好，本來想詐一下，沒想到這小子卻堅決得很。
老掌櫃好久沒見過這麼好的玉了，見衛景明真的要走，又拉住了他，雙方你來我往，最後以二百六十兩銀子的價格成交。
衛景明要了二百兩銀子的銀票，其餘都是散碎銀子，還有一大包銅錢。
有了錢，衛景明立刻買了一匹馬，還配置了馬車。
他讓顧綿綿上馬，自己趕車。
顧綿綿現在還暈乎乎的。「衛大哥，你哪裡來的那麼好的玉啊？」
衛景明騙她。「我撿來的。」
顧綿綿氣呼呼爬上馬車。「不告訴我就算了。」
衛景明哈哈笑。「是當日有個人對我圖謀不軌，我本來想捏死他，看在他有塊好玉，我才饒他一命算了。」
顧綿綿看了看衛景明的臉。「男人也會遇到這種事啊。」
衛景明眼珠子轉了轉。「綿綿，咱們換一換身分好不好？」

綿是個女子，卻無人猜疑衛景明的性別不對。

顧綿綿想著衛景明成了女子，便自己主動擔起了責任，找客棧、換車伕、採買補給，她一律親力親為。衛景明為了鍛鍊她，也不曾插手，只在一旁伴著。

前兩天還算順利，第三天就遇到了麻煩。路過一座大山時，他們忽然遇到了劫匪。四個壯年漢子，一人手裡拎著把柴刀，讓車裡人把馬車和銀錢留下，人可以離開。

車伕嚇得哆哆嗦嗦下了車，衛景明伸出頭，丟了一小塊銀子給車伕。「你自己逃命去吧！」

車伕哪裡還敢撿銀子？屁滾尿流地跑了。

一個山匪看見衛景明那張漂亮的臉，嚥了嚥口水。「他娘的，今日走運了，居然還有這等豔福！」

顧綿綿從前面掀開簾子先下了車，看向幾個山匪。「你們要打劫？」

山匪像看傻子一樣看著顧綿綿。「廢話少說，趕緊滾，把馬車和這個丫頭留下。」

顧綿綿笑了起來。「春花，他們說讓你留下呢。」

春花下了車，手裡捏著帕子指著他們。「你們要我留下？」

山匪點頭心道：這丫頭怕是個傻子吧？不要緊，長得漂亮就行。

衛景明捏著帕子，圍著這幾個山匪轉了一圈，然後揮揮帕子。「你們四個人，我跟誰啊？要不，你們打一架，誰贏了我跟誰。」

其中一個山匪道：「囉嗦什麼？兄弟們，咱們一起上。」

另一個似乎有些意動。「我先來。」

另外一個不同意。「憑啥你先來？」

三個人吵了起來，另外一個則大吼一聲衝了上來。

那人動作不算快，顧綿綿見了把衛景明往旁邊一拉，興致勃勃地抽出三根針迎上去，算是第一次實際練手了。山匪的刀對著顧綿綿砍來，顧綿綿立刻往邊上一躲，然後飛快扎針，一針入胸口，反手一針入側腰，第三根還沒扎過去，那山匪立刻疼得冒冷汗。

旁邊吵架的三人發現不對勁，一起衝了過來。衛景明直接抬腳踢起路邊兩顆小石頭，擊昏了兩個，最後一個頓時呆住了。

他娘的，撞上兩塊鐵板！

這山匪抹了抹汗，把刀一丟，立刻跪下開始磕頭。「好漢饒命！姑娘饒命！我瞎了狗眼，幹下這沒王法的事情，以後再也不敢了。我原是良民，因著這兩年欠收，不得已才入了這一行。」

衛景明走到他身邊。「把手伸出來。」

山匪哆哆嗦嗦伸出手，衛景明哼一聲。「你這手一看就不是幹農活的手，定是積年的山匪，專門打劫路人。」

山匪被識破，嚇得轉身就跑，衛景明眨眼間就飄到了他前面。

山匪嚇得一屁股坐到地上。娘啊！這是人是鬼，怎麼是飄過來的？

衛景明又捉弄他。「你害了那麼多人的性命，我受眾鬼所託，來收你性命。」

山匪嗷的喊一嗓子，嚇得昏倒了。

衛景明踢了兩腳。「沒出息。」

顧綿綿在一邊笑著。「春花，別鬧啦，咱們怎麼處理這幾個山匪？」

衛景明見那個最開始挨針的山匪還在嗷嗷叫，飛身補了他一腳，山匪立刻昏倒。

衛景明拍拍手。「綿綿，咱們把這群土匪送官吧。」

顧綿綿點頭道好，二人把幾個山匪都弄醒，用繩子捆好，讓他們跟在車後頭，一路送到了當地縣衙。顧綿綿拒絕了縣太爺留飯的盛情要求，帶著衛景明繼續趕路。

這樣一耽誤，當天晚上，二人便只能露宿山林了。

顧綿綿第一次在外頭睡覺，衛景明摸摸她的頭髮。「別怕，有我在呢！走，我帶妳去打點野味。」

衛景明換回男裝，趁著天還有一點亮光，帶著顧綿綿捉到一隻野雞，又撿了許多乾柴。

衛景明把野雞處理乾淨，撒上鹽，顧綿綿往雞肚子裡塞了一些乾貨。二人一起起了火堆，把雞用泥巴裹好，放在火堆裡烤。

顧綿綿怕吃燒雞上火，又支起了吊鍋，加了一些她剛才挖的野菜，打了一個雞蛋放裡頭，煮了小半鍋湯。等燒雞烤好了，野菜蛋花湯也已經不燙嘴了。

顧綿綿找出兩個大碗和一個盤子，一人倒上一碗湯，再把燒雞放在盤子上，晚飯就算是做好了。

衛景明撕下一隻雞腿，稍微吹了幾下，遞給顧綿綿。「綿綿，妳吃。」

顧綿綿扯下另外一隻雞腿，也吹了兩下，送到衛景明嘴邊。「衛大哥，你吃。」

兩個人一起笑了起來，又一起張開嘴，吃了一口對方餵的雞肉。

顧綿綿端起碗喝湯。「衛大哥，這住在山林裡也怪有意思的。」

衛景明聞言無奈一笑。「這是一、兩天新鮮，時間久了就沒意思，要是捉不到東西，就要餓肚子啦。」

第二十三章

漸漸的，天上一點亮光都沒了。今日連月亮都沒有，全靠火堆裡的一點火照亮。

顧綿綿把鍋刷乾淨，燒了一鍋熱水，倒在唯一的木盆子裡，準備稍微擦洗身子。

顧綿綿看著衛景明，衛景明立刻轉過身去。「綿綿，妳洗吧，我不看妳。」

顧綿綿小臉通紅。「我不讓你轉過來，你不許偷偷轉過來。」

衛景明吃吃竊笑。「好，我不會偷偷轉過去的。」

顧綿綿迅速把自己擦洗乾淨，又溫了一鍋水，讓衛景明也能擦洗。

衛景明看著那一鍋水，立刻開始脫衣裳，顧綿綿正在收拾東西，看到他突然脫衣裳，趕緊轉過去。「衛大哥，你怎麼也不說一聲？」

衛景明咧嘴笑。「我一個大男人，不怕人看。」

顧綿綿剛才還是不小心看到了一點，他膀子上的腱子肉一坨一坨的，小肚子上的肉緊邦邦的，再往下……哎呀！我沒看到，什麼都沒看到。

顧綿綿的心撲通撲通地跳。

過了好久，衛景明道：「綿綿，我洗好啦。」

顧綿綿轉過身去，立刻瞪大了眼睛，她看到了什麼？她看到衛景明只穿了個大褲衩站在那裡。
顧綿綿的臉頓時紅透了，結結巴巴道：「衛大哥，你、你快把衣服穿好。」
衛景明委屈兮兮的。「這麼熱的天，穿那麼多怎麼睡得著啊？我和華善平時晚上在屋裡也就穿這樣。」
顧綿綿瞠目結舌，嚥了一下口水，底氣不足地道：「衛大哥，你穿一件上衣吧。」
衛景明見她羞得厲害，不再逗她，找一件輕薄的上衣穿上，顧綿綿這才恢復了正常。
等一切收拾妥當之後，衛景明旁若無人一般拉著顧綿綿上了馬車。「綿綿，晚上咱們一起擠一擠吧。」
顧綿綿頓時手腳都沒地方放了。馬車這麼小，和他擠在一起，難免挨挨蹭蹭。
馬車裡已經鋪上了褥子和一床草席，衛景明先側躺了下來，拍了拍身邊的地方。「綿綿，別怕，來吧。」
顧綿綿嚥了下口水。「衛大哥，你先睡吧，我不睏。」
衛景明笑道：「妳別怕，我不會唐突妳的。咱們快點歇下，明日還要趕路呢。」
顧綿綿沒辦法，只能跟著側躺下來。她先是後背對著衛景明，可二人離得好近，還是挨在一起的。而且，衛景明立刻湊了過來，還用一隻胳膊攬住她的腰，把下巴放在她的頭頂上。
顧綿綿感覺這樣有些羞恥，她又轉過身來，只見衛景明雙眼明亮地看著自己。

顧綿綿伸手蓋住他的眼睛。「快睡！」

衛景明輕笑，一把將她攬進自己進懷裡，在她頭髮上蹭了蹭。「這樣就不擠了。」

顧綿綿本來想推開他，忽然腦海裡竄出了上輩子在京郊時二人一起過日子的影子。她記得不大清楚，但就這一點點回憶，讓她收回了手。

衛景明見她不再掙扎，輕輕拍她的後背，顧綿綿見他並沒有什麼其他的失禮行為，不再防備，二人一起漸漸進入夢鄉。

後面的日子，就是每天趕路。有時遇到暴雨，一起在泥濘中前行，有時太陽太大，一起撐著傘往前走。一路同甘共苦，兩個人的感情越來越好。

往常顧綿綿在青城縣是班頭的女兒，從來沒有人為難過她。這一路北上，她第一次嚐到了生活的不容易。她住客棧，有店家故意把剩菜給她；買草料，有人往豆子裡面加小石頭；她找車伕，有人販子想把她和衛景明拐走，她當即給了那人一針，扎得他嗷嗷直叫。

只要不是關係到生命危險，衛景明任由顧綿綿做主。就這樣熬了十幾天，顧綿綿終於看起來不像一顆好欺負的小白菜了。

臨近京郊，衛景明對顧綿綿道：「綿綿，快到了，咱們在這裡做些準備吧。」

顧綿綿問道：「要做什麼準備？」

衛景明看了看自己身上的衣服。「我要是還穿這個，師父會把我腿打斷的！」

顧綿綿忍俊不禁。「衛大哥，我習慣了你穿這個，還怪好看的。」

衛景明把頭湊到她耳朵邊。「以後在屋裡，我天天穿給妳看。」

顧綿綿對著他的胳膊就掐了一下。「春花，我伺候了你一路，你要怎麼回報我？」

衛景明立刻諂媚道：「官人，春花回京後好好伺候您。」

顧綿綿又掐了一下，故意高聲道：「我想納個妾。」

外頭的車伕聽到後，鞭子差點抽到自己腿上。

這公子看著像個好人，竟然是個色中餓鬼？

衛景明憋笑憋得肚子疼，嘴上順從道：「官人，我給您納兩個妾~~」

顧綿綿摸摸他的頭。「乖。」

說完，兩個人都哈哈大笑起來。

衛景明在京郊鎮子上找了個客棧，換成了男裝，又變成那個風流倜儻的少年郎。他賣了馬車，雇了一輛當地的車，載著二人往京城而去。

到了京城城門口，顧綿綿似乎回想起了一些事情。她記得自己第一次來時，哭哭啼啼，後來皇帝死了，她悄悄離開時，卻是歡歡喜喜。

這一次她再來，是和衛大哥一起，不再是那個任人欺凌的弱女子。什麼狗屁皇宮，她再也不要進去！

衛景明見到眼前熟悉的景色，心裡忍不住大聲吶喊：京城，咱家又回來了！呸呸呸，是老子又回來了！

顧綿綿拉拉他的袖子。「衛大哥，咱們進去吧。」

衛景明上前，向城門衛出示自己的錦衣衛衙門給的文書，守衛們不敢為難，立刻放行。

衛景明牽著顧綿綿的手，穿過無數大街小巷。他記憶鮮明，周遭那一排排房子，似乎他昨天才來過，好多地方他都曾踏足查過案。

顧綿綿一路東張西望，她上輩子雖然是宮妃，但住了一輩子冷宮，後來又搬去城郊，並沒有見過太多外頭的富貴。

她忍不住感嘆。「衛大哥，街上的人好多啊！」

衛景明笑道：「等過幾日，我帶妳出來逛逛，京城裡好玩的東西多著呢。」

二人一路走、一路看，走了近小半個時辰，終於停在了城南一個小院子門口。

衛景明看著熟悉的大門，鼻頭有些發酸，心想：師父，我回來了。

衛景明抬手扣門，直敲了一刻鐘的時間，屋裡也沒人來應門。

顧綿綿奇怪。「衛大哥，門是從裡面插上的，怎麼沒人？」

衛景明沒解釋，只笑道：「咱們晚上再來吧，京城夜裡子時才宵禁呢。」

他帶著顧綿綿一起找了家普通的客棧，訂了間屋子暫時安頓下。離天黑還早，衛景明帶著顧綿綿在客棧附近轉了轉，回來後又給她畫了一幅京城的大致布局圖。

兩個人關上門，衛景明一一告訴顧綿綿，哪裡是皇宮，哪裡是六部衙門，錦衣衛衙門在哪裡。當然，還有方家的地點。

顧綿綿仔細一看。「衛大哥，這裡離方家遠得很呢。」

衛景明笑道：「方家原來是京城第一大世家，自然是住在最繁華的地段。我師父喜歡清靜，就到城南這裡來住，尋常也沒人找他。剛才敲門他不開，肯定又是整夜沒睡，現在正在補覺呢。」

鬼手李最喜歡熬夜，夜裡幹活他腦袋清醒，白天那麼大的太陽，曬得他只想睡覺。

顧綿綿擔憂地看著衛景明。「衛大哥，你師父現在不記得你了怎麼辦啊？」

衛景明並不在意。「不要緊，我只管好生孝敬他就好。」

顧綿綿想了想。「你師父平日吃喝都怎麼解決的？」

衛景明回道：「他餓了就去找吃的，渴了院子裡喝井水，並不是很講究。」

顧綿綿皺眉。「這怎麼能行？年紀大了，吃喝睡覺要規律，不然對身體不好。以後我做飯給他吃吧，你白天出去當差，我在家替你照顧師父。」

衛景明摸摸顧綿綿的頭髮。「多謝綿綿，等我去了錦衣衛，每個月的俸祿我都給妳。」

顧綿綿捂嘴笑。「咱們去你師父家裡住，省了不少房錢呢。」

兩個人嘀嘀咕咕說了好久的話，等天黑之後，衛景明帶她去外頭吃了些京城的美食。

顧綿綿高興極了。「衛大哥，京城晚上居然還有這麼多賣吃的。」她上輩子雖然在京城過了幾十年，但從來沒有半夜來逛過夜市。

衛景明牽她的手往鬼手李家裡去。「以後我們就住在這裡，妳想什麼時候出來都行。」

等到了鬼手李家門口，衛景明再次扣門，仍舊無人回答。他拉著顧綿綿繞到旁邊，看了看低矮的牆頭，抱著顧綿綿輕輕一躍就進了院子。

剛一落腳，四面八方的暗器呼嘯而來。衛景明熟悉院子裡的布置，騰挪躲閃，成功避開所有暗器。二人最後落在正房廊下，暗器終於停了下來。

正房門忽然打開，出來一個邋裡邋遢的老頭子。「誰家小子？到我這裡來撒野！」

衛景明看著這個熟悉的老頭，強忍住沒失態，放開摟在顧綿綿腰上的手，掀開袍子跪了下來。「姪兒衛景明，見過師叔。」

顧綿綿看了看，也跟著跪了下來。

鬼手李走了過來，看了看他二人。「你是我師兄的徒弟？」

衛景明抬起頭。「是與不是，師叔一試便知。」

鬼手李摸了摸鬍鬚。「哼！師兄還是這麼臭美，收徒弟還要收個漂亮的。光漂亮有什麼用？花架子！」

衛景明心裡默唸：師伯，姪兒對不起您。

鬼手李又看了看衛景明，能躲過這院子裡的機關，自然是有兩把刷子。「你說是我師姪，有什麼憑證？」

衛景明想了想。「師父讓我問師叔，桂花樹結果了嗎？」

鬼手李頓時老臉通紅。

他年少時喜歡個姑娘，名叫桂花，結果桂花嫌他醜，嫁給了別人，但嫁人後總是不生孩子。他心裡忍不住罵：郭鬼影，老不修！

鬼手李心裡信了一大半，若不是師姪，定然不會知道這事，不過，他還是得試試這小子的水準。

趁著衛景明笑的工夫，他突然發難，袖中十幾樣暗器一起飛了出去，底下的磚裂開，頂上也掉下一條蛇。

衛景明早有防範，抱著顧綿綿躲開了幾輪攻擊，把她放在院子角落裡。

鬼手李緊步跟上，兩個人在院子裡打了起來。

鬼手李的手下功夫天下一絕，但衛景明的輕功好，他連衛景明一片衣角都抓不到。衛景明使出全力，手下鞭子讓鬼手李也覺得十分吃力，腳下功夫更是在他這個師叔之上，而且連機關也懂得很多。

鬼手李心裡暗暗吃驚，師兄這個徒弟看來不光是長得好，本事還不錯。

鬼手李先停手，衛景明旋即收回了兵器，抹了抹汗。「多謝師叔指點。」

鬼手李摸摸鬍子。「你小子不錯，說吧，來找我幹麼？」

衛景明連忙道：「師叔，姪兒是來赴任的，在這京城人生地不熟，還請您幫忙。」

鬼手李時常和達官貴人打交道，並不排斥官場。「你小子要去哪個衙門？」

衛景明拿出文書給他看。

鬼手李撇撇嘴。「我的師姪，就一個小旗？你等我，百戶不敢說，我明兒一定給你弄個總旗。」

衛景明倒不在意小旗、總旗的，但師父的好心，他也不能拒絕。「多謝師叔。」

鬼手李把文書收進自己懷裡，彷彿才看見顧綿綿。「這丫頭是誰啊？」

衛景明把顧綿綿拉了過來。「師叔，這是我媳婦。」

鬼手李斜眼看他。「才多大，就有媳婦了？」

他當了一輩子老光棍，瀟灑得很，不大在意男女婚嫁之事。

顧綿綿行禮。「見過師叔。」

鬼手李嗯了一聲，想了想，從袖子裡摸出兩塊玉給他們。「拿去玩吧。」

這算是見面禮了。

衛景明一看。好傢伙，這不知道是哪個貴族墳墓裡出來的東西！

衛景明和顧綿綿雙雙道謝。

鬼手李又問：「你師父哪裡去了？我都十多年沒見到他了。」

衛景明啞然，只能撒謊。「師父他雲遊天下，我也不曉得他去哪裡了。」

鬼手李哼哼。「一輩子到處玩，倒是快活，師父的墳塋只得我一個人照看。」

衛景明趕緊道：「師叔，什麼時候您帶我也去師祖墳前看看？」

鬼手李揮揮手。「我老頭子一個人住慣了，也不懂待客之道，你們自去找地方住吧。」

顧綿綿看了衛景明一眼，衛景明立刻上前作揖。「姪兒在京城無依無靠，求師叔照看。要是師叔不嫌棄，我們跟在師叔跟前，也能幫師叔端茶倒水。」

鬼手李有些不想答應，想了想之後，問顧綿綿。「可會做飯？」

顧綿綿屈膝道：「會一些，但都是禹州府的菜色。」

鬼手李摸摸鬍子。「妳會做飯倒是可以留下，但這個小子屁都不會，我留他無用。」

衛景明厚著臉皮上前。「師叔，您做機關時，我可以給您打下手呀！」

鬼手李一輩子沒有後輩，不知道要怎麼和孩子相處，但也懂伸手不打笑臉人。「我老頭子脾氣怪，看在你師父的面上，你們留下可以，但不要管老頭子的事情。」

小夫妻倆連忙道謝。

鬼手李看了看這院子頓時有些苦惱。正房是他住的，東廂房和西廂房都堆滿了東西，倒座房倒是空的，但也不好住人啊。

衛景明幫著解圍。「師叔，正房兩邊的耳房不是空著的？我和綿綿一人住一間吧。」

鬼手李奇怪。「這不是你媳婦？怎麼還一人住一間？」

衛景明只得實話實說。「師叔，我們才訂親，我就收到了錦衣衛的文書，索性帶著綿綿一起來京城。」

鬼手李嘖嘖兩聲。「要不是訂親了，你小子可就是拐帶人了。既然你們不嫌棄耳房，就一人一間吧。」

顧綿綿笑咪咪道：「不嫌棄、不嫌棄，多謝師叔收留我們。有兩間耳房我們就滿意了，您不知道，外頭下等客棧住一晚上，就要二錢銀子呢，還要茶水飯錢，京城過日子可真不容易。」

說了這般多話，鬼手李有些累了，甩袖就往正房去。「住的地方有了，吃飯你們自己想辦法，有多的給我老頭子吃一口，沒有就算了。」

顧綿綿有些吃驚，沒想到衛大哥的師父是這般脾氣。

衛景明知道他的性子，倒不生氣。「師叔，我們的行李還在客棧呢，我去拿回來。」

鬼手李的聲音從屋裡傳了出來。「隨你。」

衛景明和顧綿綿火速往客棧趕去。

顧綿綿奇怪。「衛大哥，咱們交了房錢，何不在客棧住一晚上再走？」

衛景明搖頭。「師父習慣白天睡覺、晚上活動，我剛才看他氣色好，想來已經睡了一天。咱們要是明天過去，收拾屋子響動大，必定會吵醒他。索性現在拿了行李過去，收拾好了屋子直接住下。就是現在缺的家具多，要委屈妳了。」

顧綿綿笑道：「不要緊，我又不是嬌小姐。」

衛景明捏了捏她的鼻子。「我知道西耳房有張榻，晚上給妳睡，現在天這麼熱，我打地鋪就行。」

衛景明向她解釋。「都是師父做的玩意兒，大多數都和機關有關，還有暗器什麼的。」

兩個人絮絮叨叨說話，梳洗完畢後一起出門。

顧綿綿快速把這周圍逛了一遍，二人先一起吃了一碗京城這邊的麵。隨後，顧綿綿開始採買。她訂了兩張床，買了兩個櫃子，四只箱子，還有一些桌椅板凳。為廚房裡購置了整套的鍋碗瓢盆，順帶買了許多菜。

家具都是現成的，店家可以直接送上門，等顧綿綿帶著衛景明返回時，家具已經送到門口了。

夥計苦著臉。「客人，我叫不開門。」

衛景明趕緊解釋。「家裡長輩昨兒走了睏，睡得晚，這會兒還沒醒呢，讓您久等了。」

夥計客氣兩句，放下東西就走了。

衛景明想敲門，想想還是算了，自己從牆邊跳進去，又從裡面打開大門，把門口的東西一樣樣搬了進來。

顧綿綿小聲問道：「衛大哥，咱們走的時候鎖了門，師父是怎麼進來的？」

衛景明對她擠擠眼。「明兒我教妳撬鎖。」

顧綿綿瞪大了眼睛。「那不是小偷才幹的事?!」

衛景明笑道：「胡說，我們錦衣衛辦案，不光要能撬鎖，連棺材都要會撬！等妳學會了，咱們以後就不用鑰匙了，帶來帶去的多麻煩。」

顧綿綿失笑。「別囉嗦了，快把東西擺好。」

二人一人分了一張床、一個櫃子、一張高几、兩張椅子、一大一小兩只箱子，衛景明還單獨給顧綿綿添了一套梳妝用的桌椅。

整個西耳房頓時被塞得滿滿當當。

擺放好了家具，顧綿綿對衛景明道：「衛大哥，師父晌午會不會起來吃飯啊？」

衛景明走到窗戶那邊聽了聽，回來告訴顧綿綿。「咱們把師父的飯一起做上。」

顧綿綿點頭，從屋裡拿出一條圍裙繫在腰間。「衛大哥，我去做飯了，我看院子裡凌亂，你先幫師父收拾收拾吧。」

衛景明點頭。「妳忙不過來就叫我。」

顧綿綿點頭，自去井邊收拾菜。她一邊刮魚鱗、一邊想：以後衛大哥去當差，我可能要在家裡和師父打交道，乍看他樣子雖然有些不近人情，其實倒是個真性情，一大早就給了那麼多錢，我們用家裡的東西他也毫不在意。這樣倒好，不是個講規矩的，只要合了心意就好說話。我看他一個老人家日子過得不講究，先把他的吃喝伺候好便是。

雖然不肯定鬼手李晌午會不會起來吃飯，她還是認認真真做了六菜一湯。

第二十四章

飯熟的時候，鬼手李正好從屋裡出來了。「什麼東西，怪香的。」

衛景明正在正房裡擺碗筷。「師叔，我們做好飯了，我給您打水，您洗洗一起來吃。」

鬼手李揉揉眼睛一看。「喲，今日過年呀！」

顧綿綿正好端著最後一盤菜進了屋子。「師叔，我們頭一回來，我也不會別的，多做了兩個家常菜，師叔莫嫌棄。」

鬼手李吸吸鼻子。「不嫌棄、不嫌棄，我老頭子整日胡亂吃飯，好久沒吃過六、七個菜了。來來來！小子，給我拿碗筷，我正好餓了。」

衛景明趕緊把碗筷遞給他，鬼手李坐下就吃，一邊吃、一邊招呼顧綿綿。「來來來，姪媳婦，一起吃。本來該我招待你們的，倒讓妳做飯給我吃。」

顧綿綿也不客氣，也坐了上去。「我也不知道師叔的口味，胡亂做的，以後您想吃什麼，只管跟我說。」

鬼手李看了顧綿綿一眼，然後對衛景明道：「你小子運氣不錯，媳婦又漂亮、又能幹。」

衛景明嘿嘿笑。「多謝師叔誇讚，姪兒也這麼認為的。」

鬼手李哼一聲。「你小子倒是不客氣。」

三人一邊吃飯、一邊說閒話，一頓飯吃了將近兩刻鐘時間。吃飽喝足，鬼手李伸伸懶腰。「姪媳婦，煩勞妳給我燒一桶熱水，我要洗洗。」

顧綿綿剛才也聞到了他身上的味道，大夏天的，不洗澡的老頭子，身上的味道實在是有些不大好。一聽說他要洗澡，顧綿綿趕緊去燒水。

等鬼手李洗完後，衛景明幫他穿戴好，他揮揮袖子。「你在家裡等著，我出去走走。」

衛景明知道師父肯定是想去給自己跑跑官，又知道他一向是個清高人，何曾幹過這事。「師叔，姪兒做小旗也行。姪兒保證，只要下次錦衣衛有職位變動，一定能升上去。」

鬼手李徑直往外走。「哼！我姪兒就做個小旗，我還如何出門？」

顧綿綿拉住了衛景明，等鬼手李走了之後，她勸衛景明。「衛大哥，這是長輩的愛護之心。有時候，我們覺得孝順孩子不該給長輩添麻煩，長輩也不想給小輩增添負擔，可我卻覺得，就是這種相互之間的麻煩，親人之間的關係才越來越近。你想想，要是我遇到困難不找你，你有了心事也不告訴我，豈不是越來越生分？」

衛景明刮刮她的小鼻子。「妳說得對，那今日就麻煩綿綿把師父的舊衣裳補一補吧。」

顧綿綿拍開他的手。「還要你說？你來給我提水，咱們先給師父洗衣裳。」

小夫妻倆在院子裡忙活個不停，洗衣裳、補衣裳，把鬼手李的屋子收拾得乾乾淨淨，又把正房明間裡吃飯用的桌椅板凳也都擦了乾淨。

等鬼手李回來的時候，整個家大變樣，除了他做的寶貝們沒動，其餘地方都收拾得妥妥帖帖。他臉上看似不大在意，卻直接從懷裡摸出一張紙，放在桌子上。「拿去，明日去赴任。」

衛景明拿起來一看，是嶄新的錦衣衛總旗任命書！

衛景明看到總旗任命書，立刻對著鬼手李一頓誇讚。

顧綿綿趕緊遞上茶。「師叔辛苦了。」

鬼手李坐了下來，接過茶喝了一口。「我雖然不耐煩官場上那些事情，但你師祖當年在的時候多威風。你師父本來有才幹，卻不肯接衣缽，整天出去浪蕩，後來朝廷也就順勢廢了國師這個名號。我看你小子有些資質，不說能重振你師祖的威風，但玄清子一派，總不能落魄得太快。」

衛景明正色點頭。「多謝師叔為我籌謀，我才來一天，師叔就出門為我勞累。我比師祖，如螢火比皓月，以後定然兢兢業業，不給師門丟臉。」

鬼手李放下茶盞。「也不是什麼大事情，不用放在心上，你們錦衣衛有個鎮撫使欠我個人情，你小子是我的師姪，能力定然不差，做個總旗綽綽有餘，要是你是個草包，我也不願去給你跑動。好了，我老頭子脾氣臭，也不能幫你太多忙，剩下的就要靠你自己了。明日你就去當差吧！你媳婦留在家裡，想幹麼就幹麼，不用特別告訴我。」

顧綿綿笑道：「師叔，今日沒經過您的同意，我擅自把屋子裡一些東西理了理，還請您

顧綿綿心裡也十分震驚。「衛大哥，我還以為你都記得呢。」

衛景明忽然笑了。「綿綿，我忘了一部分，妳也忘了一部分，咱們兩個拼湊起來，正好是所有的記憶。但不管我們忘了什麼，妳沒忘了我，我也沒忘了妳。」

顧綿綿聽到這話，當場差點掉眼淚。她腦海裡又清晰地出現曾經宮廷裡的艱難歲月，還有衛景明守陵時的清冷孤寂。那個時候，她雖然死了，卻彷彿還殘存著一絲意志。每次衛景明趴在墳頭跟她說話時，她都能聽見。她吸了吸鼻子，要不是大街上人來人往，她真想撲到衛景明懷裡痛哭一場。

衛景明見她眼裡淚花閃閃，拉著她的手。「別想那麼多了，咱們去買個西瓜，放在井裡，吃過晚飯再吃，解暑。」

顧綿綿重重地點頭。「買兩個！」

衛景明哈哈笑。「好，兩個！」

二人帶著西瓜回家時，鬼手李還在睡覺。衛景明把西瓜切開，用一個小盆子吊在水井裡冰一冰。顧綿綿戴上圍裙進了廚房，開始揉麵團，她準備做個涼麵。

衛景明進廚房時，顧綿綿問他。「衛大哥，師父吃不吃辣的？」

衛景明哎喲一聲立刻點頭。「他最喜歡吃辣的，多辣他都喜歡！」

顧綿綿笑道：「那等會兒我給他做點辣味澆頭，保證他喜歡。廚房沒柴火了，你去牆角把那些小木塊和鋸末都鏟過來。」

衛景明捋起袖子拱手。「卑職聽憑吩咐。」
顧綿綿嗔怪他一句。「快去，別作怪！」
小夫妻一起動手，等鬼手李醒來時，隔壁餐桌上已經擺上了色香味俱全的涼麵。
顧綿綿做好寬麵條，用冷水浸過，上面撒了澆頭，又煮了一盆雞蛋絲瓜湯，還炒了一盤莧菜和一盤辣椒溜肉段，另外有一碟油炸花生米和一盤涼拌黃瓜。
有辣椒！聞到那股辛辣味，鬼手李吸了吸鼻子，他立刻趿著布鞋走了出來。「做了什麼好吃的？我老頭子往日裡一天就兩頓，你們年輕人就是不一樣，一天要吃三頓。」
顧綿綿笑道：「師叔，洗臉架盆子裡給您打了熱水，您先洗洗臉。」
鬼手李往常何時被人這樣伺候過，雖然他不缺錢，但因為脾氣古怪，家裡從來不請一個幫傭，故而日子過得邋裡邋遢。因著不忍見師門凋零，昨日才接受了衛景明。沒想到才一天的工夫，顧綿綿就把他的生活打理得妥妥帖帖。
他洗過手後坐到餐桌旁邊，顧綿綿給他盛了一大碗麵，那一盤子辣椒溜肉段放在他面前，又給他用小碗單獨盛了一碗湯。「師叔，您吃，這麵是冷麵，不燙嘴。」
衛景明從旁邊拿出一罈酒。「師叔，今日有酒有菜，咱們爺兒倆不醉不歸。」
鬼手李先吃了一口麵，上面是辣椒和木耳絲、肉絲做的澆頭，就這一口，讓他的舌頭得到了極大的享受。「丫頭手藝倒是不錯，比巷子口王家麵館裡的王胖子還要好！」
顧綿綿笑著回道：「師叔喜歡就好。」

衛景明給他倒了酒，自己先端起酒杯。「師叔，往後有了我和綿綿，您的日子必定會更好。」

鬼手李一口喝光了酒，不禁皺眉。「你小子還沒開始當差呢，就買這麼好的酒？」

衛景明繼續給他倒酒。「我見到師叔，心裡高興。師叔不知道，我無父無母，師父離開我好幾年了，本來訂親之後有岳父、岳母疼愛我，這還不到三個月呢，又來了京城，往後就指望師叔疼愛我了。」

鬼手李哼了一聲。「又不是沒斷奶！」

顧綿綿用旁邊的一雙乾淨筷子給他挾菜。「師叔，這辣椒辣得很，您吃看看。」

鬼手李連連點頭。「辣得好，我就喜歡辣的！」

三個一起熱熱鬧鬧吃了頓晚飯，又一起吃了西瓜。因著衛景明明日要去錦衣衛報到，小夫妻倆睡得比較早，鬼手李便一個人在廂房忙碌，不同的是他這次到子時末就睡了。

第二天，顧綿綿還沒起來呢，衛景明就來敲門。「綿綿，綿綿。」

顧綿綿穿著睡裙就起來開門。「衛大哥，你起來得這麼早啊！」

衛景明笑道：「錦衣衛就是這樣，起得比雞早、睡得比狗晚。我先去了，妳自己在家裡好好玩，缺什麼自己上街買。嗯，穿男裝。」沒辦法，媳婦太好看了，這京城大官貴族家的浪蕩子弟多，不能不防。

顧綿綿點頭叮囑。「好，我知道了，你自己在外頭買些東西吃。」

衛景明伸手幫她把頭髮捋到身後，見她小臉紅通通的，心裡忽然有些意動，閃身進入屋裡，一把將她攬進懷裡，用額頭碰著她的額頭。「我真不想去當差，我想一天到晚和妳在一起。」

顧綿綿往後躲，因為腰被衛景明攬著，上半身後仰，寬鬆的衣襟裡不免露出些曲線，衛景明頓時眼眸都暗了下來。他伸頭在她脖頸間蹭了蹭，衛小明立刻興奮起來。

顧綿綿似乎感覺到了什麼，羞得滿臉通紅。「你快去吧，別耽誤時辰。」

衛景明把她狠狠摟進懷裡，用力蹭了兩下。「等我站穩了腳跟，咱們就成親。」

顧綿綿感覺到他身上強勁的力量和賁張的熱情，舌頭都有些打結。「快別、別瞎說。」

衛景明戀戀不捨地鬆開了她。「我去了。」

剛出了顧綿綿的門，他低頭看了看腿間的衛小明，立刻又去洗了個冷水臉，火燒屁股一般跑了。

顧綿綿一個人在屋裡，半天氣息都沒平穩下來。

這個二百五，大清早的這樣使壞。她滿腦子都是他剛才的樣子，且又被勾起了前世的一點記憶。

她恍恍惚惚想起衛景明上輩子的那些手段，且那時候的她似乎也很受用。

我的天啊！顧綿綿立刻用雙手捂住了臉。

顧綿綿一邊換衣裳，一邊平復了自己的思緒，等她梳好頭推門而出，整個人看起來已經毫無異色。

她先去水井邊漱洗，然後自己在廚房裡做了一碗麵湯。

她本來想出門買些東西，還沒等她出門，大門外忽然有人在喊：「顧姑娘可在？」

顧綿綿表情立刻凝重起來，她剛入京城，一個熟人都沒有，誰能來找她？哼！想來除了那些心懷不軌的人，再也沒別人了。

顧綿綿把衣衫整理整齊，打開了大門，只見外頭站著一位穿著得體的婆子和兩個丫鬟，一看就是大戶人家出身。

顧綿綿身上穿著男孩子的衣服，那老婆子一時倒沒注意，仍舊笑盈盈地問：「顧姑娘可在？」

顧綿綿沒答話，反問道：「妳是何人？」

老婆子笑咪咪的。「我家主人是顧姑娘家的親戚。」

顧綿綿吃驚。「姑娘除了親爹那邊還有幾個人，其餘親戚早就死絕啦！」

老婆子臉上的笑容淡了下來，仔細看了看顧綿綿，試探性地問：「妳是姑娘的丫頭？」

顧綿綿笑了笑。「妳管我是什麼人，姑娘在京城沒有親戚，妳們趕緊走吧。」

那婆子豈能死心。「我們確實是顧姑娘的親戚，聽說她到了京城，我家主人立刻讓我來接她入府團聚。」

顧綿綿眯起眼睛。「他們前日才到，妳們今天就來了，這消息可真靈通啊。」

老婆子的語氣仍舊很客氣。「姑娘，讓我們進去見見顧姑娘吧？」

顧綿綿剛才故意在臉上塗了些眉筆上的粉，臉上看起來有些黑，老婆子知道顧綿綿是個絕色，這才沒有聯想到一起去。

旁邊那兩個丫鬟互相看了對方一眼，忽然一起出手，把顧綿綿拉到了一邊。「這位妹妹，妳才來京城，還不大了解這裡吧？我來跟妳說說哪家的胭脂水粉最好……」

那老婆子立刻往裡去，顧綿綿冷笑，並沒有掙扎，那老婆子剛入門樓，忽然，一把大掃帚從天而降，將她整整齊齊的髮髻弄得亂七八糟。掃帚是警告，沒有經過主人同意，切莫再進去了。

老婆子愣了一下，還以為是顧綿綿惡作劇，回頭冷冷地看了她一眼，稍微把頭髮收拾兩下，繼續往院子裡走。

顧綿綿笑著提醒。「我勸這位嬤嬤最好不要再往裡去了。」

老婆子怎麼會把一個丫鬟的話聽進耳裡，便繼續往前走，剛剛邁出兩步，兩根竹竿嗖嗖對著她的腿而來，老婆子立刻被打倒在地，摔了個四腳朝天。

兩個丫鬟立刻衝進去救，結果被一桶水從頭淋到腳。門樓裡的機關好久沒有觸動了，那一桶水都不知道是什麼時候放的，裡面都長出青色的漂浮物了，兩個丫鬟立刻尖聲哭了起來。

顧綿綿慢慢走了進來。「我不管妳們是誰家的，趕緊給我走，否則休怪我不客氣了。」

兩個丫鬟把老婆子扶了起來，那老婆子見今日討不到便宜，立刻倨傲起來，哼了一聲。

「一個村姑，神氣什麼？」

顧綿綿眯著眼睛看了那老婆子一眼。「在我沒有發怒之前，趕緊給我滾。」

三人知道這院子裡怕是有些玄機，趕緊相互攙扶著走了。

顧綿綿把門樓裡的東西收拾了一下，帶上門就上街去。她買了一些菜，扯了一些老年人合適的料子，又買了一些紙筆。等她回來的時候，鬼手李已經在廂房裡忙活開了。

顧綿綿抱著東西給他問安。「師叔起來了，您可吃過了？」

鬼手李嗯了一聲。「我起得遲，沒胃口，早上不吃了。剛才那幾個人是妳家親戚？」

顧綿綿沈默了片刻。「也不能算親戚，是幾個惡客。」

鬼手李拿著手裡的一段木頭反覆看。「這京城是個大染缸，什麼人都有，肯定也有人想打妳的主意，以後出門當心些。」

顧綿綿點頭。「多謝師叔，我記住了。」

鬼手李見她把臉塗得黑黑的，有些不忍心。「妳去把東西放好，然後到我這裡來。」

顧綿綿立刻把東西都堆在正房，然後小跑了過來。

鬼手李從一堆東西裡找到一個極小的袖箭，自己搗鼓了兩下，遞給顧綿綿。「妳試試，這個東西小，放在袖子裡也不會被人發現。」

顧綿綿見那袖箭做得非常小，比她的手還小一些，非常好奇。「師叔，這是給小孩子玩的嗎？」

鬼手李哼一聲。「妳往那邊門框上試試。」

顧綿綿按了一下機括，微小的袖箭忽然傳來一股巨大的衝擊力，把她的胳膊震得發麻，一根極小的箭飛了出去，大半根都沒入門框裡。

顧綿綿驚呆了。這麼小的袖箭，居然威力這麼大？

鬼手李又開始琢磨他的木頭。「妳先帶著這個，過幾日我再給妳做個別的，一下子能射出好幾根箭。」

顧綿綿連連道謝，他揮揮手。「妳去忙妳的吧。」

顧綿綿出了廂房，把買來的東西歸置好，然後開始做針線活。她剛才仔細用眼量了，已經知道鬼手李的尺寸，準備給他做兩套夏季的衣裳。

午飯顧綿綿燜的米飯，做了一條糖醋魚，兩個素菜，一份湯。

鬼手李好久沒有這麼規律的吃飯了，吃得舒坦，看顧綿綿覺得還挺順眼。「妳在這裡也沒個熟人，要不要買個丫鬟？」

顧綿綿吃飯的手停頓了一下。「師叔，我從來沒用過丫鬟呢。」

鬼手李吃得高興。「妳不知道，這京城裡的人都是勢利眼，妳男人做了錦衣衛總旗，妳身邊連個丫鬟都沒有，人家不免會看不起妳。再說，有個跑腿的也好，省得妳天天往臉上抹灰。」

顧綿綿忍不住笑了。「讓師叔見笑了，那我得空去人牙子那裡看看。」

鬼手李卻道：「這事妳莫管，我吃了飯去辦，我認識的人多著。妳才來，別走丟了。」

這個老頭子就是嘴硬，心裡善良得很。顧綿綿心裡暖暖的。「多謝師叔。」

鬼手李又叨叨。「妳下午得空把西廂房收拾收拾吧，以後帶著丫鬟住西廂房。」

顧綿綿點頭。「師叔晚上想吃什麼，我給您做。」

鬼手李道：「隨妳。」

吃過了飯，他把嘴巴一抹，雙手負在身後，慢悠悠出門去了。

顧綿綿也顧不得做針線活，立刻去收拾西廂房。裡面有一些木頭，還有許多工具，她搬了好幾趟才清理乾淨。

她剛把地面掃乾淨，鬼手李就帶著個丫頭回來了。「去吧，跟著姑娘。」

那丫頭十二、三歲的樣子，長相一般，抱著個小包袱，急忙過來給顧綿綿行禮。「翠蘭見過姑娘。」她一口正宗的官話。

顧綿綿有些不大適應，擺了擺手。「不用多禮。」

這一比起來，反倒是顧綿綿的口音不大正宗，聽著就像外地人。

此刻，衛景明正好進門來了。

顧綿綿隨即迎上去。「衛大哥，你回來了！」

第二十五章

衛景明今日去錦衣衛報到，真是有緣，他被分到莫百戶手下。莫百戶手下兩個總旗，一個姓劉，另外一個就是衛景明了。

原來大家不知衛景明何方來歷，居然能從偏遠之地直接來做總旗，等再看到他，剛開始心裡有些輕視，小白臉一個。誰知衛景明表情鎮定，絲毫不慌亂，對錦衣衛裡面的規矩了如指掌，向莫百戶請過安之後就去察看自己手下的人。

這總旗原是一位上了年紀的人擔任，上個月因病丟了職位，本來說好了從下面挑個小旗上來補缺，讓衛景明做小旗，昨天那位應當被拔擢的何小旗卻接到繼續做小旗的通知。

等見到衛景明，這位何小旗十分不服氣，滿臉倨傲，看不起衛景明一個外地人。衛景明當場露了兩手，不管何小旗是不是服氣，反正別人瞧了頓時都收起輕視的心思。

莫百戶對衛景明十分滿意。衛景明懂規矩，功夫好，不搶功勞，聽說還是上頭什麼人塞進來的，看來有些來歷，好在之前關係處得好，不愁以後不好打交道。

衛景明第一天算是十分順利，把手下的人認了個臉熟，從莫百戶那裡接了個案子，明日就要開始查案了。

現在錦衣衛還是錦衣衛，那什麼北鎮撫司還沒影子，老皇帝也沒死。衛景明準備穩紮穩打，不能像上輩子那樣，幾步就做了指揮使。

他把事情安排完，興匆匆往回趕，一進門就看到個陌生丫頭。

他問顧綿綿。「這是誰？」

顧綿綿連忙解釋道：「師叔給我買的丫鬟。」

衛景明瞪大了眼睛。師父什麼時候這麼體貼過了？上輩子我給他做了幾十年徒弟，也沒這樣疼愛過我！

他看了一眼丫鬟，看得出人還算老實，便點點頭。「有個丫鬟也好，省得妳事事都得自己出門。我還想跟師叔商量此事，沒想到師叔想到我前頭去了。」說完，他拉著顧綿綿的手問：「今日妳都做了什麼？」

顧綿綿大致說了些，當然也包括方家人來訪。

衛景明沈下臉。「我猜這幾天她們多半還會來，妳不要出門，防止被她們暗算。」

他又看向翠蘭。「妳可是京城中人？」

翠蘭點頭答是。她原是京郊人士，因家裡遭了難，被父母賣了，家裡其他人都去了別的地方，她在別人家做了一陣子，那家嫌棄丫鬟多養不活，又把她賣了出來。

衛景明點頭。「以後好生跟著姑娘。」

翠蘭見這位小官人穿著飛魚服，嚇得大氣不敢出。京城誰不知錦衣衛厲害？

衛景明去給鬼手李請安，鬼手李看都沒看他一眼。「去幫你媳婦收拾西廂房。」

我像是撿來的。衛景明心裡不禁好笑。

他出了正房，換了身家常服，幫顧綿綿把西耳房裡的東西都搬到了西廂房，至於翠蘭，便住在西廂房旁邊的小間裡。

搬好了屋子，顧綿綿帶著衛景明一起去廚房做飯，翠蘭跟在後頭幫著打雜。

衛景明覺得翠蘭跟著礙眼。「妳去把水缸洗一洗，把裡面的水打滿。」

翠蘭立刻慌忙去打水了。

顧綿綿笑著對衛景明道：「你別嚇著她，她年紀還小呢。」

衛景明笑了笑。「等會兒咱們給爹和二娘寫封信吧。」

顧綿綿一邊切菜、一邊點頭。「好。」

吃飯的時候，衛景明對鬼手李道：「師叔，我才去錦衣衛衙門，不好告假，若是明日再有人上門挑釁，還請師叔代為照看。」

鬼手李漫不經心地問：「那是誰家的？」

衛景明把翠蘭支出去，簡略地說了顧綿綿和方家的關係。

鬼手李看了顧綿綿一眼。「妳這是到了狼窩裡來了啊。」

衛景明臉色凝重。「師叔，躲是躲不過的。」

鬼手李慢騰騰道：「要是你們寧死不答應，憑方侯爺的本事，也不敢把你們怎麼樣。就怕他把你媳婦貌美的消息告訴別的野心人，有他的默許，那些有實權的人家說不定會來爭搶，到時候你一個小小的總旗，如何能護得住？」

衛景明也發愁。「師叔，岳父原說讓我們在青城縣就成親。但我想著，喜事一傳出去，那于知府定然會來阻撓，才索性帶著綿綿上京。」

鬼手李放下碗。「這樣說來，你岳父既然讓你們上京，就是把你們交給我了，你們可願意聽我的話？」

衛景明點頭。「我們自然聽師叔的。」

鬼手李抬頭看向衛景明和顧綿綿。「那你們今晚就成親吧。」

顧綿綿瞪大了眼睛。「師叔！」

鬼手李哼一聲。「難道你們還要敲鑼打鼓辦喜事不成？趁著他們沒反應過來，把事情辦了，讓他們猝不及防！」

衛景明轉了轉眼珠子。「師叔，這個主意好是好，就是太委屈綿綿了。」

鬼手李忽然笑道：「你們莫怕，就算今晚不成親，我估算方貴妃很快就會來找你們的。」

衛景明好奇。「師叔，您認識方貴妃？」

鬼手李嗯了一聲。「大內侍衛的副統領，我當然認識了。每次陛下陵寢哪裡有需要修改的，都是方統領親自來跟我接頭。」

顧綿綿手裡的碗啪嗒一聲掉到桌上。「師叔，您在說什麼？」

鬼手李敲敲顧綿綿的碗。「你們不知道也正常，滿朝文武沒幾個人知道，方侯爺那個憨貨也不知道。大家都以為方貴妃是靠著陛下的尊榮而活，殊不知她權力大著呢。先定遠侯名滿天下，他的幾個兒子都不大成器，只有這一個女兒算是繼承了他所有的武學。方貴妃雖然權力大，但陛下忌憚方家當年權傾天下的名頭，讓她絲毫不敢照看方家。方侯爺那個傻子不知道，若不是他妹妹在，他早被人家活吃了。但方貴妃手裡的權力是陛下給的，陛下隨時能收回，她也不敢輕舉妄動，我猜她已經知道你們回京了。」

衛景明對此並不吃驚，上輩子他和顧綿綿在宮裡相依為命之時，當時已經做了太妃的方氏，總是能護住他們。想來那個時候她已經卸下副統領的職務了，只能靠著一點舊時餘威照看女兒。錦衣衛和大內侍衛是皇帝手裡兩股不同的力量，各自為政，不允許相互滲透，所以他以前從來不去打聽侍衛們的事情。

是了，上輩子方貴妃做了侍衛副統領，顧家父女才能在青城縣過著安然的日子。後來老皇帝死了，她沒了權力，空有一身武藝卻鞭長莫及，一直到方侯爺把她女兒弄進宮，她才知道。怪不得後來他抄方家時，方貴妃悶不吭聲，當作沒看見。

這輩子不一樣了，方侯爺騙方貴妃說要把綿綿弄進京城嫁個好人家，方貴妃雖然知道他沒安好心，但自己是皇帝的掛名小老婆，又是大內侍衛副統領，不好去管前夫和女兒的事情，才任憑方侯爺做主。

衛景明笑了。「師叔，多謝您提醒，不然我還抓瞎呢。」

鬼手李又道：「過幾日我要去陛下的陵寢，讓你媳婦跟著我一起去吧。」

衛景明看向顧綿綿，顧綿綿想了想才明白鬼手李的意思。很有可能，到時候在帝陵那裡，她可以見到方貴妃。

商量好了對策，衛景明第二天仍舊早起去衙門。

家裡雖然有了翠蘭，但顧綿綿反倒更忙碌，她得先帶著翠蘭一起把家裡摸清楚。鬼手李這個院子裡機關重重，顧綿綿也只是知道幾個明顯的，許多地方沒有衛景明帶著，她也不敢亂走動。現在來了個什麼都不懂的翠蘭，顧綿綿不光要自己學習，還得教她。

昨晚衛景明把家裡所有的機關都一一寫在紙上，顧綿綿帶著翠蘭一起，花了半天的工夫才把西廂房周圍的東西摸熟。

翠蘭一邊學、一邊咂舌。「姑娘，怎麼家裡有這麼多機關？」

顧綿綿看了她一眼。「咱們學就是，有機關才好，來了賊都不用害怕。」

可翠蘭哪裡能學會，她丁點不懂。顧綿綿只能教她要怎麼走，什麼東西不能摸。可憐的翠蘭活了十三年，第一次知道房屋門口的磚頭不能隨便亂踩，踩錯了就要遭殃。

主僕兩個學了半天，又一起做針線活。

翠蘭以前在別人家主要是幹粗活，針線活一般，顧綿綿只能帶著她從最簡單的拿針、分線重新學習。不過翠蘭也有她的好處，她是地地道道的京城人，知道許多京城菜的做法。

晌午做飯的時候，顧綿綿在翠蘭的指導下，做了兩道京城菜，又單獨做了一道特別辣的菜給鬼手李吃。

吃飯的時候，翠蘭乖巧地一個人留在房間裡吃，不願一起上主桌，對此顧綿綿並未勉強，自己陪著鬼手李吃飯。

鬼手李吃著吃著，忽然問她。「我看妳做衣裳時針法不錯，可是專門學過？」

顧綿綿心裡暗嘆：師叔只看到兩眼，就能發現異常，果真厲害！

她實話實說。「師叔，我爹擔心我長大後沒飯吃，讓我學了裁縫的手藝，衛大哥專門教過我許多針法。」

鬼手李還沒反應過來，點點頭。「原來是裁縫，不錯。」

顧綿綿知道他誤會了，又解釋了一遍。

鬼手李嘴裡的一口飯停止了咀嚼。「妳親爹讓妳學的？」

顧綿綿點頭。

鬼手李繼續嚼飯。「妳爹是個有魄力的，妳膽子也大。」

說完這話，他繼續吃飯不再說話。

顧綿綿也沒再說話，等午飯結束，她收拾好了碗筷，回房帶著翠蘭給鬼手李趕衣裳。

有了翠蘭，顧綿綿一天只出一趟門，目的是為了把四周地形和路線弄清楚，哪條街在哪裡，家裡吃喝在哪裡買，就算以後有翠蘭出去辦事，自己也不能什麼都不知道。

這樣過了三、五天，顧綿綿把四周逛熟了，翠蘭也把家裡摸熟了。當日買翠蘭時，因衛景明和顧綿綿都是外地人，身契上寫的主人是鬼手李。但翠蘭心裡清楚，她是姑娘的丫鬟，而且太爺和姑爺從來不管她，她便很有眼色地一直跟著顧綿綿。

有翠蘭幫忙，顧綿綿給鬼手李從裡到外趕出了兩套夏天的衣衫，還有兩雙鞋襪。

鬼手李收到東西的時候，臉上表情淡淡的。「妳有心了。」

顧綿綿並不是為了得到他的讚揚，為的是他和衛景明之間的師徒情誼，也不在意。但回到屋裡後，翠蘭小心翼翼試探道：「姑娘，太爺看樣子性子淡得很。」

顧綿綿看了她一眼。「莫要對太爺的事情多嘴。」若不是他們上輩子做了師徒，衛大哥就不會有這一身好本事，上輩子她就無法出宮，這輩子自己說不定已經遭了難。

當天晚上，衛景明比往常回來得遲一些。因家裡有長輩，吃飯就沒等他，顧綿綿只給他留了一些飯菜熱著。

鬼手李正在正房西屋忙活，衛景明索性端著碗到西廂房吃，一邊吃、一邊跟顧綿綿說衙門裡的一些見聞。

顧綿綿聽得津津有味。「衛大哥，有門正經差事真不錯。」

衛景明看了她一眼。「錦衣衛其實也有女的，但都是身懷絕技，否則連錦衣衛的大門都進不了。且錦衣衛招的女子都十分漂亮，若是沒有防身之術，說不定要被人占便宜。」

顧綿綿咂舌。「這都有了正經身分，還是逃不過嗎？」

衛景明哼了一聲。「有些人做官做久了，眼裡除了皇帝，還認識誰呢？」

衛景明剛放下碗，翠蘭忽然在門口道：「姑爺，太爺叫您呢。」

他趕緊放下碗去了正房。「師叔，您忙呢？」

鬼手李正在紙上寫寫畫畫，衛景明眼睛尖，立刻發現他身上穿的新衣裳是顧綿綿做的。

鬼手李問道：「你媳婦的針法是你教的？」

衛景明點頭。「她喜歡玩針，我就把咱們師門裡的針法都教給了她。」

鬼手李又問：「你觀她資質如何？」

衛景明沒有立刻回答，他在思索鬼手李的意思。半晌後，他斟酌著回道：「師叔，綿綿心思很巧，針法上還缺了些力道，不然比我還好。」

鬼手李嗯了一聲。「她大了，現在開始學武怕是比較吃力，但許多技巧倒是可以學一學。」

衛景明忽然有了個大膽的猜測。「師叔，您想收她做徒弟嗎？」

鬼手李抬頭看著他。「收徒說不上，但她要是願意，可以來學些東西。」

衛景明大喜。「多謝師叔。師叔您儘管放心，除了力氣差些，綿綿什麼都不差。往後我每天帶她練些拳腳功夫，再學些內功心法，力氣漸漸就能上來了。」

鬼手李又嗯了一聲。「你去吧。」

衛景明高高興興地回了西廂房，把這個好消息告訴了顧綿綿。

顧綿綿高興得雙眼發亮。「衛大哥，師叔願意教我？」

衛景明點頭。「師父不肯收徒，不過不要緊，他現在又沒有別的徒弟，妳跟著學，能學多少、算多少，只要把師父的本事學到一半，要碰上能把妳捉走的人怕是不多了。」

顧綿綿高興地差點掉下眼淚。「衛大哥，每次遇到危險，都是你保護我，我跟個廢物一樣。要是我能自保，就再也不用拖累你了。」

衛景明摸摸她的頭髮。「胡說，能保護妳，我高興。這下好了，咱們成了師兄妹。」

顧綿綿開懷一笑。「我去給師叔見禮！」

到了正房，顧綿綿正正經經跪下磕三個頭，送上一盞茶。「師叔，還請您教我。」

鬼手李喝了茶。「明日早起到我這裡來，先自己看圖。」

見他在忙活，衛景明把顧綿綿拉到院子裡，讓她站好。「綿綿，妳既然要學，我就不客氣了。學武不像妳學針法，針法只須費腦子，妳聰明，一學就會。學武還要流汗受傷，姑娘家沒幾個能受得住。這中間肯定要吃很多苦，妳可要忍住了，不許半途而廢。」

顧綿綿鄭重地點頭。「請衛大哥教我。」

衛景明點頭。「今日妳先練習蹲馬步吧，這裙子不合適，明日先換上男裝，再讓翠蘭給妳趕製一身合適的衣裳。」

說完，他開始教顧綿綿正確的姿勢。考慮到顧綿綿第一次接觸這個，衛景明先帶著她活動活動，稍後才開始教習。

既然是貼身教授，免不了挨挨蹭蹭。顧綿綿的胳膊沒伸直，衛景明幫她捋直，顧綿綿的腰下不去，他輕輕拖著她的胳膊把她往下按。

顧綿綿學得很認真，完全不在意衛景明偶爾的揩油。

第一天，衛景明只讓她練習了半個時辰。好在顧綿綿平日也不是什麼嬌小姐，半個時辰練下來，只略微出了些汗。

衛景明讓她坐了下來，幫她揉了揉腳踝和胳膊。「妳現在覺得還好，明天早上起來說不定就會渾身痠痛。我先給妳揉一揉，能減輕一些明日的疼痛。以後做飯、洗衣裳這些事，妳都交給翠蘭，好好跟著師叔學。」

顧綿綿任憑他揉，嘴上感嘆。「想學點東西真是不容易，當年我跟柳師父學裁縫，第一次摸了死人，我兩天沒吃飯，我爹差點就不想讓我去了。」

衛景明給她揉過了腳，拉著她的手來到案桌前。「咱們給爹寫封信吧，來了這幾日，一切都安頓好了，也該去封信。」

顧綿綿笑著點頭。「我來寫。」

顧綿綿先打了草稿，把路上的經歷和入京後的事情都說了個遍，讓顧季昌莫要擔心。衛景明又添減了一些，然後一人抄寫一半，吹乾後裝入信封。

衛景明把信揣進懷裡。「我明日讓人發往禹州。」

顧綿綿拉著他的手問：「這幾天怎麼樣，你那個案子破了沒？」

衛景明幫她捋捋頭髮。「小事一樁，差不多有眉目了。那個姓何的刺頭也收拾好了，放心吧，再有十幾天，我就可以領第一個月俸祿了。」

顧綿綿笑得像隻狐狸。「衛大人，您一個月俸祿幾兩銀子呀？」

衛景明不禁苦笑。「不多，一個月七石半米糧。」

顧綿綿吃驚。「不發錢，發米糧？」

衛景明解釋。「我們拿到手，可以轉手賣給糧店。七石半可以折合三兩五錢銀子呢。每季還有定額的布疋，逢年過節有肉有錢，尋常出門查案還有飯補。」

顧綿綿仔細算了算，點點頭。「恩，這些也夠咱們過日子了。」

衛景明刮刮她的鼻子。「還有人情禮節要走呢，下個月陳千戶家的小妾要生孩子了，到時候妳跟我一起去送禮。」

顧綿綿聞言鼓起腮幫子。「一個千戶，還納妾？」

衛景明哈哈笑。「綿綿放心，我不納妾。」

顧綿綿哼一聲。「你要是敢納妾，我就讓你再做一回太監。」

衛景明頓時覺得彷彿有一陣疼痛襲來，他上輩子對著自己揮刀時，滿腔悲憤，全然忘了痛楚，現在跟他說切了小明，他是一萬個不願意。「綿綿，給我留著吧。」

顧綿綿噗哧一聲笑了。「給你留著！」

衛景明趁顧綿綿不注意，在她臉上吧唧親兩口。「定然要留著，有大用處呢。」

顧綿綿立刻捶了他兩下。「快住嘴，自己去洗澡睡覺。」

衛景明笑嘻嘻地走了。

第二天早上，顧綿綿開始正式跟鬼手李學習。第一天，鬼手李讓她看圖，那些複雜的機關圖紙和器械製造圖，顧綿綿看得眼花繚亂。

鬼手李根本不理她。這一行需要天賦，如果看不懂，那就不需要學下去了。

顧綿綿頂住心神，把那些圖紙當作一幅複雜的花樣來研究。她繡百子千孫圖時，每個孩子的表情和動作都不一樣，這些機關就算複雜，線條什麼都是直的，捋起來更容易。

第一幅圖，顧綿綿捋了將近一天。然後鬼手李扔給她幾塊木頭，讓她做東西。顧綿綿第一次拿那些木工活的工具，很笨拙，好幾次差點砸到腳。忙活了一天，終於刨好了幾個零件。

鬼手李一看，不合格，重新做。顧綿綿便捏了捏手上的水疱，二話不說重新開始。

當天晚上衛景明回來，悄悄看了她的手，給她搽了些藥膏，把她抱進懷裡安撫一陣子。「我以前也是這樣的，忍一忍就過去了。等妳學會了，就是一代宗師，多氣派啊！」

顧綿綿點點頭。「不要緊，我不痛。」

衛景明雖然心疼她，仍舊拉著她繼續打磨筋骨。

顧綿綿被衛景明師徒二人輪番錘鍊，幾天下來整個人氣質都變得不一樣。她的胳膊腿不疼了，也終於能做出像樣的零件。

做好了零件，鬼手李讓她做一些簡單的東西，比如小孩子玩的風箏、搖馬和陀螺。做東西的中間，還間或讓她看一些風水學。

顧綿綿對風水學十分感興趣，原來普普通通一座山，卻有這麼多學問。

顧綿綿整天沈醉在學習的樂趣中，她無比希望自己能快點變強大起來。

又過了幾天，一日上午，顧綿綿正在做一個小型射針器，翠蘭忽然來喊：「姑娘，外頭有客來了。」

顧綿綿把東西放下，看向鬼手李。

鬼手李繼續低頭寫寫畫畫。「去吧，莫要失了待客之道，也莫要任人欺負。」

顧綿綿行禮告退，帶著翠蘭來到大門外。

只見大門外站著一位穿著華麗的青年女子，她身邊還站著幾個丫鬟、婆子，旁邊有幾個男僕用帷帳把她圍了起來，外頭人一點也看不見。

顧綿綿笑著問：「這位貴客，是您找我嗎？」

青年女子一笑。「妹妹，我是定遠侯府少夫人秦氏。」

顧綿綿嗯了一聲。「太陽大，少夫人請進。」

秦氏大喜。上次婆母的人過來都吃了癟，表妹居然讓自己進去，看來有門！

秦氏跟著顧綿綿到了西廂房，二人分賓主坐下，翠蘭上了茶水。

秦氏喝了口茶，認出這茶葉不錯。她放下茶盞，開始和顧綿綿閒話家常。「妹妹來京城也有一陣子了，可有出去走走？」

顧綿綿笑答。「偶有出去採買，認一認路。這幾日都在家，跟著師叔學著做些東西，也能打發時光。」

秦氏連忙誇讚。「李大師好手藝，妹妹居然能拜他為師。」

顧綿綿不願撒謊。「並不曾，李大師是我家衛大哥的師叔，老人家見我喜歡玩這些東西，就教我一些。萬不敢說拜師的話，我這等粗糙手藝，說出去怕有辱師門。」

秦氏並不如方家其他人一樣，急著否認顧綿綿和衛景明的親事，反而是含糊道：「總算是一家人，也是妹妹的長輩。」

顧綿綿倒有些吃驚，仍舊不動聲色。「敢問少夫人在府裡排行第幾？」

第二十六章

秦氏忽然來了熱情，仔仔細細說道：「妹妹，我家公爹居長，宮裡的貴妃娘娘第二，下面還有三叔，四叔、五叔是庶出。我家官人是定遠侯嫡長子，婆母還生有一子一女，下面堂弟、堂妹還有一大群呢。聽說妹妹來了京城，前日那老婆子不懂規矩，唐突了妹妹，我來給妹妹賠禮。」

說完，秦氏真的起身給顧綿綿屈膝行禮。

秦氏年長，怎麼說也是嫡嫡親的表嫂，顧綿綿連忙起身跳開。「少夫人客氣了，原是我淘氣穿了男裝，那位嬤嬤才沒認出來。」

秦氏拉著顧綿綿的手坐下。「公婆非常想念妹妹，想接妹妹入府去住。雖然對外不能說這關係，但咱們自家人都知道。骨肉一家，卻不得團聚，總是遺憾。」

伸手不打笑臉人，感到秦氏沒什麼惡意，顧綿綿微笑道：「少夫人，貴府裡少爺、小姐一大群。父母子女團聚，還有何遺憾的？就算接了我過去，我算什麼呢？父母、兄弟不在身邊，平白給人添麻煩，我心裡也過意不去。」

秦氏知道，顧綿綿不是個好勸的，只能誘惑。「公婆說，妹妹先去住一陣子。等過一陣子，就說是自家遺落在外的骨血，總有機會見到娘娘的面。」

顧綿綿輕輕搖頭。「多謝少夫人好意，我和娘娘之間的事情，我們自己會解決，不勞侯爺操心了。我聽衛大哥說，侯府裡頭疼的事情也一大堆，真不用把時間花在我這個不相干的人身上。我今日說句大實話，侯爺想把我送給太子爺，這個主意不好。你們都不了解我，如果逼迫我去嫁給什麼狗屁太子爺，就算我得寵了，我會第一個滅掉方家，而不是幫忙。」

秦氏嚇了一跳，尷尬地圓場。「妹妹說笑了，宮裡哪個娘娘不要娘家扶持呢？」

顧綿綿也笑道：「那也得看什麼樣的娘家啊，倒賣軍火的娘家，我可不敢認，怕哪一天被牽連，白送了一條命。」

秦氏臉上的笑容漸漸沒了，她多少也知道一些家裡的事情。

爵位和家產雖然說發還了，但家業能留住一成就算不錯的了。公爹想重振定遠侯府的威名，沒了軍權，就得花錢，想要錢，就得走野路子。這丫頭怎麼知道的？連我都只是隱隱聽說幾句。

秦氏又端起笑容。「妹妹說笑了，咱們家大不如前，哪裡敢做什麼不好的事情？公爹和官人都老老實實當差，只是惦記妹妹和娘娘骨肉分離，心裡不忍。」

顧綿綿輕輕啜一口茶。「少夫人，我的意思已經說得很明白了。如果只是認親，不用著急，等時機成熟，我也會和娘娘見面。我不反對多一家體面的親戚，但請侯爺不要打我的主意，若是逼急了，我恐怕只能學我娘，把臉劃爛。」

秦氏連忙搖頭。「妹妹說笑了，公爹並沒有別的意思，就是想多個親戚，娘娘為家裡付出良多，妹妹是她唯一的孩子，雖然不能相認，但總不能不見面呀！」

顧綿綿輕笑。「少夫人，您來，我很歡迎，我們可以一起吃茶、一起說話。若是方家有喜事，我也願意去隨分子吃喜酒；至於親戚的話，我從小到大從來沒見過舅舅，沒吃過舅舅的一顆糖，突然讓我對舅舅有多少情分，這太強人所難。」

秦氏點頭贊同。「妹妹說得有道理，今日妹妹能讓我進門，又跟我說這些話，我心裡很高興。咱們不說表嫂和表妹的話，以後就當姊妹來走，若是我閒著無事來找妹妹說話，妹妹千萬別趕我走。」

顧綿綿自然不是那等粗暴之人，只要沒有歪心思，她不針對任何人。「少夫人只管來，我隨時歡迎。」

秦氏又坐了一陣子，留下兩疋好料子送給顧綿綿，顧綿綿則把自己做的幾個小玩意兒送給她，讓她帶回去給孩子玩。

等秦氏一走，顧綿綿繼續回正房學習。

鬼手李難得誇讚一回。「今日表現得很不錯，這些世家大族，就算落魄了，也是姻親遍地，況且又是妳的血親，不適合跟他們硬頂著幹。別怕，妳就在這裡住著，方侯爺不敢到我這裡來搶人，不然我悄悄刨了他祖墳他都不知道。」

顧綿綿忍不住笑了出聲。「多謝師叔。」

當天夜晚，衛景明聽說方家世子夫人來訪，並未在意，而是高興地從兜裡掏出五兩銀子交給顧綿綿。「綿綿，我的俸祿。」

顧綿綿頓時感到奇怪。「不是三兩半？」

衛景明掰起手指頭跟她算帳。「三兩半是俸祿，還有這個月的冰敬、茶果補貼、公差飯補一些東西加在一起。」

顧綿綿捕捉到飯補兩個字。「衛大哥，你出去查案不吃飯嗎？」

衛景明咳嗽一聲。「我每次給錢，可那些店主都非要還給我，我要是再給，他們就要給我磕頭了。唉……不是我不想給，是給不出去啊！」

顧綿綿懂了。「衛大哥，這個風氣可不好啊。」

衛景明點頭。「可不就是？將來我要是能上去，定要殺一殺這個壞毛病，這不是逼著人刮老百姓油水嗎？」

顧綿綿收起了錢，跟他開玩笑。「衛大哥，以後你就專門去那些達官貴族家的奴才開的酒樓吃飯，要吃就吃大戶，不要吃小商販。」

衛景明哈哈笑，拱手躬身。「謹遵娘子命。」

顧綿綿對著他的胳膊輕輕拍了一下，結果卻拍到硬邦邦的腱子肉，顧綿綿小聲嘀咕。「一身肉怎麼硬得跟鐵一樣？」

衛景明見翠蘭去了廚房，伸手一把將顧綿綿攬進懷裡，對著她耳邊悄聲道：「像鐵一樣不好？」

顧綿綿掙扎。「快放開我，你跑了一天，出了許多汗，渾身臭烘烘的。」

衛景明偏不放開，對著她的頭臉一陣的亂拱。「那我等會兒洗乾淨了再來？」

顧綿綿的臉漸漸紅了。「快別胡說，當心師父聽見。」

衛景明忽然起了促狹心思，在顧綿綿耳邊問道：「綿綿，妳還記得以前我們在一起的日子嗎？」

顧綿綿仔細想了想。「記得一些，京郊那個小院子還挺不錯的。我記得院子裡有我栽的花，後來你有沒有打理好它們啊？」

衛景明聽她說記得，眼神暗了下來，他的聲音忽然變得有些低啞。「綿綿，我以前伺候的，妳喜不喜歡？」

顧綿綿終於反應過來他說的是什麼，頓時雙臉通紅怒斥。「你快滾出去！」

衛景明偏不滾，用額頭低著顧綿綿的額頭，低頭就開始啃。

天啊！顧綿綿覺得自己要死了，大氣都喘不動。

衛景明想起上輩子在一起的日子，那時候他是個太監，雖然夫妻恩愛，總是少了些趣味，就算他本事好，顧綿綿也總是因為獨自歡樂而有些歉意。現在不一樣了，衛小明生氣蓬勃，歡喜得一頭蹦了出來。

過了好久，顧綿綿終於掙扎開來。「衛大哥，快別這樣，你在外面辛苦一天，去洗洗歇著吧。」

她的聲音彷彿帶著鈎子，讓人欲罷不能，衛景明恨不得今晚就成親。怪不得多少英雄都難過美人關，他娘的，誰能過美人關呢？連太監都過不了，別說現在的他了！

衛景明無奈放開自己的媳婦，但仍舊緊緊貼著她。「綿綿，我好喜歡妳，妳喜不喜歡我？」

顧綿綿紅著臉點點頭。

衛景明覺得不滿意，又問：「妳喜不喜歡它？」

顧綿綿知道「它」指的是什麼，想他上輩子因為做了太監，心裡總是有些缺憾，現在有了，總是忍不住想顯擺。顧綿綿很想狠狠給它一巴掌，又怕傷了衛景明的心，可她怎麼回答這個問題啊？喜不喜歡，她也不知道啊！天啊！

顧綿綿想捂住臉，誰知衛景明卻不讓她閃躲，繼續追問道：「妳喜不喜歡嘛？」

顧綿綿只能胡亂點頭。「喜歡，喜歡得不得了。」

說完這話，顧綿綿真想給他一個巴掌。

衛景明格格笑了。「綿綿，我心裡好高興！」

顧綿綿見他說得沒頭沒腦的，輕輕拍了他一下。「快別想那麼多了，好好當差。你不是說陳千戶家要有喜事了，他家小妾什麼時候生孩子啊？」

衛景明一拍腦門。「昨兒就生了，生了個姑娘。這小妾很得寵，陳千戶準備給姑娘辦滿月，到時候我帶妳一起去吃喜酒。」

顧綿綿猶豫一下問道：「咱們還沒成親，我去合適嗎？」

衛景明斬釘截鐵。「合適，他為一個妾生女都能大擺宴席，我的正經未婚妻，怎麼還不好意思見人了？」

顧綿綿本以為就是去吃頓喜酒，沒想到卻見到了顧家尋找多年的人。

到了陳千戶家的庶女滿月禮那一天，顧綿綿早起和鬼手李告假。「師叔，今日要去衛大哥同僚家裡吃喜酒，我把翠蘭留在家裡給您做飯。」

鬼手李打個哈欠。「都去吧，我老頭子今日要睡覺，妳把她留在家裡也無用，反倒是吵著我睡覺。」

顧綿綿只得帶著翠蘭一起去。

顧綿綿今日穿著一件八成新的裙子，頭上的首飾都是簡單的金飾，帶了一疋上等棉布做禮品，到時候再送些禮錢，普通同僚也就夠了，這些是顧綿綿特意打聽來的。

顧綿綿租了一輛車，衛景明好歹是個七品總旗，她多少也要講點排場。

等到了陳家，顧綿綿出了帖子，陳家人奇怪，這衛總旗居然就帶了一個未婚妻過來。但來者是客，陳家人仍舊客氣地將顧綿綿迎接了進去。

顧綿綿循著上輩子學的宮規，認認真真給陳千戶的正房夫人陳太太見禮。

眾人都有些奇怪。誰家吃喜酒還帶未婚妻的啊？

好在莫百戶家的莫太太在，幫著解釋了幾句。「咱們這位衛總旗，自小無父無母，頭先就是住在丈人家裡的。本來快成親了，要來京城赴任，家裡不放心，就讓姑娘帶著丫鬟一起來了。聽說兩個人跟著衛總旗的師叔住在一起，這天地君親師，衛總旗父母不在了，師叔就是正經長輩，家裡有長輩在，也不算違了規矩。你們不知道，衛總旗的師叔，就是大名鼎鼎的李大師呢！」

陳太太接著問：「可是玄清門李大師？」

莫太太點頭。「正是。」

這世上人大多是踩低捧高，玄清門雖然沒落了，但名氣還在。就陳千戶家這個等級，想請鬼手李看風水他還不來呢。

陳太太十分高興。「原來衛總旗是玄清門的高徒，怪不得一來了就能做總旗，聽我家老爺說，小夥子年紀輕輕的，本事倒是不錯。」

莫太太拉著顧綿綿的手。「不光本事不錯，這媳婦也不錯呢。妳們看看，顧姑娘往這裡一站，我們都是老菜幫子了。」

陳太太哈哈笑著開玩笑。「妳是老菜幫子，我可不是。」

顧綿綿和兩位太太和氣地說話，旁邊婦人卻投來一道不大友善的目光。顧綿綿想了想，恐怕是家裡男人和衛大哥不和吧？這也正常，錦衣衛那麼多人，怎麼可能人人都關係好。

顧綿綿並不在意，她奉上了禮物，領著翠蘭在莫太太身後找個位置坐了下來，安安靜靜地看著眾人寒暄。

顧綿綿知道，陳千戶這樣大肆給庶女過滿月，對陳太太來說，不是什麼好事情，自己自然不能表現得太過高興，以免打了陳太太的臉。中途，她悄悄向莫太太打聽了，原來剛才那婦人是何小旗的太太。

顧綿綿心裡冷笑，自來下官夫人見到上官夫人，不說恭敬，也沒見誰翻白眼的。妳家何小旗就算和陳千戶有些關係，難道我還要敬著妳不成？

顧綿綿便也懶得去搭理何小旗的太太。

沒過多久，陳千戶手底下所有百戶、總旗和小旗們的太太們都來了，也算給足了陳千戶面子。

人到齊之後，差不多就快開席了。

陳太太再不樂意，也讓人把庶女抱了出來給大家看看。

片刻後，一位略微有點豐滿的年輕婦人抱著個襁褓出來了。

那小婦人對著陳太太行禮。「太太，我把姑娘抱出來了。」

眾婦人連忙過來看孩子，然後誇了一頓，又誇陳太太有福氣，多了個好女兒。

小婦人看了看四周，問陳太太。「太太，怎麼姑娘的舅舅們沒來呢？」這是在問陳太太的娘家人怎麼沒來。

陳太太的臉拉了下來。一個妾生女，難道還要她娘家人來捧場？

旁邊莫太太打圓場。「王姨娘，有我們這些人來還不夠嗎？」

王姨娘自然不敢得罪莫太太。「是我多嘴了，還請諸位太太見諒。」

陳太太吩咐王姨娘。「妳先回去吧。」

王姨娘正要走，忽然，人群裡的顧綿綿突然一下子站了起來。「王姨娘且留步！」

眾人吃驚，今日顧綿綿是這裡為數不多的姑娘家，一直安安靜靜的，怎麼忽然要和那王姨娘說話？

何小旗太太頓時幸災樂禍起來，原來是姨娘的親戚？哈，那就別想和陳太太關係好了。

王姨娘愣住，轉頭看向顧綿綿，有些奇怪。「這位姑娘有何貴幹？」

顧綿綿再次確認後，指著她的鼻子問道：「王芙蓉，妳還認識我嗎？」

王姨娘大吃一驚。這姑娘怎麼知道自己的名字？

顧綿綿看向旁邊的陳太太。「請陳太太讓人把孩子抱走，我今日要和王姨娘算一算我們私人的帳。」

陳太太見顧綿綿鄭重其事，也不像與王姨娘交好的模樣，連忙讓人抱走了孩子。

王姨娘又問：「姑娘是誰？」

顧綿綿哼一聲。「妳告訴我，妳是不是王芙蓉？妳爹是不是叫王進忠？」

王姨娘點頭。「姑娘認識我爹？」

顧綿綿忍不住破口大罵。「我當然認得妳那個出爾反爾的爹了，妳現在好啊，做了千戶的姨娘了，但妳還記得我大哥嗎？為了妳，我大哥至今還沒訂親，妳卻在這裡享起了富貴！」

王姨娘大驚。「姑娘莫要血口噴人！我清清白白的人，姑娘如何要辱沒我？」

顧綿綿忍住了沒動手打她。「妳個不要臉的東西，當年薛、王兩家訂親，一個是縣衙班頭，一個是青城縣富戶，全青城縣誰人不知？薛伯父因公身故，薛太太改嫁，薛大哥成了孤兒，到我家裡生活。本來兩家說好了，等妳滿了十六歲就過門。妳王家說走就走，我爹和我大哥為了信守承諾，推了多少親事！妳家就算不滿意親事，難道不該先去退親？居然偷偷摸摸先嫁人。要不是我今日見到了妳，妳是不是準備把自己身上的親事直接忘了，我大哥難道要守一輩子不成？」

王姨娘哪裡能認，滿臉困惑。「姑娘肯定是認錯人了，我不知道什麼薛家。」

顧綿綿冷笑。「妳不用急著反對，錦衣衛是什麼地方，全是查案的好手，我今日看到了妳，妳就算跑到天上，我也能把妳揪回來。」

說完，顧綿綿對陳太太行個禮。「陳太太，恕我不能繼續吃這喜酒了。薛大哥在我家裡過了近十年，我和大哥自小一起長大，雖不是親兄妹，也勝似親兄妹。王家這樣侮辱我大哥，我豈能吃得下這口酒？我先告辭，來日再來向陳太太請罪。」

說完，她轉身帶著翠蘭就走了。

王姨娘立刻拉著陳太太的褲腿哭。「太太，我沒有，肯定是那姑娘認錯人了！」

要是真的，我讓妳個賤人再跟我囂張？陳太太心裡好奇，卻面不改色。「是與不是，妳說了不算，顧姑娘一個人說了也不算，得老爺自己查。」

這王姨娘可真夠厲害的，身上有親事還沒退呢！就敢嫁人，還不是欺負人家無父無母？眾人雖然不敢竊竊私語，心裡卻都開始千迴百轉，八卦個沒完。

那何小旗太太沒眼色，嘴上嘀嘀咕咕。「這都還沒進門，七品誥命還沒到手，脾氣就這樣大！」

莫太太看了她一眼，何小旗太太立刻縮了縮脖子不再說話。

顧綿綿氣呼呼地回了家，衛景明跟著錦衣衛的人到了陳家，還不到一盞茶的工夫就知道了此事，立刻向陳千戶告辭。

陳千戶鐵青著臉，勉強笑了笑。「衛總旗且去。」他心裡有些不大高興，一是王姨娘敢欺騙他，二是衛總旗家的娘子也太不顧臉面了，這事豈能當眾扯出來？

衛景明回到家時，顧綿綿正在做東西，那木頭彷彿跟她有仇似的，被她狠狠地摔來摔去。

鬼手李在一邊忙活自己的，見衛景明來了，頭都沒抬。「趕緊把你媳婦帶走哄哄，可別把我的東西砸壞了。」

顧綿綿頓時不好意思起來。「師叔，我不是有意的。」

鬼手李嗯一聲。「你們出去玩，別打擾我。」

衛景明拉著顧綿綿去了西廂房。「我剛從陳千戶家裡回來，綿綿，妳可看真了？那王姨娘真是華善的未婚妻？」

顧綿綿點頭。「沒錯，王芙蓉離開青城縣時已經十歲，他們還沒走時，那時候大哥在我家裡，逢年過節去給王家送女婿節禮，每次都會把我帶上。大哥和王家老爺說話時，我就去和王姑娘說話。雖然過去了七、八年，我還是一眼就認出了她。」

衛景明拉著她的手道：「我剛才連酒都沒吃，直接走了。我們再等兩天，看看陳千戶那邊怎麼說。」

顧綿綿嘆口氣。「我太衝動了。衛大哥，會不會給你帶來麻煩？」

衛景明笑道：「陳千戶不高興是真的，但我不能為了哄他高興，還在那裡裝作沒事人一樣吃喜酒。本來一個妾生女，大家去捧場都是給陳千戶面子，現在他家姨娘是華善的未婚妻，往重了說，陳千戶這是拐帶他人妻室。」

顧綿綿忍不住又罵道：「這王家也忒是不地道，就算想退親，難道我們家是那等死皮賴臉的不成？哪裡有讓人白等著，自己卻悄悄成親的？還給人做妾？大哥的臉就這樣被王家往泥巴裡摔，這口氣我實在嚥不下去。」

衛景明又勸她。「莫急，陳家理虧，看那邊怎麼說吧。」

顧綿綿想了想。「衛大哥，我不能替大哥做主，我得寫信回去問問他自己的意思。」

衛景明點頭。「讓華善自己來處理最好。」

二人當即一起寫了封信，即刻發往青城縣。

那邊廂，陳千戶按住性子等客人離去後，大步流星去了王姨娘屋裡。

王姨娘假裝什麼事都沒有，笑盈盈地上來迎接陳千戶。「老爺，您來看姑娘的嗎？」

陳千戶揮揮手，讓所有人下去，直截了當問王姨娘。「妳可是身上有親事？」

王姨娘斬釘截鐵。「再沒有的事，若是有親事，妾哪裡敢跟老爺？」

陳千戶心裡是偏著自己小妾的，嘴上卻冷冷說：「妳想好了回答，要是有什麼事瞞著我，我定是不饒！」

王姨娘嚇得跪了下來，哭得梨花帶雨一般。「老爺，我哪裡知道什麼呢？我離開老家時才十歲，什麼事情不是我爹做主？我爹如今已經去了，那薛家要是硬說沒退親來訛人，我十張嘴也說不清呀！」

陳千戶坐了下來。「那就是說，妳以前果然是訂親過的了。」

王姨娘擦了擦眼淚。「老爺不知道，那薛家子是個天煞孤星，祖父母、父母一概沒有，家裡就剩他一個人，我爹娘就我這一個女兒，豈能看著我被人剋死，這才退了親事。」

陳千戶面無表情，不管王家有沒有退親，今日那姓顧的鬧了這麼一齣，想來明日整個錦衣衛的人都會知道，他的小妾曾和別人有關係了。

王姨娘悄悄看了一眼陳千戶，仍舊哭哭啼啼的。陳千戶今日沒有像往常那樣留下來，而是直接去了外書房。

這事目前是個死局，王姨娘的爹娘都沒了，王姨娘說退了親，顧家女說沒退，各執一詞，總不能為了查這個事情動用錦衣衛吧？

陳千戶目前最不想驚動眾人，不管有沒有退親，他都不想讓人知道。

第二十七章

第二天，陳千戶讓人找莫百戶去他那裡說話。

莫百戶是個人精，昨天那事情，他覺得衛景明和顧綿綿處置得有些莽撞。但這事立場不同，他也不能說什麼。要是自家兄弟的老婆跟人家跑了，換誰也不能忍著。

聽見陳千戶叫自己，莫百戶心裡已經做好了準備。果不出他所料，陳千戶讓他在中間做說客。

莫百戶有些為難。「大人，這是衛總旗岳丈家的事情，下官無權插手啊。」

陳千戶看了他一眼。「你就問問顧家那邊到底是個什麼意思？我屋裡人說已經退親了，可是那顧娘子年紀小，不知道家裡的這等大事。衛總旗是個能幹的，不要為了這點小事影響了他的前程。」

莫百戶心裡一驚。陳千戶這是想用前程來威脅衛總旗了，看來是真的疼愛那個小妾。他只得帶著一肚子的心思去找衛景明。

剛說明來意，衛景明直接打斷莫百戶的話表態。「大人，薛班頭當年為救我岳父被狼撕掉一條腿的事情，想必您在青城縣也聽說過。我岳父待薛家子如同親生子，我豈能為了自己的前程讓妻兄弟受這等侮辱？沒退親就是沒退親。薛家子信守承諾，一直在等王家女。就算王家女嫌棄薛家家貧不肯嫁，直接退親便是，何故這般拖著？請大人轉告陳大人，卑職不能替薛家子做這個主。昨日卑職已經去信回青城縣，薛家子即將來京城，退沒退親，到時候一問便知。」

莫百戶沒辦法，只能把這話原封不動回給陳千戶。

陳千戶聽說薛華善即將上京，反倒不急了，等正主來了再說吧。

但王姨娘卻急了，老爺好幾天沒到她這裡來，若是事情敗露，她可沒好果子吃。

王姨娘一急，就去找她兄弟。

退親之事，因兩邊各執一詞，暫時擱置一邊，顧綿綿一心在家裡等候薛華善上京。除了出門採買，她一概不出門，專心跟著鬼手李和衛景明學本事。

衛景明在錦衣衛裡面雖然受了冷落，仍舊兢兢業業當差，一連破了兩個案子，連上面的指揮同知都聽說了衛景明的名頭，陳千戶想壓都壓不住。

立秋過了一陣子，早晚變得涼快多了。這一日下午，顧綿綿剛午睡起來，正在研究一張機關圖紙，忽然，翠蘭來報。「姑娘，外頭有個外地小哥，說是您娘家舅爺。」

顧綿綿聽了把圖紙一扔，立刻朝大門外跑去，到了大門口，外頭果然站著曬黑了一圈的薛華善，而且，他似乎受了傷，胳膊還吊著呢。

顧綿綿大驚。「大哥？大哥你怎麼了？」

薛華善臉色有點發白。「妹妹莫要擔心，我無事。」

顧綿綿趕緊把薛華善帶進來，又讓翠蘭上茶，先仔細檢查他的身體，發現他右胳膊受了重傷，後背上也有些傷痕，更多的薛華善不肯給她看。

顧綿綿的眼淚忍不住掉了下來。「大哥，你路上被人欺負了嗎？」

薛華善安慰她。「不要緊的，這是快到京城的時候，我見到有人欺壓良善，幫著說了幾句話，就被人打了悶棍。好在我懂些拳腳功夫，這才跑了。」

顧綿綿幫他把衣裳整理好。「你先跟我去見衛大哥的師叔李大師。」

薛華善正色道：「應該的。」

兄妹倆一起到了上房，薛華善恭恭敬敬行禮。「小子薛華善，見過李大師。」

鬼手李這幾日也知道薛華善這事的始末，見他身上有傷，揮了揮手。「壽安媳婦，帶妳大哥先在西耳房安置，沒事不用來我這裡。」

顧綿綿帶著薛華善向鬼手李告退，去了西廂耳房。她先吩咐翠蘭去找大夫，然後一邊幫薛華善鋪床疊被，一邊問家裡的情況。「爹和二娘怎麼樣了？岩嶺好不好？」

薛華善實話實說。「義父做了縣尉，快班和壯班都到了義父手裡，聽說衛大哥做了總旗，齊縣丞現在對義父客氣得很。義母和岩嶺都很好，連家裡的小烏龜都長大了好多。」

顧綿綿想了想又問道：「我和衛大哥走了，那阮家婆娘可有再上門鬧事？」

薛華善點頭。「義父剛做縣尉，阮家舅母就來送禮，被義父退了回去。後來阮家舅父又在街上霸占一條街，義父讓人給他傳話，若不守規矩，就不必再做買賣，這才老實多了。」

顧綿綿道：「就是二娘在中間為難。」

薛華善搖頭。「無事，義父這樣做，二娘也不反對。早些讓他們走正路才好，省得將來帶來更大的麻煩。」

顧綿綿又問薛華善。「大哥，當年和王家訂親，可有信物？」

薛華善點頭。「有一張王家伯父和我爹一起寫的手書，我帶來了。」

顧綿綿高興起來。「有這個就夠了，我就不信那王芙蓉敢不認！」

兄妹倆說話的工夫，翠蘭帶著個大夫來了。

老大夫給薛華善看了看傷口。「小哥這傷看著嚇人，養一養就好了，不必驚慌。」

顧綿綿連忙道謝，又給了診金，然後忙著給薛華善熬藥，又給他做了些吃的。

等夜晚衛景明回來時，薛華善已經漱洗乾淨喝了藥，一行人都在等他回來吃晚飯。見到薛華善，衛景明十分高興地招呼。「華善來了。」

薛華善笑看穿著飛魚服的衛景明。「衛大哥真威風。」

衛景明走近見到他的傷，表情凝重起來。「怎麼受了傷？」

薛華善又把事情說了一遍，誰知衛景明卻冷笑一聲。「這事透著蹊蹺，天子腳下，京畿重地，誰敢肆意妄為？」

顧綿綿心裡也打鼓。「衛大哥，會不會是有人故意針對大哥？」

衛景明搖頭。「不好說，先吃飯吧。」

顧綿綿帶著翠蘭擺好飯菜，今日顧綿綿做了八個菜，還有一罈好酒。幾人請鬼手李上座，隨後依次落坐。

衛景明給鬼手李和薛華善倒酒。「師叔，華善是忠義之後，也是個踏實本分的好孩子，我才讓他上京來。」

薛華善趕緊起身。「擾了大師清淨，是華善的錯。」

鬼手李擺擺手。「你們只要不覺得擠，我沒話說。」

顧綿綿眼見鬼手李的地盤越來越小，原來整個家都是他的工坊，現在只剩下東廂房和正房東屋，心裡有些過意不去，主動開口道：「衛大哥，要不咱們再買個小院子吧？也能住得開。」

衛景明笑道：「今日給華善接風洗塵，那些事情明日再說。」

第二日，衛景明主動去找陳千戶。

陳千戶聽說薛華善上京，心裡也想了結這官司，便點頭道：「你晚上帶著薛家子去我家裡，有話當面說清楚。」

當天晚上，衛景明和顧綿綿帶著薛華善一起去了陳家，還帶上了那封手書。

陳千戶剛吃了飯，聽見顧家人來了，讓人把王姨娘叫了出來。

薛華善剛才給陳千戶行過禮之後，就一直安安靜靜地坐在角落裡。陳千戶看了一眼薛華善，是個沈得住氣的。

王姨娘很快就來了，臉上還戴著面紗，嬌嬌弱弱地給陳千戶行禮。「老爺。」

陳千戶讓她坐在一邊，然後問薛華善。「薛公子，你家妹妹說我家姨娘是你的未婚妻，可有此事？」

薛華善自王姨娘進門後，一直盯著她看，雖然王姨娘戴著面紗垂著眼簾，薛華善還是認了出來，這就是他的未婚妻王芙蓉。

聽見陳千戶問話，薛華善抬起頭。「回大人的話，確有此事。我自幼與王姑娘訂親，家父身亡後，家母改嫁，我便到義父家生活。我十歲那年，王家舉家搬遷，第一年來了一封信，後來就杳無音訊。」

陳千戶沈吟片刻，又問：「可王姨娘說與你家已經退了親。」

薛華善並不像顧綿綿那樣激動，而是很平靜地說：「大人，我想問王姨娘幾句話。」

陳千戶想了想。「可。」

薛華善看向王姨娘。「姑娘，請問妳何時嫁入千戶府？伯父又是何時去世的？」

王姨娘據實回答。「我爹離開青城縣第三年就去了，我是前年跟了我們老爺。」這樣說來，王老爺死了之後她才嫁人，死人不會開口，怪不得王姨娘死不承認。

誰知薛華善忽然變了話題。「姑娘，我在京郊被人打了，妳知道嗎？」

王姨娘搖了搖頭，旁邊陳千戶卻變了臉色。

薛華善又問：「姑娘可知，當年我爹與王家伯父一起寫了訂親手書？」

王姨娘搖頭。「我不知道，我爹說親事已經退了，我就當已經退了。」

顧綿綿忍不住嗤笑一聲。

薛華善從懷裡掏出那封手書，看向陳千戶。「大人，我今日來，不是為了證明我與王姨娘還有親事，而是為了送這手書的。」

陳千戶吃了一驚。

薛華善臉上的表情很平和。「我一個無家無業的小子，如何能讓人家姑娘跟著我吃苦？既然王姨娘有了好歸宿，只要她能過得好就行，不管有沒有退親，已經不重要了，還請大人善待她。」

衛景明心裡嘆氣：真是個傻孩子。

顧綿綿聽了卻想掉眼淚，大哥果然和他親爹一樣，是個善良之輩，只會替別人考慮，卻不想想自己。

陳千戶本來看過手書後心裡有些為難，這事怎麼說都說不清，薛家有手書，王家非說退了親，鬧到公堂上也是一團亂麻，反倒會引來一堆人津津樂道，誰知薛華善主動退了一步。

陳千戶心裡頓時對這個鄉下來的小子另眼相看起來，神色有些欣賞。「薛公子果然是忠義之後，本官佩服。」

衛景明知道，這個時候只能繼續唱高調。「大人，華善一向如此。如今事情既然已經說開了，往後就各走各的路。」

薛華善忽然道：「王姨娘，我爹當年下了一只玉蜻蜓為聘禮，請問玉蜻蜓可還在？」

王姨娘來的時候已經做好了思想準備，死不承認，誰知薛華善以退為進，這個時候再要玉蜻蜓，她要是給，豈不是承認自己說了謊？要是不給，怕是大家都認為她心裡藏奸。

陳千戶看了王姨娘一眼，王姨娘連忙道：「我也不知，明日我讓人去我娘家問問，若是有，定歸還給薛公子。」

薛華善點頭。「多謝王姨娘，那是家父遺物，這才厚著臉皮索要。」

衛景明見事情說開了，即刻向陳千戶告辭，帶著薛華善和顧綿綿一起回家。

路上，衛景明拍拍薛華善的肩膀。「華善，別多想，你值得更好的。」

薛華善勉強笑了笑。「我知道，多謝衛大哥。」

薛華善心裡不是不難過，他苦等了王家姑娘七、八年，卻等來這個消息。當日接到顧綿綿書信時，他心裡十分難過。父親給他定下的親事，王家人說變卦就變卦，踩了他的臉他不計較，但父親的尊嚴也被他們踩在了泥巴裡，他十分生氣。可等他看到王姨娘時，瞬間又釋然了。若是父親還在，定然也不會糾纏王家，那自己去和王姨娘對峙還有什麼用呢？乾脆放手吧。

大家都沒想到，事情居然這樣平和地解決了，連陳千戶也有些詫異，他等衛景明三人走了之後，先是慢慢喝了口茶，忽然問王姨娘。「薛家子的傷，是妳大哥讓人弄的？」

王姨娘一驚。「沒有的事，老爺誤會了。薛家人慣常喜歡打抱不平，想來是路上得罪了什麼人。」

陳千戶又問：「妳家既然退親，為何沒要回這手書？聘禮也不歸還？」

王姨娘開始抹淚。「老爺，妾一個女子，如何知道這些事情？妾心裡、眼裡只認老爺。」

誰知陳千戶這回並未信她的話，而是哼了一聲，拂袖而去。第二天，陳太太火速給陳千戶又納了個妾，王姨娘立刻失寵。

那邊廂，衛景明等人回到家時，鬼手李居然在等著他們。

衛景明帶著二人去見鬼手李，並把晚上的事情大致說了一遍。

鬼手李也詫異地看了薛華善一眼，然後點頭。「是個大氣的，你做得對，這個時候，爭那些已經沒有意義了，不如放手。」

薛華善對著鬼手李拱手。「多謝大師誇讚，晚輩只是不想為了我的事情，連累得大家都不得安寧。」

鬼手李嗯了一聲。「你身上有傷，先在這裡多住一陣子吧。」

薛華善再次道謝。

第二天，鬼手李在教授顧綿綿時，讓她把薛華善也叫上，且時常指點他一些拳腳功夫。

薛華善喜不自勝，每天認認真真跟著學習。

過了幾天，衛景明忽然帶回來一封文書，上面赫然寫著薛華善三個大字，新任從八品城門衛，手下也能管十來個人呢。

薛華善吃驚。「衛大哥，這是哪裡來的？」

衛景明實話實說。「陳千戶給的。」

薛華善連忙拒絕。「我不能要這個。」

顧綿綿卻道：「大哥，為何不要？這是陳家欠你的。」

鬼手李也勸薛華善。「你要是不接下，陳千戶和他的小妾怕是都不會安心了。」

薛華善只能接下了文書。

晚上，顧綿綿忽然央求衛景明和薛華善帶她出門，去京郊墳場。

到了墳場，顧綿綿在一座墳墓上動了些手腳。

衛景明忍不住發笑，薛華善奇怪。「妹妹，這是何人？」

顧綿綿拍拍手。「這是王芙蓉的爹，我壞了他的風水，保管他的子孫們裡頭，不論男女，十代之內都別想出一個有出息的人。」

衛景明立刻哈哈大笑起來。「華善，你維護了陳千戶的臉面，他送你一個前程。王家兄妹為了富貴背信棄義，就讓他們永生永世得不到富貴。你與他們，徹底兩清了。」

薛華善長長出了口氣，然後也釋然而笑。

三個人在京郊墳場笑了一場，在城外找一家便宜旅店住了一個晚上，等第二天早上天還沒亮，一起摸進了城。

衛景明換了身衣裳直接去當差，臨走前吩咐薛華善。「你這兩天趕緊把京城的路跑熟了，雖說是看大門的，也不能不知道地形，到時候被你手底下大頭兵笑話。」

薛華善撓撓頭。「大哥，我做個大頭兵就算了，怎麼還讓我管人？我不會管人啊。」

衛景明想了想。「你莫要急，我這兩天幫你打聽打聽，要是能找人帶帶你就好了。」

等衛景明走了後，薛華善和顧綿綿一起出門，二人把安居巷到薛華善當差的路來回跑了一遍，回來後就開始跟著鬼手李一起學功課。

當天晚上，衛景明帶回來一個好消息，他和五城兵馬司一位正七品副指揮使邱大人搭上了關係。邱大人無辜被牽連進一起案件，虧得衛景明查案查得清楚，還了邱大人一個清白。衛景明利用辦差時機，和邱大人說了幾句話，邱大人立刻答應幫助薛華善的事。

薛華善撓撓頭。「大哥，要是沒有你，我都不知道要怎麼辦了。」

衛景明囑咐薛華善。「五城兵馬司那個地方，平時看著不重要，就是個看大門的，一到京城內亂關鍵時刻，最容易被人利用。有些人反水，首先在內部排除異己，內訌起來，砍人頭跟砍菜瓜似的。」

說完，他悄悄指了指皇宮的方向。「那位年紀大了，太子雖然位置穩，但底下皇子們也不是全部都老老實實，東宮裡的娘娘們爭鬥也厲害。自來奪權，先要控制京城和皇宮。禁衛軍和五城兵馬司一到權力爭奪時，就是香餑餑。你去了裡面只管當差，不要管人家的黨派之爭。」

薛華善點頭。「我曉得了，多謝大哥指點。」

衛景明拍拍他的肩膀。「莫要害怕，跟你做衙役差不多，就是看大門，把你手底下的人管好，按照舊例給他們排班。」薛華善這個差事好在他大部分時間不用值夜，而那些大頭兵都是輪流排班。

顧綿綿在一邊道：「衛大哥、大哥，咱們要不要給我爹再捎一封信？」

衛景明點頭。「自然要。」

於是三人一起寫了封信，火速發往禹州府青城縣。

過了兩天，薛華善去西門報到，開始了早起晚歸的當差生涯，家裡又剩下顧綿綿主僕和鬼手李。

最近家裡晚輩越來越多，鬼手李罕見地開始調整作息，晚上睡的時間越來越早，等到了八月，他變得和正常人一樣，白天只會在下午睡一會兒了。

顧綿綿十分享受現在的平靜日子，但平靜又很快被打破了。

八月初七的晚上，鬼手李忽然表情凝重地對顧綿綿道：「換身衣裳，跟我出門。」

顧綿綿心裡一驚。「師叔，我們去哪裡？」

鬼手李實話實說。「去見妳娘。」

顧綿綿捏緊了手裡的帕子，衛景明連忙道：「師叔，我跟著一起去吧。」

鬼手李搖頭。「我去和方副統領商議陛下陵寢之事，你不適合到場。你媳婦算我半個徒弟，我帶著她還能說得過去。」

衛景明不再強求，拉住顧綿綿的手安慰她兩句。「綿綿，妳別怕，那是妳親娘。妳去見見她也好，看看她到底是什麼意思，下回方家再來人，我們也好應對。」

顧綿綿點點頭。「我跟師叔去了，你看好家裡。」

說完，她火速回房換了身衣裳，跟鬼手李一起消失在黑夜中。

鬼手李帶著顧綿綿一直往城外走，等出了京城大門，他仍舊沒有停下腳步。顧綿綿這些日子跟著衛景明學了些拳腳功夫和運氣方法，體力大增，走這一段路絲毫沒覺得累。

鬼手李不說話，顧綿綿也沈默無言。叔姪倆又走了近半個時辰，終於在城郊一處院子裡停了下來。

鬼手李上前敲門，出來一位中年男人開門。顧綿綿眼尖，一眼就認出此人是個太監。她低下頭，跟著鬼手李往裡去。

到了院子裡，顧綿綿被攔下，那中年太監對鬼手李道：「李大師請進，此人留下。」

鬼手李點點頭，看了一眼顧綿綿，顧綿綿乖乖按照太監的指示到一邊角落裡站立等候。

鬼手李進去後，並沒有人招呼顧綿綿，她獨自一人站在廂房廊下，看到正房西屋兩個人影打在窗戶上。她認出其中一個是鬼手李，另外一個，應該就是方貴妃。

顧綿綿怔怔地看著那個人影，心裡不知道是悲是喜。原來她想到親娘還會有些難過，自從她恢復上輩子記憶，對尋找生母之事看淡了很多。

我與她，大概天生少了些緣分吧？

初秋的夜裡有點涼，顧綿綿便開始自己在體內運氣，身上漸漸感覺有些熱了。窗臺上的兩個人影偶有晃動，鬼手李中途還揮手把什麼東西扔了出去，看樣子是起了爭執。

這樣等了好久，屋裡兩個人像是達成了什麼協議，鬼手李獨自出來了。

顧綿綿連忙迎了上去。「師叔。」

鬼手李難得溫和地對她笑了笑。「妳進去見見妳娘，我先到廂房歇歇。」

顧綿綿很想說好，但一個字卡在喉頭怎麼也說不出來。

鬼手李只說了三個字。「莫要怕。」說完，他一個人去了西廂房，隨後旁邊便有人端了茶水點心進去。

顧綿綿在院子裡站了有半刻鐘的時間，終於邁開了腿。她一鼓作氣，直接走進了正房西屋，迎面見到一位中年婦人坐在那裡。

婦人和顧綿綿一樣穿男裝，但看相貌，雖然有了年紀，也是這年紀裡難得一見的美人。

第二十八章

方貴妃看著眼前的姑娘，穿著一身黑衣，臉蛋又嫩又美，兩隻眼睛怔怔地看著自己，彷彿在分辨眼前之人是誰。

方貴妃心裡有些感嘆，她走的時候，女兒剛剛三歲，肉嘟嘟的小臉整天笑咪咪的，要讓娘梳小辮，要讓娘做好吃的，不高興了就窩在她懷裡一聲聲地喊娘，看到娘臉上的疤，還會用小手捂著吹一吹，一邊吹、一邊說娘不疼。

方貴妃的雙眼有些濕潤，她強忍住心裡的悲傷，臉上帶著笑輕輕喊了一聲。「綿綿。」

顧綿綿覺得這聲音很陌生，她剛才在腦海中拚命想小時候的事情，卻什麼都想不起來。

方貴妃又喊了一聲，顧綿綿勉強給了個笑容，然後叫了一聲「娘娘」。

方貴妃心裡一陣悲涼掠過。她的女兒和外頭那些人一樣，叫她娘娘。

雖然心裡難過，方貴妃卻一點沒表現出來，指了指旁邊的椅子。「坐。」

等顧綿綿坐下後，她又解釋道：「外頭人不知道妳是我女兒，剛才有些怠慢妳。」她見顧綿綿在西廂房廊下站了好久，都沒有人給她端杯茶。

顧綿綿並不在意這個，搖搖頭後，她抬眼仔細看了看方貴妃，細聲問道：「娘娘，您過得好嗎？」

方貴妃嗯了一聲。「還算好，妳過得好嗎？」

顧綿綿點頭。「還不錯，本來我在青城縣過得好好的，眼見著就要嫁人了，來了個什麼舅舅，非要抓我上京城，要不是衛大哥在，我現在不知道被人送到哪裡去了。」

方貴妃嘆了口氣。「妳舅舅有些魔怔了，我原說在京城給妳挑個好人家，他非要說東宮是個好地方，我不同意，他就私自行動。妳放心，有我在呢，他不敢隨便把妳送進東宮的。」

顧綿綿看向方貴妃，她臉上那道疤已經非常淡了，通身的氣派一看就不是普通人家出來的。她岔開話題。「娘娘，宮裡好嗎？」

方貴妃點頭。「宮裡有宮裡的好，民間有民間的好。妳初來京城，習不習慣？」

顧綿綿回道：「師叔很照顧我們，我過得很好，娘娘不用擔心我。」

方貴妃嘆了口氣，又問道：「聽說妳爹給妳訂親了？」

顧綿綿露出笑容。「衛大哥很好，我很喜歡他。」

方貴妃沈默，她看了看女兒絲毫不輸給自己的容顏，試探性地問道：「綿綿，妳想不想過人上人的日子？」

顧綿綿抬頭看向方貴妃，確認她並不是想勉強自己的樣子，便緩緩道：「娘娘，人上人是一輩子，人下人也是一輩子。我雖然不像娘娘一樣富貴，但吃喝不愁，夫婿上進，年紀輕輕就做了正七品，憑他的本事，早晚能讓我人前顯貴。就算他一輩子是個正七品，我覺得也挺好的。娘娘，我爹是個衙役，我小時候過得就挺好的，如今成了七品官家眷，我沒有什麼不滿意的。」

方貴妃微笑。「妳高興就好，等妳成親的時候，我會託人送些東西，希望妳別嫌棄。」

顧綿綿想起離家前顧季昌的話，小心翼翼勸道：「多謝娘娘，我也勸娘娘幾句，多為自己考慮些。方家百年大族，想要延續榮光，光靠娘娘怎麼夠？也得家中子弟出息才對。」

方貴妃苦笑。「哪裡是那麼容易的？當年方家過於顯赫，家中子弟過慣了富貴日子。現在沒有了軍權，族人又眾多，難免良莠不齊，總少不了扯後腿的。妳舅舅是嫡長子，自幼將家族當作自己的責任。我也勸過他，他不肯聽，反倒拖累了妳。」

顧綿綿搖頭。「我還好，衛大哥一直護住我。就是方侯爺曾派一些人到我家裡捉我，我爹受傷了。」

方貴妃聽見顧季昌受傷，沈默了好久，低聲問了一句。「他還好嗎？」

顧綿綿點頭。「尚好，爹做了縣尉，有二娘和弟弟陪著他。」

方貴妃聽見二娘二字，了然於心。她這麼多年從來不去打聽顧季昌的事情，何嘗不是因為怕聽見他續弦。如今從女兒口裡聽到這個消息，心裡反倒鬆了一口氣，不再多問。「那就好。妳舅舅莽撞了，回頭我想辦法把家裡那些暗衛都拔了。我今日是來和李大師商議陛下陵寢之事，不知道妳要來，連個見面禮都沒準備。」

顧綿綿又搖頭。「娘娘曾疼我三年，我感激娘娘，只要娘娘過得好，我就放心了。時候不早了，我先回去了，娘娘早些歇著。」

說完，顧綿綿起身就要走。

方貴妃又喊了一聲「綿綿」，顧綿綿停住腳步。方貴妃走到她面前，忽然拉住她的手。「我在宮裡，看似風光，其實不過是陛下手裡的一顆棋子。這個副統領，就是幫陛下打理一些雜事，平日連宮門都出不得。因著我的副統領身分並沒有過明路，也無法約束妳舅舅，妳自己要小心，要是遇到急難之事，就到這院子裡來找剛才那位大太監，那是我心腹之人。」

顧綿綿點頭。「我知道了，多謝娘娘。」

方貴妃又道：「你們剛站穩腳跟，定要謹小慎微。陛下如今老了，猜疑心重，我平日從來不和諸位皇子來往。妳的身分，說不定陛下已經知曉，我不敢靠近妳，就是怕他拿妳做文章，也怕諸位皇子發現妳的存在以此來攻擊我，一旦我的地位不穩，太子地位不穩，諸皇子相爭，朝廷大亂。綿綿，妳外祖父生前以安定天下為己任，我既然接了他的衣缽，就要為這朝廷和天下考慮，太子繼位，朝綱穩定，百姓才能安穩。綿綿，我選擇了為天下百姓，卻獨獨對不住妳。」

顧綿綿看著方貴妃，心中有些佩服。「娘娘，您受苦了。我也是天下百姓之一，娘娘既然為百姓，也是在疼我。」

方貴妃的眼淚終於忍不住掉了下來，她鼓起勇氣伸出手，摸了摸女兒的臉。「我兒，妳是個懂事的，多謝妳能理解娘。」

須臾，她又苦笑。「我如今在宮裡還算有幾分體面，要是妳舅舅把妳送給哪位皇子，陛下說不定就會懷疑我想支持那位皇子爭奪太子之位。若是把妳送給太子，陛下也可能懷疑我和太子勾結，希望他早日歸西，我自己換個皇貴太妃當當。妳舅舅敢這樣抓妳，就是吃定了我不敢管妳。如果可以，妳得趕緊成親，生個孩子。」

顧綿綿瞠目結舌。「娘娘，我一個小女子，哪裡有這麼重要？您在宮裡這麼為難嗎？」

方貴妃又摸摸女兒的臉。「宮裡是個吃人的地方，多少人進去了不是死了就是瘋了，我萬不能讓妳成為他們爭奪的棋子。」說完，她從懷裡掏出一塊玉珮。「當年我給妳留下一塊玉，這玉原是一對，如今把這一塊也送給妳，娘希望妳和妳的小夫婿白頭偕老。」

不等顧綿綿說話，她把玉塞進女兒手裡，又拉著她的手一起到了西廂房。

方貴妃對鬼手李行禮。「大師，兩個孩子的親事，就託付給你了。」

鬼手李連忙起身，拱手道：「娘娘言重了，我是壽安的師叔，原該我先求親才是。」

方貴妃笑道：「大師人品貴重，本宮再沒有不放心的。本宮平日出行不便，且陛下近來連我也開始猜疑，若是我女兒遲遲不嫁人，他說不定就要胡亂點鴛鴦譜了。」

鬼手李點頭。「既然是娘娘吩咐，我回去就給兩個孩子辦婚事，就是無甚排場。」

方貴妃搖頭。「事從權宜，簡單些不要緊。」

顧綿綿在一邊一句話都插不上嘴，聽說真要辦婚事了，她心裡又歡喜、又失落。歡喜的是她終於能和衛大哥長相廝守，失落的是她爹不能參加自己的婚禮。

方貴妃又轉頭看向女兒。「等事情辦完了，讓女婿給妳請個誥命，屆時遇到大節，妳也能進宮，到時候我們就能光明正大地坐在一起說話。娘對不起妳，沒能好好疼愛妳，希望妳的夫婿以後能對妳一心一意，他要是敢對妳不好，娘拚著這個貴妃不做，也要把他腿打折。」

顧綿綿心裡忽然湧起一陣悲涼，她娘這一輩子，實在是太不容易了，年少時家被抄，自己劃傷臉，流落市井生個孩子，又被迫拋夫棄女，到皇宮裡守十幾年活寡。

顧綿綿心裡嘆了口氣。「娘娘，您別總是為我們操心，也憐惜一些自己。」

方貴妃的眼底又變得濕潤，她哽咽了一聲。「好孩子，我原來還擔心我們一見面，妳就要問我當日為何要拋棄妳，誰知妳是個這麼懂事的好孩子，不僅沒有責怪我一句，還說這些暖人心的話。妳和妳爹真像，是我這輩子福緣淺薄，不配有這麼好的丈夫和女兒。」

說完，一向剛強的方貴妃再次掉下眼淚。轉瞬，她又恢復了平靜。「時辰不早了，你們回去吧。」

鬼手李先拱手告別，顧綿綿回頭看了方貴妃一眼，也跟著走了。

等叔姪倆出了大門，方貴妃忽然捂著臉無聲地哭了起來。

顧綿綿離開小院很遠之後，終於開口問鬼手李。「師叔，您剛才和娘娘發生爭吵了嗎？」

鬼手李嗯了一聲。「咱們這位陛下，總是不服老，還想把地宮再擴建一番。他也不想想，再擴建，萬一建到一半他死了，到底埋還是不埋？再說了，建地宮又要徵民夫，勞民傷財，非明君之道。」

顧綿綿心裡也痛罵皇帝不知民間疾苦，又問：「師叔，您答應了嗎？」

鬼手李搖頭。「算是答應一半吧，先把事情攬下來，慢慢找材料，等找齊了再建。按照陛下的意思，地宮得再擴大一倍，那豈不是影響風水？我已經讓貴妃娘娘回稟，不宜擴建那麼多。先拖著他，要是能拖死他，這些找來的東西留給以後的皇帝用，也不用浪費。」

顧綿綿聽到他這樣節儉，心裡又覺得好笑。她也不好明說老皇帝快死了，只能安慰鬼手李。「師叔別擔心，您一心為民，老天爺不會為難您的。」

叔姪倆一邊說話、一邊趕路，到了城門口，出示了方貴妃給的通行令，順利回到家中。剛進門，衛景明和薛華善都迎了出來。

鬼手李揮揮手。「都去睡吧，無事發生。壽安，明日你想辦法在這附近再買一套小宅子，讓你媳婦和她兄長搬出去住。」

衛景明吃驚。「師叔，為啥攆他們走？」

鬼手李像看傻子一樣。「難道讓新娘子在這裡發嫁？」

衛景明旋即大喜。「聽憑師叔安排。」

鬼手李自去睡覺，薛華善見妹妹神色沒有多大變化，自己回了房，只有衛景明仍舊拉著顧綿綿的手叨叨。「綿綿，妳和貴妃娘娘說得怎麼樣？」

顧綿綿把他拉進屋裡。「娘娘有她的難處，我大了，不想去追究過去的事情。」說完，她又把方貴妃交代的一些話告訴了衛景明。

衛景明臉上的笑容也淡了下來。他心裡比誰都清楚，老皇帝時日無多，等太子上位，朝廷必定會來個大清洗，這是自己的機會。但老皇帝死之前，朝廷肯定不穩，各處勢力暗中角力，自己說不定還會遇到波折。

他拉拉顧綿綿的手。「綿綿，妳別怕，咱們盡快把婚事辦了。」

顧綿綿甩開他的手。「你快去睡覺，明日還要去當差呢。」

衛景明嘿嘿笑，趁顧綿綿不注意，在她臉上親兩口，然後火速逃走。

一覺到天明，吃早飯的時候，鬼手李掏出黃曆冊子，挑了個好日子。「就在十一天後吧，是個好日子。」

這也太快了！顧綿綿有些臉紅。

衛景明連忙道：「我今日就去買宅子。」

鬼手李點頭。「莫要說出去，到時候就咱們自家人在家裡慶賀一番。等你們以後有了娃娃，再大肆慶賀也不遲。」說完，他從懷裡掏出一張五百兩的銀票給衛景明。「不需要買太好，和這院子差不多就行，這錢應該夠了。」

衛景明也不矯情，收下銀票，一臉喜氣地看向顧綿綿。

顧綿綿頓時羞得滿臉通紅。一頓飯還沒吃完，顧綿綿就提前告辭了。

衛景明辦事行動力強，當天下午，他就拿回來一張房契，就在離這裡半里路遠的如意巷，很近。

衛景明把房契給薛華善。「華善，爹不在京城，綿綿這邊就是你做主了。」

薛華善呆了呆。「大哥，我不能要。」說完，他忽然反應過來。「我替綿綿收著。」

顧綿綿低頭不說話，在桌子底下踩了衛景明一腳，死呆子，為啥當著大家的面說。

衛景明疼得臉扭了扭，又恢復了正常，抱著酒壺給鬼手李倒酒。

有了宅子，第二天上午，顧綿綿就帶著翠蘭去看宅子。

小小的院子，正房、廂房、倒座房都有。青瓦黛牆，院子裡還有一叢竹子，看起來很是清爽。

翠蘭小聲問道：「姑娘，我們以後就住在這裡嗎？」

顧綿綿點頭。「我們晚上住在這裡，白天去師叔那裡。」

翠蘭又歡喜起來。「姑娘，這屋裡寬敞多了。」

顧綿綿看了她一眼。「京城寸土寸金，在我老家，這樣的院子最多二、三十兩銀子，京城的價卻翻了二十倍。能有這屋子住，我就很滿意啦。」

翠蘭連忙解釋道：「姑娘，我並不是嫌棄屋子小。我一個人能住一間耳房，不知道多高興呢。我想的是，等姑娘和姑爺成親了，到時候姑娘說不定就有了誥命，就要和各家官眷們來往，住在太爺那裡，總是不便。」
這倒是真的，鬼手李不喜歡和外人來往，但顧綿綿和衛景明總少不了交際。
顧綿綿看過了宅子，帶著翠蘭把屋裡屋外打掃了一遍，又折回安居巷。
薛華善對宅子沒有任何想法，他的心思都在差事上。衛景明見顧綿綿說喜歡那宅子，火速帶著大家連夜搬了家。說是搬家，也沒多少東西，兄弟倆齊動手，來回兩、三趟就搬完了。
鬼手李看向衛景明。「這幾天讓你媳婦他們先過去，等成過親，你們就住在那邊吧，我老頭子一個人住習慣了。」
衛景明有些不情願。「師叔，等我們成過親再搬回來。」
鬼手李搖頭。「莫要做這般小兒女態，離得這麼近，隨時能過來，非要守在一個屋子裡做啥？」
薛華善想想自己是個光棍，對鬼手李道：「大師，等妹妹完婚，您老人家要是不嫌棄，我過來伺候您。」
鬼手李揮揮袖子。「隨你。」
說完，他又去搗鼓自己的東西。
當天夜裡，顧綿綿就住進了新宅子。她自己住了西廂房，薛華善也不肯住正房，反倒把正房空了出來。

當晚，顧綿綿睡到半夜，忽然，門外傳來敲門聲。

顧綿綿以為是翠蘭，回道：「有事明日再說吧。」

敲門聲繼續，顧綿綿奇怪，趿著鞋到門口來開門，手剛碰到門栓，顧綿綿停下了手。

不對，門外不是翠蘭。翠蘭不會這樣悶不吭聲敲門。

顧綿綿心想：難道來了賊？不對，賊怎麼會這麼客氣。

顧綿綿往袖子裡放了幾根針，輕輕打開了門。

門剛一打開，門外一個人影嗖地就進來了，然後就摟著她鋪天蓋地一陣啃。

顧綿綿氣得拿腳去踹衛景明，衛景明輕輕躲過，又把她箍在懷裡，還把門帶上了。

過了好幾息，顧綿綿掙扎開來，低聲抱怨。「大半夜的過來做什麼？」

衛景明把她往自己身邊拉。「我想妳了。」

顧綿綿本來在掙扎，聞言動作緩慢了些。「白天不是才見過面。」

衛景明用下巴蹭蹭她的頭頂。「家裡冷清清的，師父又開始半夜幹活，我一個人睡不著，想來看看妳。」

顧綿綿一伸手，就摸到了他身上的睡衣，還有那一身硬邦邦的腱子肉，她小聲嘀咕。「怎麼不穿好了再過來？弄得跟逃難似的。」

衛景明咧嘴笑。「大晚上的，誰在意我穿的什麼？」

顧綿綿強迫自己拿開手，不去摸他那一身腱子肉，假裝若無其事地摸摸他的手。「你冷不冷？」

衛景明豈能不懂她的意思，綿綿不光喜歡自己的臉，還喜歡自己這一身上好的肉，就算時光輪迴，她也丁點沒變。

衛景明悶笑了兩聲，把臉湊近，在她耳邊悄聲道：「我不冷，熱得很。」只要對著綿綿，他就感覺內火一陣陣往外冒，連小明都開始蠢蠢欲動。

黑夜中，顧綿綿紅了紅臉。「你快回去吧，明日還要當差呢。」

衛景明把她摟得更緊一些。「我早上走得早，晚上回得遲，一天到晚看不見妳，我心裡想得慌。」

顧綿綿恨不得把他嘴巴堵上。衛景明反手抓住在自己手心裡撓啊撓的小手，一把按在自己肚子上。「綿綿，妳是不是早就想摸一摸？來吧，我給妳摸。」

顧綿綿呆住了，她摸到了什麼？結實的小腹，還有在她手腕邊吹號角的小明。

顧綿綿火速抽開手，對著他的胳膊狠狠揪了一把。「快滾！」

衛景明哈哈笑，又迅速把她拉到自己身邊，攬在懷裡。「別生氣、別生氣，我跟妳開玩笑的。」

衛景明的雙臂非常有力量，顧綿綿雖然害羞，卻感覺十分安定，漸漸不再掙扎，把頭靠在衛景明的肩膀上。

衛景明一隻手攬著她，一隻手輕輕撫摸她的頭髮，屋裡的氛圍安靜溫馨。

忽然，外頭響起薛華善的聲音。「綿綿，妳屋裡是不是進老鼠了，怎麼大半夜這麼大的動靜？」

大老鼠衛景明被人打斷，還是不想走。

顧綿綿趕緊對著門外回道：「大哥，我無事。」然後又去推衛景明。

衛景明來的時候一進院子，薛華善就聽到了。他本來以為是什麼賊人，從窗戶那裡一聽，賊人躡手躡腳，還輕輕敲門。他立刻明白，來的是衛景明。

薛華善本來想直接攆他走。這都快成親了，還來幹麼？但想到妹妹忽然搬家，說不定心裡也有些害怕，讓他安慰兩句也好。

誰知衛景明進了屋這麼久，薛華善有些著急，只能出來趕老鼠。薛華善知道，自己堵在門口衛景明也不好出來，便特意囑咐顧綿綿。「我先回屋了，有事叫我。」

等薛華善回了屋，大老鼠衛景明躡手躡腳從西廂房出來，騰空一躍，很快消失在黑夜中。

見衛景明離開，薛華善鬆了口氣。衛景明來看妹妹他不反對，但待在妹妹房裡不肯出來，他實在是不能假裝看不見。這要是義父在，肯定要捶他一頓！

第二天早起，顧綿綿有些不好意思。昨晚哪有什麼大老鼠，大哥肯定知道是衛大哥來了。

薛華善反倒不在意，仔細叮囑顧綿綿。「妹妹，義父、義母不在，我就充個大，幫妹妹置辦一些嫁妝。既然婚事從簡，咱們略微添置兩件家具，再給妳添置些衣裳料子就好，至於其他的，以後日子長著呢，咱們慢慢辦。」

顧綿綿點頭。「我聽大哥的。」

薛華善又道：「衛大哥那邊也沒人主事，一些瑣碎的東西，妳也一起幫著置辦好。」說完，他從懷裡掏出二十兩銀子。「大哥是個窮的，這二十兩銀子給妳添妝，別嫌少。」

顧綿綿趕緊推了回去。「大哥，你當差才幾個月，身上能有多少錢？我不要，你都留著吧。沒了王姑娘，你以後也要娶嫂子的，花費大著呢！」

薛華善笑了笑，把二十兩銀子又塞進她手裡。「咱們從小一起長大，如今妳要出門了，一輩子的事情，義父、義母不在，我是兄長，自然該為妳操心。這二十兩銀子算什麼？咱們兄妹之間的情分要緊。」

顧綿綿想起小時候的情景，顧季昌去衙門了，家裡沒個大人，有時候顧季昌中午回不來，兩個孩子就一起在家裡到處找東西吃，或者拿了幾個大錢一起出門買兩個燒餅吃；天冷的時候，薛華善的衣裳破了，顧綿綿用不太熟練的針法給他縫衣服，經常縫得不合身……

顧綿綿接下了二十兩銀子，這裡面有薛華善的俸祿，更多的，很可能是他父親留給他的遺產。

顧綿綿覺得手裡的銀子沈甸甸的，她眨了眨眼睛，強行憋回去即將出來的淚水，抬頭看向薛華善。「大哥，多謝你。」

薛華善輕輕摸了摸她頭上的髮簪，以前小的時候，薛華善經常給妹妹梳頭，自從她大了，薛華善再也沒近身摸過她的頭髮。

他安慰顧綿綿。「別想太多，以後咱們離得近，天天還可以見面，就跟以前一樣。」

顧綿綿笑道：「好，我去做早飯，大哥吃了飯再去。」

薛華善點頭。「我先練一會兒功夫。」

顧綿綿帶著翠蘭在廚房忙碌起來，很快，一頓豐盛的早飯擺上了桌子。

薛華善看著桌上的紅豆粥和花捲，對顧綿綿道：「以後晌午和晚上都在安居巷吃，晚上吃了飯再回來。」

顧綿綿點頭。「好，大哥晚上下衙門後直接去安居巷吧。」

第二十九章

兄妹倆吃過了飯，薛華善去衙門，顧綿綿帶著翠蘭繼續把家裡整理整理。

等把家裡清理乾淨後，顧綿綿又帶著翠蘭上街買東西。婚事雖然從簡，但要買的東西還多著呢。

顧綿綿先買了兩疋上好的料子，時間倉促，她要給自己和衛景明趕出兩套喜服，花樣要最簡單的，有個喜慶的意思就行。還要給鬼手李做一身新衣裳，他是家裡唯一的長輩，到時候肯定也是主婚人。大哥來了京城，身上還是舊衣裳，妹妹出閣，他肯定也要穿新衣裳。除了衣裳，新房裡要重新添置一張大床，還有成套的家具。

顧綿綿忽然覺得時間好緊張。

一個上午，顧綿綿把所有的布料都置辦齊了，又定了全套的家具，先把東西送回如意巷，然後打發翠蘭去買菜，自己先回了安居巷。

鬼手李剛起來，他昨晚又熬夜了，早上也沒吃飯，衛景明是自己在外頭買了東西吃。

顧綿綿和他打過招呼，立刻進廚房開始忙碌。

後面的幾天，日子過得飛快，顧綿綿每天早起就帶著翠蘭做針線，然後去安居巷照顧鬼手李的午飯，下午繼續在那邊做針線活，晚上一大家子一起吃頓團圓飯。

中秋節那天，衛景明和薛華善都回來得比較早，還帶回來了衙門裡給的節禮，有銀子、豬肉、月餅，兄弟倆把東西都交給了顧綿綿。

顧綿綿帶著翠蘭做了一桌上好的飯菜，一大家子團團圍坐在一起。

鬼手李吩咐衛景明。「過兩日你們就成親了，先不要告訴任何人，咱們悄悄辦。雖說有些虧待你媳婦，但往後你小子好好幹，爭取早日把她的誥命升上去。」

顧綿綿聽了有些不好意思，薛華善連忙幫著表態。「大師，義父挑女婿，是看人品，不論錢財和門第。我們剛來京城，本來就不認識幾個人，婚事從簡也是常理。就照大師說得辦，我們自家人一起慶賀就好。等以後有了外甥，我們也打開了人脈，到時候再大肆慶賀。」

鬼手李笑著點頭。「華善果真是個大氣的，你爹和你義父把你教得很不錯。」

薛華善連忙客氣兩句，又對衛景明道：「衛大哥，你是我的義兄，但咱們之間是咱們之間的情分，你要娶我妹妹，我是兄長，自然要說兩句。婚事什麼的我們不計較，往後的日子才是重要的。妹妹長得好，喜歡她的人沒有一百也有幾十。我希望你不是只看上她的容貌，她總會老的，等她以後生了孩子變醜了、人變老了，我希望你仍然沒變。」

衛景明立刻站起身，給薛華善倒酒。「現在你是我的舅兄，不是我的義弟。舅兄請放心，我若有負綿綿，讓我天打雷劈不入輪迴。」

薛華善趕緊阻止他。「我知道你的心，莫要說那些不吉利的話！」

鬼手李在一邊道：「好了好了，華善放心，有我在呢。你們囉嗦個沒完，我老頭子早就餓了。」

說完，他率先拿起筷子開始吃菜，眾人立刻也跟著邊說笑、邊吃飯。

吃過了飯，衛景明送顧綿綿兄妹一起回家。薛華善說自己要回去練功，火速先行而去。翠蘭很知趣，跟在後面離得遠遠的。

中秋之夜，京城的夜晚略微有些涼，一輪明月高掛在天空，各家各戶仍舊亮著燈在歡度節日。雖然是夜晚，街上仍舊人來人往。

衛景明拉著顧綿綿的手，慢騰騰往如意巷去。

顧綿綿開始把自己已經買好的所有的東西都和衛景明說一遍，衛景明捏了捏顧綿綿的手，忽然從懷裡掏出一張二百兩的銀票塞給顧綿綿。「我這些日子不得空，辛苦綿綿把家裡的東西置辦好。」

顧綿綿想把錢推回來。「上回你就給過了，我還沒用完呢。」

衛景明握住她的手。「街上人多，別推。又不是好多錢，也就夠買點普通的東西。」和上輩子做指揮使比起來，衛景明現在日子真叫一個窮。

顧綿綿並不是個貪圖享受的人。「胡說，我買了那麼多東西，還沒花完一百兩銀子。咱們家的院子小，也不需要太多東西。」

衛景明見路邊有賣小零嘴的，買了一些給顧綿綿吃。「妳和華善住在那邊，晚上來人不要輕易開門。我和師叔教妳的針法，等我們成親後，妳有空閒了再多練一練。等我過一陣子得閒了，我帶妳一起練。」

兩個人一邊走、一邊說，很快就到了如意巷，衛景明很是依依不捨，看著顧綿綿進了門許久，自己才轉身離去。

日子一眨眼就到了成親那一天，薛華善和衛景明請了三天假，理由是家裡長輩過壽辰。不管是安居巷還是如意巷，都沒有請一個客人。

一大早起來，顧綿綿把自己收拾得乾乾淨淨，換上了新衣裳，翠蘭忙著給她梳妝打扮，家裡沒人做飯，薛華善直接從外面買了些東西回來充當早飯。

新房設在正房，等吉時到了後，衛景明會駕著馬車過來接顧綿綿，在那邊行過禮，等到夜裡再一起回來。整個行徑和往日一般，並不惹人懷疑。

顧綿綿身上穿的大紅衣裳，上面繡著簡單的花紋，腳上一雙紅鞋，頭上一根赤金鑲嵌寶石釵和一對花鈿，耳朵上一對水滴狀金鑲玉耳墜，手腕上是顧季昌給的那一對金鐲子。

薛華善端著早飯進了屋，顧綿綿稍微吃了兩口，然後就坐在床上等候衛景明來接。

翠蘭又去正房看了看，把裡面的東西都檢查一遍。

辰時末，衛景明來了。他獨自駕著一輛租來的馬車，馬車上只貼了兩朵紅花，其餘並無裝飾。為防止他人窺視，衛景明還直接把車趕進了院子裡。

一進院子，衛景明就喊：「華善，我來了。」

薛華善出了屋子，對著衛景明笑。「衛大哥來了。」

衛景明對著薛華善拱手。「我來接綿綿。」

薛華善又囑咐衛景明。「衛大哥，義父雖然收留了我，但他並無太多時間陪伴我，妹妹才是我在這個世界上最親近的人。我知道大哥如今對妹妹好，但我希望你能一輩子對她好。」

衛景明咧咧嘴。「你放心吧，我對綿綿的心，日月可鑒。就是咱們這稱呼有些亂，按理來說，你是我舅兄，但咱們又是結拜兄弟。」

薛華善笑了笑。「無妨，咱們各論各的。」

衛景明進了屋裡，顧綿綿已經披上了蓋頭，安靜地坐在床頭。

衛景明慢慢走到她面前，先給她作揖，然後輕聲道：「綿綿，我來了。」

顧綿綿感覺鼻頭有些發酸，她忽然想起上輩子，她出了宮，兩個人在京郊那個小院子舉辦了簡單的婚禮。和這次一樣，沒有一個客人，她卻歡喜得一天沒睡著。

今日家裡沒有長輩，也免去了哭嫁這一環節。薛華善走了過來，蹲在顧綿綿跟前。「妹妹，我揹妳出去。」

顧綿綿趴在了薛華善後背上，任憑薛華善把她揹上了喜車。翠蘭跟著爬上了車，薛華善和衛景明一起坐在車把上。

進屋後，翠蘭走到顧綿綿面前，輕輕喊了聲。「姑娘。」

顧綿綿想了想。「以後就改口吧，叫老爺、太太，太爺和舅爺還跟以前一樣的叫法。」

翠蘭笑道：「您才多大，喊太太平白把您喊老了。」

顧綿綿正色道：「官人是七品官，怎麼喊不得老爺了？我老家的七品縣太爺，那譜可大著呢。」

翠蘭便道：「好好好，以後我就叫您太太。我的好太太，您可要用些飯。剛才外頭酒樓送來了席面，我和舅爺一起接的，老爺和舅爺正陪著太爺吃席面呢。老爺怕您害羞，讓我給您端了些到這邊來。」

顧綿綿看了看那托盤裡的幾樣小菜，點了點頭。「好，咱們一起吃一些。等吃過了飯，妳打些水來我洗一洗。」

翠蘭幫顧綿綿捲起了袖子，伺候她吃了些飯。吃過了飯，顧綿綿把臉上的脂粉洗乾淨，也沒換衣裳，直接出了東耳房。

正房裡，衛景明和薛華善喝酒正喝得上頭，顧綿綿想著都是自家人，也沒避諱，帶著翠蘭進了屋。

鬼手李指了指衛景明旁邊的位置，對顧綿綿道：「坐下。」

衛景明轉頭對顧綿綿笑了笑，然後繼續和薛華善划拳。

鬼手李慢悠悠地喝茶，對顧綿綿道：「我看妳身邊一個丫鬟不夠用，等你們安頓下來後，再添兩個人在那邊。」

顧綿綿點頭。「多謝師叔。」鬼手李看似冷漠，實則是個細心人。

那邊，郎舅倆把一罈酒喝完後，終於停下了划拳的聲音，薛華善已經趴在桌子上起不來了。

鬼手李失笑。「你這大喜的日子，把大舅哥灌醉了，你岳父要是曉得了，看不打你。」

衛景明笑道：「師叔，往後我不能每天貼身服侍您，就讓華善替我陪著您。我每天晚上還過來吃飯，您有什麼事儘管吩咐我。」

鬼手李並不在意。「你們好生把日子過好就行。這飯也吃過了，你把華善抬到你那屋裡去，然後帶著你媳婦回如意巷去吧，今晚不用過來了。」

顧綿綿有些不好意思。「師叔，我們晚上再走吧。」

鬼手李揮揮手。「去吧，我老頭子要補個覺。你們把這屋裡收拾收拾，明日早起過來奉茶。」說完，他便自己回了東屋。

衛景明把薛華善揹進東耳房，又把自己的東西打包好，夫妻倆換了衣裳，帶著翠蘭一起回了如意巷。

到了大門口，翠蘭開了鎖，衛景明和顧綿綿一起推開了大門。

整個院子裡被顧綿綿和翠蘭收拾得妥妥帖帖，入門是門樓，對面是一道影壁，門樓兩側各有兩間倒座房。影壁兩側都是小路，和院子裡的十字甬道相連，直通正房和兩邊廂房。影壁北側種了一叢竹子，兩條交叉的甬道將院子分成四塊，其中三塊種了樹木、花草，一塊留給衛景明練功用。

夫妻手牽手，一起入了正房。

新房設在東屋，掀開東屋簾子，只見一張千工拔步床映入眼簾，床上掛著紅色帳子，鋪了紅色床單和棉被。被面上繡了一對鴛鴦，帳子用銅鈎子掛住，銅鈎子下還擺了紅色的流蘇。床上還有一對枕頭，枕頭上只有簡單的一些花紋。因為顧綿綿不喜歡枕頭上繡花太多，否則睡在上頭臉上都印了花樣子。

床的尾部那裡放了一個大櫃子，裡面放了一些新衣裳和料子。櫃子旁邊有個五斗櫃，五斗櫃上放了一個大箱子，裡面放了兩床棉被，五斗櫃旁邊還放了一張桌子。

床頭放了一個小矮桌，抽屜裡是顧綿綿的針線笸。靠窗是顧綿綿的梳妝檯和凳子，牆角有一個洗臉架，上面放了一個銅盆。

整個屋子裡的東西大多都是新的，貼滿了紅色的喜字，看起來頗是喜慶。

衛景明在屋裡轉了轉，過來抱著顧綿綿親了兩口。「綿綿，妳辛苦了。」

顧綿綿笑道：「我就是買東西，有什麼辛苦的？又不要我出錢。」

衛景明在她臀上輕輕拍了兩下。「買東西也要費腦子，不然買得不好，豈不是白花錢還不開心？」

顧綿綿被他拍了兩下，頓時羞紅了臉。「好好說話。」

到了這邊，家裡沒有長輩，衛景明哪裡還顧及那麼多，聞言越發放肆，兩隻手十分不老實，這裡摸摸、那裡摸摸。顧綿綿哪裡受得了這個，對著他的腳踩了一下，在他發愣的當口，轉身就跑。

衛景明反應過來，快速飄了過去，一把將她攬進懷裡。「休想逃跑。」

顧綿綿忽然被抓住，驚得尖叫了一聲，然後又忍不住笑了起來。「我又不是犯人。」

衛景明又把她攬進懷裡。「妳不是犯人，妳是我娘子。娘子，今兒累了大半天了，咱們歇一會兒吧。」

顧綿綿的眼神立刻游移不定飄了起來。「我不睏，不想午休。」

衛景明把頭湊近，輕聲道：「那妳陪著我好不好，我睏。」

顧綿綿的心跳頓時快了起來。「你又不是小孩子，睡覺還要人哄不成？」

衛景明膽子大了起來，很不要臉說道：「我就是小孩子，還沒斷奶呢，要娘子哄。」

顧綿綿忽然明白了他的意思，又準備踩他的腳，還沒踩上去，自己卻騰空而起，轉瞬就被埋在滿眼的紅絲之間。

紅色帳子被放下，那掛帳的銅鈎子漸漸不甘寂寞起來，開始輕輕晃動。

衛小明作了個好長的夢，夢裡他如同登臨仙境。瑤池邊，他看到一株荷花，荷花還沒開，合著花苞，撥開外頭的荷葉，小小的花苞頭粉粉嫩嫩的，煞是可愛，嚐一口，甜蜜蜜的。他輕輕撫摸幾下，花苞頭微微抖動，彷彿驚動了瑤池裡的仙子，仙子開始淺吟清唱。唱了一會兒，那花苞頭劇烈顫抖，仙子的歌聲也變得高亢，瑤池裡的水頓時沸騰了起來，一股股湧出來，濕了他的鞋面。

他放棄荷花，脫了鞋，一個跟頭鑽進荷花池裡，就著剛剛湧出的池水，開始沐浴淨身。

西耳房裡，翠蘭今日也累了，老爺、太太沒叫，她便自己躲在西耳房裡歇息。等她睡了一覺起來，衛景明忽然叫她，讓她送盆熱水過去。翠蘭是做丫鬟的，雖然年紀小，但多少懂些事，偷偷笑了一聲，轉身去廚房把溫在鍋裡的水送了一盆過去。

顧綿綿這會兒正趴在簇新的床單上，身上蓋著薄被子，渾身懶懶的不想動。

衛景明掀開帳子，輕輕摸了摸她的頭髮。「綿綿，我讓翠蘭打水來了，我服侍妳洗一洗。」

顧綿綿小聲咕噥。「我自己會洗。」

衛景明笑道：「我們夫妻之間，妳還怕什麼？」

說完，他不顧顧綿綿反對，「強行」服侍她擦洗。

第三十章

顧綿綿在衛景明的服侍下，擦洗了身子，又換了一身乾淨衣裳，繼續懶懶地趴在床上。

衛景明把衣裳都收在盆子裡，端到門外給翠蘭。

翠蘭低眉順眼站在正房門口，衛景明先把盆子遞給她。「妳把太太的衣裳洗洗。」在回來的路上，翠蘭叫太太被衛景明聽見了，遂也跟著改口。

翠蘭低聲道好，衛景明想了想，又囑咐。「妳等一會兒。」

他轉身就走，翠蘭只能端著盆子站在門外。

衛景明進了屋子，問顧綿綿。「綿綿，我看翠蘭今日怪聽話，給她些賞錢怎麼樣？」

顧綿綿輕輕嗯了一聲。「床頭小櫃子第二個抽屜裡，有個小荷包，是我給她準備的，我本來想一回來就給她的，耽誤到現在。」

衛景明嘿嘿笑兩聲，找到了荷包。「我去替妳給她，妳多睡一會兒。」

衛景明再次到了門外，把荷包給了翠蘭。「太太說妳這幾日辛苦了，這是給妳的，拿去買花戴吧。」

翠蘭高興地接過荷包。「多謝老爺，多謝太太。恭祝老爺、太太百年好合，早生貴子。」

這說得衛景明心裡高興極了，頓時覺得這個丫鬟買得不錯。「去吧，太太累了要歇歇，妳等會兒去安居巷那邊幫舅爺和太爺做好晚飯，晌午的席面肯定剩了不少菜，帶些回來咱們吃。」

翠蘭再次屈膝行禮道好，衛景明關上門回了新房。

他一撩開帳子，只見顧綿綿閉著眼睛側身躺在被子裡，頭髮有些凌亂，小臉白裡透著紅，整個人雖然疲憊，卻似乎多了一股說不出的韻味。

衛景明躺到她身邊，將她攬進懷裡，把她的頭髮捋順，然後輕輕問道：「綿綿，妳還疼不疼？」

顧綿綿立刻用被子蓋住臉。「我才不疼呢！」

衛景明立刻道：「我好疼，綿綿妳給我摸摸吧。」

顧綿綿馬上轉過身去背對著他。「我要睡覺了。」

衛景明格格笑，任由她像一隻蝦米一樣窩在自己懷裡。他摟著她輕輕拍了兩下，兩個人都不說話，很快一起進入了夢鄉。

等翠蘭從安居巷回來，小倆口才起來。

顧綿綿換了一身家常的紅衣裙，頭髮梳了起來，只插了一根金釵。

翠蘭行禮叫了老爺、太太，顧綿綿並不拿大，起身接過翠蘭手裡的籃子，裡面有許多晌午剩的菜。衛景明訂的席面好，家裡人少，晌午沒吃多少，好多菜都還沒動筷子，自然不能浪費了。

顧綿綿想起鬼手李的話，家裡以後的事情越來越多，光指望她和翠蘭，可能會忙不開，但要是再進人，花銷也大，衛景明那點俸祿，哪裡夠養家？

先按下這事不提，顧綿綿讓翠蘭把剩菜熱熱，三人一起吃了頓晚飯。

吃過了飯，顧綿綿想看看機關圖紙，衛景明不肯，拉著她進了房間。「哪有新婚之夜還看機關圖紙的？」

顧綿綿的臉紅了紅，心裡罵他，哪有新婚之日不等夜晚就洞房的！

衛景明把顧綿綿拉進屋裡，用一根綢帶蒙住自己的眼睛，嘻嘻笑著。「綿綿，咱們來玩遊戲呀，我來抓妳。」

顧綿綿立刻道：「你那綢子透光，你肯定能看到。」

衛景明笑了笑。「那妳給我換其他的。」

顧綿綿打開箱子，找到一塊長條形的棉布，摺了三道蒙住他的眼睛。「這回你就算把眼睛睜再大你也看不見，還有，不許用耳朵聽，只能用手抓。」

衛景明咧嘴笑。「好好，我就用手抓，不聽。」

顧綿綿綁好了棉布條，一拍他的腦門。「好了，來抓我呀！」

她一個閃身到了他身後，衛景明這會兒把眼睛、耳朵都廢掉，全憑感覺去抓，自然和常人無異，無非就是手腳快些。但顧綿綿也不是那等走不動的嬌小姐，如今她每天練習內息運轉，現在腳步輕盈，挪動得很快。

衛景明感覺她一會兒在自己眼前，一會兒又到了身後，剛摸住一片衣角，立刻被她奪過就跑。

他像隻沒頭蒼蠅在屋裡亂轉。「好綿綿，快過來讓我抓住妳，我來了，我來了……」

顧綿綿立刻尖叫一聲往一邊躲，兩個人又嘻嘻哈哈你追我趕。

屋裡不時傳來陣陣笑聲，翠蘭在西耳房裡聽到後低頭笑，她把荷包打開一看，整整一兩銀子呢，她一個月月錢才三百文。

翠蘭把荷包收好，自己躺到了床上。

正房裡，衛景明終於抓住了顧綿綿，把自己眼睛上的棉布條一摘。「好綿綿，我抓住妳了，換妳來抓我。」

顧綿綿玩遊戲從來不耍賴，把臉一抬。「那你給我蒙上。」

衛景明喜孜孜地給她蒙上，然後在她身後的渾圓上輕輕拍了一下。「綿綿，妳來抓我呀，妳可以聽。」

顧綿綿就算把耳朵用上，肯定也比不上衛景明靈活。他一會兒在她臉上摸一下，一會兒在她身後拍一下，或者扯扯她的裙子，顧綿綿一邊笑、一邊摸，過了好久，連他一根毛都沒摸到。

衛景明不忍心，故意讓她抓到。

顧綿綿摸到一片衣角，迅速抓在手裡。「我抓到你了。」說完，她繼續往上摸，這一摸，就摸到了不該摸的東西。

眼睛上的棉布還沒拆開呢，她又感覺到自己騰空而起，繼而被埋在了紅色的被子裡。

第二天一大早，太陽老高了，顧綿綿還沒起身。衛景明已經在院子裡打了兩趟拳，見翠蘭快做好了飯，進屋撩開簾子，在顧綿綿睡得紅通通的臉蛋上親了兩口。「綿綿，起床啦。」

顧綿綿咕噥一聲。「不起。」

衛景明捏捏她的臉蛋。「綿綿，起床了。」

顧綿綿翻個身。「我還想睡。」

衛景明笑道：「妳再不起，我上來了。」

顧綿綿嚇得立刻抱著被子坐了起來。「你別，我起來了。」

這一坐起來，她立刻感到渾身都有些痠疼。

顧綿綿橫了一眼衛景明，他立刻陪笑。「太太，我服侍您漱洗。」

說完，他把旁邊的衣裙拿過來，幫顧綿綿把衣裳穿好，又火速打來洗臉水，等顧綿綿漱洗過後，他把顧綿綿按在梳妝檯邊的凳子上。「太太，我給您梳頭。」

顧綿綿笑道：「讓衛大人給我梳頭，委屈衛大人了。」

衛景明拿起梳子，十指十分靈活地將那一把頭髮分成很多股繞來繞去。「太太，小的服侍得好，可有打賞？」

顧綿綿照了照銅鏡。「等會兒賞你一個銀角子去吃花酒。」

衛景明笑道：「小的不要吃花酒，太太晚上別攆小的走就行。」

沒幾下，衛景明就幫顧綿綿綰了個好看的髮髻，又戴上幾樣金首飾，還幫她上了薄妝。

顧綿綿站了起來，這新婚的小婦人，出色的容貌，臉上欲語還休的羞意，整個人變得更加迷人。

衛景明忍不住把她攬進懷裡。「我的乖乖，我好想把妳藏在屋裡。」

顧綿綿嗔他。「胡說，我又不是犯人。」

衛景明摸摸她的髮髻。「咱們吃飯，吃了飯去師父那邊奉茶。」

顧綿綿點頭，夫妻倆手拉手到了隔壁明間，翠蘭剛擺好了早飯。

衛景明幫顧綿綿盛粥、剝雞蛋，忙活個不停。

顧綿綿也給他剝雞蛋。「也不知道師父和大哥早上吃什麼？」

衛景明回道：「別擔心，師叔肯定還沒起來呢，等會兒咱們順道帶些吃的過去。」

夫妻倆吃過飯之後，帶著翠蘭一起往安居巷去。

旁邊左右的鄰居都吃驚，才搬過來的貌美小娘子，怎麼忽然就梳了婦人頭？再一看顧綿綿身邊的衛景明，衣著得體，相貌出眾，看樣子是個官爺。

衛景明讓翠蘭給遇到的街坊們發喜糖，又大略說了自家的情況，請大家以後多照顧。

如意巷的街坊們聽說這是錦衣衛的總旗，頓時都熄了輕視之心，那些婦人們對著顧綿綿笑得越發和善。顧綿綿倒不在意這些街坊們過於諂媚的笑容，錦衣衛名聲不好，百姓害怕也是正常。

顧綿綿笑著對大家道：「各位嫂子們，往後得閒了，往我家裡去呀！我來的時日短，還不大熟悉這裡，還請嫂子們以後多教教我。」

眾婦人們又是一通客氣誇讚，誇顧綿綿長得好有福氣，找個這麼好的夫婿。

和街坊們客氣了一陣子，衛景明帶著顧綿綿一路走著去了安居巷，路上買了些吃的一起帶過去。

果然不出衛景明所料，鬼手李還沒起來，薛華善也剛漱洗完畢，見到妹妹和衛景明，連忙迎了過來。「你們來了，可吃過了？」

顧綿綿讓翠蘭把買來的早飯放在正方明間。「我們吃過了，大哥才起呢。」

薛華善仔細看了看妹妹，發現她頭髮綰了起來，臉上始終帶著笑，看來是過得不錯。

鬼手李聽見院子裡鬧烘烘的，索性起了床，就著翠蘭打來的水洗了臉。

顧綿綿照顧鬼手李和薛華善吃了早飯，鬼手李把嘴一抹。「該敬茶了。」

翠蘭已經把茶水都準備好了。

衛景明拉著顧綿綿跪在鬼手李面前，一起磕頭，顧綿綿奉上熱茶。「請師叔喝茶。」

鬼手李笑咪咪接過茶，一口吃盡，然後在托盤上放了一個大紅包。「妳是個好的，以後好生過日子。」

衛景明也端過一杯茶，奉給鬼手李。「師叔，您今日也是女方長輩，請喝茶。」

鬼手李哼笑了一聲，喝了茶，放回茶杯。「我可沒給你準備紅包。」

衛景明笑道：「師叔肯吃我的茶，就是給我臉了。」

夫妻倆起身後，又給薛華善行禮，一起叫大哥，薛華善連忙掏出兩個紅包，一人給一個。

這紅包還是昨兒晚上鬼手李塞給他的，他本來想拒絕，鬼手李嘲笑他。「明兒你妹妹、妹夫給你行禮，你難道光著手？」

薛華善不再矯情，接過紅包給鬼手李作揖。「大師，往後我就厚著臉皮住在您這裡，有什麼事情您儘管吩咐。」

鬼手李當時摸了摸鬍鬚，點點頭並未說話。

再說顧綿綿和衛景明，二人收了鬼手李和薛華善的紅包，認親算是結束。

鬼手李擺手。「你們自己去玩吧，華善，你去把你的東西搬過來，以後就住在這邊。」

薛華善點頭道好，鬼手李自己進了西屋。

顧綿綿忙道：「大哥，我們一起幫你搬家吧。」

衛景明也道：「大哥，咱們走吧。」

薛華善忍了忍，還是沒忍住。「咱們還是照著以前的稱呼吧。」

衛景明哈哈笑。「你叫你的，我叫我的。你是綿綿的兄長，親都認了，我豈能還叫你的名字？」

顧綿綿也勸。「大哥，這樣喊你也是應該的。」

薛華善撓撓頭。「那，咱們就各叫各的吧。咱們一起對天地磕頭起誓過的，你是兄長，自然不能變。」

衛景明笑道：「好，你想怎麼叫都行。」

薛華善趕緊道：「那咱們走吧。」

三人一起回了如意巷，顧綿綿親自幫薛華善把東西包好，衛景明見他搬箱子，趕緊道：「大哥，你去了就住我之前的屋裡，屋裡什麼都有，你帶兩件衣裳就行。」

薛華善也並未堅持，反問衛景明。「衛大哥，大師有什麼習慣，你把知道的都告訴我，省得我不曉得要如何伺候他老人家。」

衛景明搬了兩張板凳，兄弟倆就坐在門口說話，顧綿綿很快把薛華善的東西收拾好，衛景明讓顧綿綿在家裡，自己把薛華善送了過去。

顧綿綿打發翠蘭去買菜，自己回了正房，準備把衛景明和自己的東西都重新歸置到新房裡去。

正忙活著呢，忽然，門外傳來扣門聲，顧綿綿以為是衛景明，趕緊去開門，誰知門一開，竟是秦氏。

顧綿綿今日心情好，主動打招呼。「少夫人來了。」

秦氏見到顧綿綿的髮髻，吃了一驚，半晌後緩緩開口。「聽說妹妹搬家了，我來送一份暖灶禮。」

顧綿綿連忙請她入內。「多謝少夫人惦記，我這宅子小，又是婆家買的房子，也不好勞師動眾地請客。」

說話間的工夫，顧綿綿把秦氏請到正房客廳。

秦氏一路走來，發現這院子裡貼的喜字還是簇新的，心一直往下沉。

公爹最近不管這邊的事，怎麼表妹悄沒聲息就嫁人了。難道公爹不準備送表妹進宮了？可這嫁了人，還怎麼送呢。

人家嫁人，秦氏也不好哭喪著臉，嘴裡說著喜慶話。「不知道妹妹出嫁，我連份添妝都沒送。」說完，她把手腕上一個鐲子拿了下來，塞到顧綿綿手裡。「妹妹別嫌棄，拿去玩。」

顧綿綿想拒絕，忽然想起宮裡的方貴妃。她心裡嘆了口氣，對我來說，方家如同仇人一般，對娘娘來說，這畢竟還是她的親人。外祖父在時，她和舅父應該關係很好吧。

顧綿綿心裡掙扎了一番，還是收下了鐲子。「多謝少夫人，我才來京城，也沒有什麼親戚。我爹原來就說過，親事一概託給師叔處理。師叔與娘娘商議，一起定了個日子，我是小輩，自然聽長輩們做主。」

秦氏心裡又驚濤駭浪起來。

表妹什麼時候見過娘娘了？她一個民女，身上又沒有誥命，居然悄無聲息和宮裡的姑媽接上了頭，看來這什麼李大師，果然不是浪得虛名。

秦氏不動聲色。「我還沒見過表妹夫呢，既然是娘娘首肯的，自然是個好的。」

顧綿綿故意露出些羞澀之意。「少夫人，他很好，對我也很好。」

秦氏笑著點頭。「妹妹有了好歸宿，我們也放心了。」

顧綿綿又道：「我這宅院淺窄，少夫人莫要嫌棄，晌午留下吃頓飯吧。」

秦氏還沒來得及開口，門外忽然傳來衛景明的聲音。「綿綿，誰來了？」

衛景明大闊步走了進來，秦氏只覺得眼前一亮，驚嘆：好一個丰神俊美的少年郎！

顧綿綿主動介紹。「官人，這是定遠侯府的世子夫人。」

衛景明嗯了一聲，先抱拳行禮。「少夫人好。」

秦氏也起身，回了個禮。「表妹夫好。」

衛景明見她直接這樣稱呼，也不在意，坐在了顧綿綿身邊，開始和秦氏說話。「侯爺身子可好？我前兒聽說侯爺最近犯了秋季咳疾，也不知好了沒？」

秦氏心裡又一緊，錦衣衛的消息果然靈通，公爹不過是多咳嗽了幾聲，他都曉得。「多謝表妹夫關心，公爹尚好，就是擔心表妹，讓我來看看。」

衛景明對著秦氏笑。「請少夫人代為轉告，多謝侯爺關心，我會對綿綿好的。」

秦氏發出邀請。「既然表妹和表妹夫的婚事也辦了，若是得空，去侯府坐坐，也算是認親。」

顧綿綿正想拒絕，誰知衛景明卻道：「多謝少夫人盛情，不過近來我們接了個大案子，等這事了結，我定然去侯府拜訪。」

秦氏笑咪咪的。「那才好呢，一家人就該這樣。」

在這小院子裡坐了大半個時辰，秦氏起身告辭，衛景明和顧綿綿也沒留她。

等秦氏一走，顧綿綿哼了一聲。「我看我那個不要臉的舅舅還要怎麼辦。」

衛景明的心卻沈重了下來，他前幾日仔細想了想，驚動大魏朝的貪腐案快要被揭開，這中間不光牽扯到私賣軍火，還有私鹽和吃空餉的問題，老皇帝晚年因為這事，差點被活活氣死。

而方家，作為曾經大魏朝最有權勢的人家，如今宮裡最得寵的貴妃娘娘的娘家，肯定要被牽連到其中。

顧綿綿見他不說話，用手指戳了戳他。「官人，你怎麼不說話了？」

衛景明醒過神來。「綿綿，明日我就要繼續去當差了，這些日子風聲緊，朝中有大事要發生，白天妳就去師父那邊，有事就讓翠蘭去叫我。」

顧綿綿點頭，摸摸他的臉囑咐。「你當差也要仔細自己的身體，別仗著自己年輕就不顧惜自己。」

衛景明貼貼她的臉。「好。」

那邊廂，秦氏一回家就把顧綿綿嫁人的事告訴了侯夫人岳氏。

岳氏也十分吃驚。「怎麼悄沒聲息就嫁人了，不是騙妳的？」

秦氏搖頭。「娘，我觀表妹的樣子，確實是成過親的。」

岳氏有些生氣。「不是在那附近放了人嗎？怎麼這麼大的事情都沒發現？」

秦氏小聲道：「表妹說，她出閣是姑媽同意的，且出閣時一個客人都沒請，就她家裡那三、五個人。」

岳氏一拍桌子。「胡鬧！」

生完氣，岳氏又在屋裡團團轉，她都和太子妃的親娘說好了，太子妃的獨子夭折，四十歲的太子妃已經生不出孩子了，方家把外甥女送進東宮，幫太子妃生兩個兒子，以後方家和太子妃的娘家劉家就是一體了。現在外甥女嫁了人，還怎麼往東宮裡送？

岳氏看著皇宮的方向，若真是貴妃娘娘親自開口允諾，難道她真的一點不顧惜娘家？一個市井裡長大的女兒，難道比方家幾百口人都重要？

岳氏心裡清楚，自家倒賣軍火的事情一旦敗露，那可是大罪。這個時候，別說什麼外甥女了，親女兒她也要送過去，不然子子孫孫都要被斷了前程，搞不好還要砍頭！

岳氏轉了好久，才漸漸安靜了下來。

夜裡，定遠侯父子一起回了家，岳氏立刻把他們叫進了正院，屏退所有僕婦，將顧綿綿嫁人的消息告訴了爺兒倆。

定遠侯世子有些詫異，定遠侯卻並不吃驚。

岳氏有些洩氣。「侯爺，咱們還是別操心了，羊肉貼不到狗身上，一個從來沒見過面的外甥女，怎麼會和我們一條心？外甥女也就罷了，怎麼連娘娘也這樣拆我們的臺。」

定遠侯諷刺了岳氏一句。「娘娘為家裡做的，還不夠？」

岳氏頓時啞口無言，忍不住又訥訥道：「總歸是她的娘家，她難道還要撒手不管？咱們這樣籌謀，有一半不也是為了她。」

定遠侯放下手裡的茶盞。「好了，此事我知道了，妳莫要再過問。」

定遠侯世子勸父親。「爹，娘只是一時心急，並不是不在意姑媽和表妹。」

定遠侯想到這些日子的煩亂事，把手裡的茶盞兜頭扔到了定遠侯世子臉上。「要不是你們這些蠢材不爭氣，我何至於使這樣下作的手段？」

定遠侯世子被淋了一頭一臉的茶水，岳氏見狀立刻叫喚起來。「你自己要是有本事，何至於要靠妹妹？」

定遠侯一聽這話，如同被掐住了脖子，任由岳氏罵了半天。

等一家子的怒火都熄滅，定遠侯讓兒子坐下，只說了一句話。「計劃照舊。」
岳氏有些遲疑。「侯爺，外甥女都嫁人了。」
定遠侯又端起茶盞。「妳知道什麼？咱們這位太子爺，近來可是改了胃口，喜歡成了親的。」
岳氏瞪大了眼睛。「聽說東宮新入了一個美人，是宮外的，還嫁過人，可是真的？」
定遠侯點頭。「假不了。」
岳氏手裡的帕子捏緊了鬆開，鬆開又捏緊。「這可真是，原來我們千防萬防，沒想到歪打正著。」忽然，她又喜道：「侯爺可是早就等著外甥女出閣？」
定遠侯面無表情。「咱們家的莊子被抄了，折損了不少。」
岳氏臉上的笑容漸漸收了起來。「侯爺說的，是暗樁？」
定遠侯點頭。
那可是方家的根本。岳氏深深吸了口氣，她低聲問道：「是誰？」
定遠侯並未說話，旁邊的定遠侯世子道：「娘，是宮裡的姑媽。」
岳氏急忙問道：「她為何要這麼做？難道是陛下知道了些什麼？」
定遠侯世子搖頭。「娘，我最近聽說，姑媽在宮裡並不得寵，進宮十幾年，從來、從來未侍寢過。」他一個成年姪兒，不好說姑媽的私事，只能說到這裡。
岳氏罵兒子。「胡說，不侍寢，陛下能那樣給她臉面？能讓她統領後宮？」

岳氏心裡罵兒子，你們男人家，難道還有什麼其他好東西不成？

定遠侯忽然吩咐岳氏。「妳再去劉家走一趟，就說外甥女出閣了。」

岳氏點頭。「我明日就去。」

第三十一章

定遠侯看向皇宮的方向，心裡默道：妹妹，不管妳是怎麼想的，為了方家上下，我只能這樣做了。

想到這個，定遠侯就有些生氣。他前些日子才知道，自己的妹妹原來是大內侍衛副統領。他當時差點嘔出一口老血，在他眼裡靠著美貌和娘家的妹妹，沒想到權力比他這個侯爺大多了。

他認識大內侍衛袁統領，因是帝王心腹，和錦衣衛指揮使並稱御前二霸，在外誰敢不給他們臉面。如果自己的妹妹真的是什麼副統領，就算沒過明路，手裡的權力也比自己大多了，何至於看著自己這些年苦苦掙扎而不肯伸手？看看袁統領的家族，再看看錦衣衛指揮使的家裡，雖說人家沒有爵位，宅子沒有方家大，那可是妥妥的實權人家。

方家世代掌兵，他卻去禮部做了個侍郎。如今方家空有排場，權力越來越小。定遠侯心裡如何不恨？方家在軍中的關係一點一點被削弱、消失，曾經的方家軍早就四分五裂。他若是去了兵部，方家也不至於這麼艱難，但皇帝就是打發他去了禮部，讓他毫無用武之地。

定遠侯原來有些憐惜妹妹，為了家族拋夫棄女，到宮中伺候老皇帝。那什麼太子爺，說起來比方貴妃的年紀還要大，如今又要犧牲她的女兒。定遠侯曾經想過，若是外甥女入了東宮，以後方家定舉全族之力去支持她。如今聽說妹妹是副統領，定遠侯心裡的愧疚通通消失，取而代之的是憤怒，無邊無際的憤怒。他以為處境艱難的妹妹，實則一直看笑話一樣看自己。

在她心裡，我肯定是個傻子吧？呵，就算妳真是什麼副統領，我既然借不上妳的力，我就不信，妳當真不顧惜自己的女兒？

顧綿綿和衛景明說了一會兒方家，覺得沒意思，立刻把這些人拋到了腦後。

她把今日鬼手李給的紅包拿了出來，當著衛景明的面拆開，發現裡面有兩個紅包。

顧綿綿忍不住笑。「師父是不是把你的紅包給我了？」

衛景明也笑道：「師父是怕我亂花錢，都給妳管著。」

顧綿綿又把兩個小紅包拆開，發現裡面各有一張銀票，面額都是五百兩的。

顧綿綿嚇一跳。「師父怎麼給這麼多錢?!」

衛景明摸了摸她頭上的步搖。「師父給妳的，妳拿著就是。師父很有錢，京城那些大戶人家請他看風水、捉小鬼，哪回也不敢給少了。這點錢，對師父來說是毛毛雨。想來師父是怕我們不會過日子，才不敢給更多。」

顧綿綿把紅包收好。「已經很多了，你一個月才三兩半的俸祿，十年也掙不來。」

衛景明哈哈笑，抱著顧綿綿親兩口。「沒想到娘子竟是個小財迷？」

顧綿綿笑著推開他的臉。「哪裡是我財迷了？如今我既然嫁給了你，往後錦衣衛那些同僚家有紅白喜事，我也要去隨禮的，而且家裡只有一個翠蘭肯定不夠用，還要多進兩個人。」

衛景明心裡十分高興，這才叫過日子。「娘子收好，家裡的事情妳做主就好。」

顧綿綿把錢放回了臥房裡的小錢匣子裡，衛景明尾隨而進。

顧綿綿一邊放錢、一邊絮絮叨叨。「家裡得買個做飯的婆子，再添一個丫鬟和一個看門的小廝，你一個七品芝麻官，這樣應當是夠了。」

衛景明摟著顧綿綿悶笑。「娘子是不是嫌棄我的官小？」

顧綿綿斜睨他一眼。「不嫌棄，我爹只是個九品，我這還是高嫁了呢。」

衛景明磨了磨牙，一把抱起她扔在床上，直接堵住了她的嘴。

第二天，衛景明就去錦衣衛當差去了，顧綿綿恢復了以前每天跟著鬼手李學習的習慣。後面一段日子，衛景明每天回來時的表情都比較沈重，一進門他就深吸一口氣，然後臉上掛上笑容，晚上經常一個人坐在西屋書桌邊寫一些什麼東西。

顧綿綿並不去管他，自己坐在旁邊也跟著寫寫畫畫。每晚寫了一陣子後，衛景明又拉著顧綿綿到院子裡練武，教她運氣、飛針，還給她做了幾個毒氣彈。

顧綿綿後來也覺察到了衛景明的一連串不正常的舉動，夜裡悄悄問他。「官人，你是不是遇到了什麼麻煩？」

衛景明不想欺騙顧綿綿。「麻煩暫時還沒有，但我猜已經不遠了。近來朝中動靜越來越大，陛下開始求仙問道，太子監國，也不敢下死手管。早幾年那些魑魅魍魎現在都坐不住了，有人想抽身而退，有人想倒戈反對太子，還有人想渾水摸魚。國庫裡的帳本一團糟，各地賦稅也連年變少。陛下要擴建地宮，朝廷哪裡不要錢？太子想治，又怕傷了陛下的臉面。反正現在表面看似和平，內裡烏煙瘴氣的，陛下兩隻眼睛看到的都是太平江山，只想抓權，不想管事。」

顧綿綿想了想道：「不是說陛下十分疼愛太子？」

衛景明小聲道：「疼愛也是有限度的，滿朝文武，天下子民，這麼多事情交織在一起，帝王之道在於平衡，也不能一味偏向太子。」

顧綿綿有些擔心。「會不會波及到你？」

衛景明輕輕拍拍她的後背。「我一個小小的總旗，沒貪過一兩銀子，誰也沒法捉我的小辮子，但就怕有人想拿我擋槍。我這幾日寫下了許多證據，都放在書房裡，回頭妳也仔細看看，若是我遭遇不測，妳就把這些交給娘娘。」

顧綿綿的心撲通撲通跳了起來。「有這麼嚴重嗎？」

衛景明沈默片刻。「咱們多做些準備，總是沒錯的。娘娘說得沒錯，很可能陛下已經知道了妳的存在，要是把我弄死了，妳就成了寡婦，到時候那些人恐怕又想打妳的主意了。不管把妳送給誰，也算是把貴妃娘娘拉下馬，太子在宮裡就沒有說話的人了。」

顧綿綿呸了一口。「這些人整日不想正經事，就想這些下作的主意。」

衛景明嘆了口氣。「綿綿，這京城，這皇宮和皇權，都是會吃人的。娘娘和我們，誰都逃不掉，想要不被人擺弄，只能拚命往上爬。妳別怕，我手裡證據多得很。」

衛景明說的那些證據，都是他憑著記憶寫出來的。上輩子他掌北鎮撫司時，把大魏朝所有的大案子都翻了個遍，連那些證據的來源都仔細看過，現在大致還記得一些。魏景帝末年的貪腐案，牽扯範圍廣，許多皇親國戚身上都不乾淨，六部許多官員也被拉下水，被牽扯的人越來越多，最後皇帝只能殺一部分，罰一部分，又抄了一部分家。

當時錦衣衛的案宗裡保留了一部分證據，衛景明記性好，把一些帳冊基本原原本本複寫了下來，手裡有這幾樣東西，若是有人來找他麻煩，足夠讓這些人喝一壺。

衛景明保留好了證據，仍舊安安生生過日子。

顧綿綿趁著天還沒徹底變冷，往家裡添了三個人。一個做飯的孫嬤嬤，一個看門的小廝，這小廝無父無母，也不知道自己姓什麼，顧綿綿就讓他跟著衛景明姓衛，小名玉童。另外一個丫鬟也沒有名字，比翠蘭小幾個月，顧綿綿給她取名叫月蘭。

家裡多了幾個人，顧綿綿輕鬆多了，家務事她基本上不用動手，但安居巷那邊，除了翠蘭，她從來不帶任何人過去，鬼手李和薛華善的吃穿，都是她親自在打理。

日子過得飛快，一眨眼就立冬了。衛景明怕顧綿綿冷，特意讓人在屋裡加了暖牆。早晚把暖牆一燒，整個正房都很暖和。

顧綿綿現在已經能自如地運氣，倒不覺得有多冷，但近來巷子裡的婦人時常上門和顧綿綿說閒話，還有錦衣衛那些小旗的太太們偶爾也會帶著家裡的姑娘們上門來，顧綿綿覺得有個暖牆也不錯，人家能坐得住，不至於縮手縮腳不暢快。

這一日早上，衛景明一大早推開門，瞧見天上飄起了雪花。

他索性不出去，就坐在屋裡運氣，幾個周天運下來，他整個人越發精神。

顧綿綿雖然躺在床上，也在自己運氣。往常她只是靈活地把內氣在全身遊走，近來她開始學習把氣灌輸到某一個地方，或者往丹田裡存。有時候她集中精力，運氣至指尖，劈手一揮，雙指居然能把門框戳出一個洞。

衛景明發現她能聚氣之後，開始教她運氣飛針，將內氣灌輸到針上面，那針彷彿活了一般，飛得又快又準，力道還大。

這幾日，顧綿綿飛針的實力直線上升。

夫妻倆一個躺在床上，一個坐在床沿。翠蘭很快來叫門。「老爺，太太，該起了。」

顧綿綿睜開了眼，抱著被子坐了起來，她一看外面，立刻歡呼起來。「下雪啦！」

衛景明笑道：「可不就是？看這勢頭，最後應當能積下厚雪呢。」

顧綿綿十分高興。「禹州那邊的雪總是很小，還是京城這邊的雪夠大。」

衛景明幫她穿衣裳。「這麼大的雪，今日妳就不要出門了，讓翠蘭去安居巷伺候師父。」

顧綿綿搖頭。「那怎麼能行，我帶著翠蘭一起去，就算我不幹活，總是要親自去的。」

衛景明掀開簾子，接過翠蘭遞進來的一盆熱水。「當日買宅子買得急，那邊也沒有合適的。原來覺得半里路不算遠，現在恨不得門挨著門才好。等過一陣子，我定要在師父家邊上買個大一些的宅子，咱們都住在一起才好呢。」

顧綿綿斥道：「胡說，半里路哪裡遠了？我抬抬腳就能見到娘家大哥，多少太太、奶奶們，十幾年都不能回娘家呢。」

夫妻倆一起漱洗，之後一起吃了頓早飯，衛景明自去衙門，顧綿綿帶著翠蘭拎著餘下的早飯往安居巷而去。家裡的事情都是月蘭和孫嬤嬤打理，玉童每天上午去買菜，大部分送到安居巷，留下一些帶回如意巷，家裡三個僕人自己吃。

一路上，風雪越來越急，行人很少，大多腳步匆匆。

顧綿綿吩咐翠蘭。「等會兒妳帶著玉童一起去糧店，多買些米糧回來。」

翠蘭點頭。「虧得太太會過日子，帶著咱們醃了那麼多菜。太太不知道，京城一下大雪，那菜價就直往上漲。那些水靈靈的小菜，我們根本搶不到，全被那些豪族們訂去了，咱們只能吃一些蘿蔔、白菜。」

顧綿綿笑道：「蘿蔔、白菜哪裡吃不得了，今日我們買些羊肉，和著蘿蔔一起燉個熱鍋子，晚上大家一起吃。」

主僕倆說話間的工夫就到了安居巷，鬼手李瞧見顧綿綿十分詫異。「這麼大的風雪，妳怎麼還過來了。」

顧綿綿打開手裡的籃子，裡面用舊棉襖包了一碗粥和兩個肉包子。「師叔，還是熱的呢，您吃。」

薛華善昨兒值夜沒回來，天冷了，鬼手李睡得少，早上起得也早一些，他也不嫌棄剩飯，三下五除二就吃光了肉包子和一大碗粥。

顧綿綿在安居巷待了一天。

今晚是衛景明先回來了，一進屋就喊著。「綿綿，綿綿。」

聽他聲音似乎很高興。顧綿綿從屋裡伸出頭問：「你撿到錢了？」

衛景明笑道：「雖然沒撿到錢，也等於是撿到錢了。」

說完，他疾步走進屋，從懷裡拿出一張文書，顧綿綿伸頭一看，是百戶任命書。

顧綿綿笑著起身行禮。「衛百戶好，衛百戶辛苦了。」

衛景明也作揖。「衛太太好，衛太太辛苦了。」

鬼手李嘲笑一聲。「一個百戶罷了，看把你們樂得。」

顧綿綿收起文書。「師叔，官人才去了錦衣衛不到半年，就升了百戶，雖然比不上師祖和師父、師叔，但也算是年少有為，我自然高興呀！」

鬼手李手下的活兒沒停。「說吧，你幹了什麼事情？」

衛景明幫他一起幹活。「也沒什麼事情，找到了一批丟失的庫銀。」

鬼手李抬起頭，眼神犀利地看著衛景明。「你去沾庫銀了？」

衛景明搖頭。「我沒沾，但麻煩來了，我躲是躲不掉的，不如直接破了這爛瘡。師叔放心，我這破的只是個小案子，幾萬兩銀子的事情。說起來真是奇怪，這些人偷銀子膽子真大，每天往屁眼裡塞一塊，也不怕脹死。」

顧綿綿正在喝茶，聞言一口茶噴在了地上。「官人，當著師叔的面，你胡說什麼呢！」

衛景明咧嘴一笑。「驚著太太了，是我的不是。」

鬼手李哼了一聲。「這算什麼？直接吞了的都有。既然升了個百戶，往後庫銀的事就別沾了，麻煩得很。」

衛景明點頭。「師叔放心，這些個爛糟事，我從來不主動去沾。」

等薛華善回來，見到衛景明的任命書，心裡十分高興，拿著文書左看看、右看看，然後對顧綿綿道：「妹妹，咱們給義父寫封信吧？也讓他老人家高興高興。」

顧綿綿點頭。「那是自然。」

寫了信，薛華善又親自冒著風雪出門買了一罈好酒，一家子一起吃了頓團圓飯，慶賀衛景明高升。

轉天早上，地上已經積起了厚厚的大雪，衛景明穿著顧綿綿新給他做的靴子去了千戶所。

他一路走來，路上的腳印非常輕。

衛景明一下子成了陳千戶手底下最年輕的百戶，且這個百戶是袁統領親自提的，陳千戶一個屁都不敢放。陳千戶透過窗戶看到衛景明留下的一串淺淺的腳印，心裡忍不住發酸。這小子才來了幾天，這麼快就升了百戶了。要是再這樣下去，怕是早晚要爬到我頭上去。壓是肯定壓不住了，乾脆先哄好他，若是往後他上去了，也算是有個老交情。

衛景明剛入千戶所，就被陳千戶叫去說話。

一屋子的百戶聚在陳千戶那裡，衛景明年紀最小，向大家行了一圈的禮。

直到這個時候，眾人才知道衛景明居然悄沒聲息就成親了。

陳千戶逮著衛景明罵。「壽安，你這事不地道，我們難道送不起禮？還是你捨不得給我們吃喜酒？成親這麼大的事情，怎麼能隨便就辦了，也對不起你家娘子。」

衛景明笑著解釋。「大人，並不是下官有意隱瞞。實在是迫不得已，我家師叔給我們測算過，說我們成親之事不宜聲張，不然會招惹不吉利，等事情一定，滿了三個月，就不用忌諱了，我還說找個機會請兄弟們聚一聚呢。」

既是李大師測算的，眾人也不好說什麼。

莫百戶一拍大腿。「衛兄弟成親既然不能聲張，這回升了百戶，自然要好生大辦一場，我們也能討一份喜酒吃了。」

旁邊的一些百戶都跟著起鬨，讓衛景明給雙份的喜酒吃。

衛景明連連討饒。「諸位大人原諒則個，這回定好生準備上幾罈酒，請大家賞臉去寒舍吃酒。家裡宅院淺窄，還請諸位莫要嫌棄。」

陳千戶帶頭表態。「你小小年紀就做了百戶，我們要是敢嫌棄你，豈不是自己打自己的臉？」

莫百戶忍不住感嘆。「陳大人不知道，當日在青城縣，衛大人還是個小衙役呢，旁人見了我們，腿肚子都哆嗦，只有衛兄弟毫不變色，還帶著下官去吃酒聽曲。」

衛景明笑道：「莫大人哪裡知道，那是因我得罪了縣丞大人，被推出去伺候錦衣衛，我當時雖然腿肚子沒哆嗦，心裡也直打鼓呢。」

莫百戶哈哈大笑。「那個姓齊的，我一看他就不是好人，奸鬼一個。衛兄弟人中翹楚，你看，這不是就露頭了？」

眾人說笑了一陣子，各自去忙碌。

衛景明回家後就和顧綿綿商議。「太太，同僚們說讓我請吃酒，請太太挑個吉日呀。」

顧綿綿跟著鬼手李學看風水，漸漸也能出師。錦衣衛那些太太、奶奶們，偶爾家裡有個紅白喜事，聽說衛太太是李大師親自教的，都喜歡來找顧綿綿看日子。

看風水這個東西，可不能讓大師們白忙活，多少也得給些辛苦費，不然會壞了風水，顧綿綿也從不拒絕。
衛景明讓她看日子，顧綿綿笑看他。「衛大人，看日子可是要給錢的。」
衛景明坐到她身邊。「給錢給錢，到時候收的禮，都給太太。」
顧綿綿拿出黃曆，很快挑了個好日子，就在大雪前兩天。
挑好日子，兩口子又開始商議請客的事情。
衛景明道：「陳大人和那幾個百戶肯定要來，邱大人也要請，我手底下的總旗和小旗們也要來，原來莫百戶手下那些同僚們也要請，我這邊男客大概要請個五、六桌。」
顧綿綿想了想。「倒座房能擺三桌，正房和耳房請陳大人和那些百戶們，廂房我要留著招待女客。說不定那些街坊鄰居們也要來，要是人太多，還得分兩天。」
衛景明又道：「原來我還覺得咱們院子寬敞，這一請客，發現都坐不開。」
顧綿綿嗔怪他。「請客能請幾次？總不能為了請客還買個大宅子。我看陳千戶家的宅子怪大的，家裡僕人也多，想來一個月花銷也不少呢。」
衛景明忍不住笑。「我窮，全靠太太周全。現在升了百戶，一個月所有的補貼和俸祿加起來，也就十兩銀子的樣子。」
鬼手李在一邊嘖嘖兩聲。「一個六品官，一個月才十兩銀子，真是窮，我隨便看個風水也有幾十上百兩。」
衛景明頂嘴。「師叔，雖然一個月只有十兩銀，等到了年底，我還有一批養廉銀，少說有一百兩，逢年過節也有賞賜。往常我是總旗，陳大人就算有什麼好處也輪不到我，往後他們要是再分什麼好處，少了我的，我可不答應。」

鬼手李哼哼兩聲，停下了嘲笑衛景明，而是吩咐顧綿綿。「既然要請酒，就不用天天來我這裡了，兩、三天來一次就行。」

顧綿綿不同意。「那怎麼能行？我不來，師叔連飯都沒得吃。」

鬼手李又哼一聲。「我老頭子一個人過了幾十年也沒餓死。」

顧綿綿並不在意，笑著回道：「師叔，以前我沒來也就算了，我既然來了，自然該好生孝順您，我爹都說了，讓我把您當公爹孝順。」

鬼手李臉上表情淡漠。「我老頭子想清靜一下都不行？這樣，妳晌午過來，吃了午飯就回去，半天就夠了。」

衛景明也笑道：「我的好太太，讓師叔一個人清靜清靜。晚上大哥回來會想辦法的。」

顧綿綿不再堅持。「那我就好生準備酒席的事情。」

顧綿綿第二天果然只在這邊待半天，吃了午飯就回如意巷，帶著家裡幾個僕人開始準備請酒的事情。

自從家裡多了幾個僕人，街坊們之間的來往也比往常多了些，玉童那張嘴，早把衛景明升百戶的消息散播了出去，大夥兒紛紛來問顧綿綿要不要請酒。

顧綿綿出身市井，小時候經常在鄰居家裡混飯吃，最喜歡這種街坊裡的小民，笑咪咪的讓大家只管來，她排了兩天的酒席，管夠。

一下就到了宴客那天。衛景明兩口子起了個大老早，家裡的僕人早就忙活起來了，左右鄰居也來幫忙。

左邊住的一家姓焦，焦先生在一家私塾裡讀書，焦太太是個和善人，來了後就跟在孫嬤嬤身後幫忙。右邊一家姓徐，家主是一家酒樓的大掌櫃，徐太太是個大嗓門，人很熱心，不光來幫忙，還把家裡的鍋碗瓢盆都拿過來借他們使用。

第三十二章

剛吃了早飯，薛華善就來了，帶著玉童一起擺桌椅板凳。

很快，邱大人夫妻倆也來了。自從薛華善去了五城兵馬司，邱大人明裡暗裡沒少照應，和衛景明之間的關係也越來越好。

邱太太一進門就主動給顧綿綿行禮。「衛太太好。」

顧綿綿哪裡肯受她的禮。「邱太太客氣了，您年長，我該叫您嫂子才對。嫂子快請進。」

邱太太今日沒帶女兒，獨自一人進了東廂房，由顧綿綿陪著說話。

邱太太主動活絡氣氛。「衛大人真是年少英才，還不到二十歲，就升了六品，我家老爺說，衛大人這樣的才是國之棟梁呢。」

顧綿綿客氣。「嫂子過譽了，不管幾品，都是為朝廷做事，給百姓幹活。」

邱太太笑看顧綿綿，心忖：原來以為衛太太鄉下來的，沒想到說話也不含糊。

兩個人說話間的工夫，陳千戶和莫百戶等人都帶著正房太太來了。大夥兒知道衛家宅子小，今日都沒有帶兒女。

顧綿綿出來迎接了眾位太太，陳千戶等人第一次見到顧綿綿，都吃了一驚，沒想到衛太太是個這麼出色的美人。後頭那些小旗、總旗們也悄悄拿眼覷，早聽家裡婆娘說衛太太顏色好，沒想到這麼出色。

接著衛景明往前頭一站，兩口子一個賽一個的好看，那些男人頓時不酸了，人家衛大人這相貌和衛太太才配得上呢。

顧綿綿接了太太們就往屋裡去。

陳太太彷彿忘記當初家裡王姨娘與顧綿綿鬧出的尷尬，拉著她的手直誇讚。「衛太太真是有福氣，看看，這相貌，這氣派，不知道的還以為是哪家的超品誥命呢！」

顧綿綿一邊帶著大家往屋裡去，一邊回陳太太的話。「太太真是折煞我了，我才見過幾個人，許多事情還要太太教我呢。」

當天的酒席十分熱鬧，裡裡外外，男男女女共擺了十幾桌，把衛家院子擠得水洩不通。眾人的禮送得也厚，說是衛大人成親不能來，一道把禮補上。有了這頓酒席，往後誰家有事，衛家夫婦也要去參加，人情關係也能慢慢走動起來。

等客人散盡，隔壁焦太太和徐太太還在幫忙，二人今日盡職盡責，幫了孫嬤嬤許多忙。

顧綿綿雖然很累，也要去招呼她們。「今日真是有勞二位嫂子了，若不是有妳們，我這頭一回辦喜酒，可如何忙得過來？」

徐太太笑得爽朗。「衛太太看得起我，這點小事算什麼？明日我還得來。今日沾太太的光，我也見了許多官太太們。」

顧綿綿頓時笑了。「官太太們也是一個鼻子、兩個孔，這京城別的不好說，官老爺和官太太，那是滿地走呢。」

這話不假，人人都說京城裡扔一根棒槌都能砸到個三品。

焦太太細聲細氣地對顧綿綿道：「衛太太，這酒席上剩的東西多，我都給妳分好了。如今天冷，放不壞，好多都還能吃呢。」

顧綿綿趕緊道：「二位嫂子要是不嫌棄，揀好的帶一些回去給孩子們吃。明日我家裡還有一場，妳們只管帶著家裡老爺和孩子們來。」

顧綿綿親自動手，裝了兩大盆肉，又把今日大家送的禮品給她們包了兩包，算是酬謝她們今日的辛苦。

等兩位鄰居走了，顧綿綿回房直接趴在床上不動了。

「官人，請酒席可真累，我臉上的肉都笑僵了。」

衛景明幫她捶捶背。「其實吃酒席的人也累，請酒席的也累，但不請還不行，不然人情就淡了。等我們往後換宅子，就挑個大一些的，家裡再多買幾個下人，妳就不用這麼累了。」

顧綿綿轉了轉眼珠子。「要是大哥娶了嫂子就好了，也能幫我些忙。」

衛景明笑道：「急什麼？京城好姑娘多得很，等華善再歷練歷練，說不定老丈人親自上門來提親。」

兩口子一起在房裡沒說多少話，顧綿綿就睡著了。

人情果真是越走越濃，沒過兩天，莫太太親自下帖子，請顧綿綿去她家吃喜酒，莫家大姑娘定了人家，婆家來下聘。

顧綿綿抱著喜帖看得津津有味，對衛景明道：「官人，往後我每個月怕是得吃好幾輪喜酒了。」

衛景明仰躺在床上。「這隨禮隨得讓人真心疼喲！」

顧綿綿在他大腿上掐了一把。「人人都曉得衛大人是個窮鬼，我少隨些禮，人家也不會見怪。」

去莫家吃酒席，顧綿綿把翠蘭和月蘭都帶上了，穿戴一新，雇了輛車過去。

莫太太家是前後三進的宅子，家裡僕婦比較多，顧綿綿被人直接帶進了二門，跟一群太太、奶奶們一起說閒話。

顧綿綿送了一根赤金釵給莫大姑娘做陪嫁，才十三歲的莫大姑娘羞答答地喊了一聲嬸子。

旁邊有人打趣。「衛太太這麼年輕，輩分就這麼高。」

顧綿綿也不氣，湊趣笑道：「太太要是不服氣，等五十歲的時候再生個胖娃娃，保管他小小年紀輩分最高。」

一群婦人立刻都哈哈大笑起來。

因著只是下聘，今日錦衣衛那些同僚們上午並未請假，而是打發家裡太太們先過來。等到了晌午時刻，外頭當差的那些男人們還是不回來，顧綿綿的心開始往下沈。

莫百戶今日自然是請假在家裡陪親家，但其餘很多太太家的男人都在衙門裡呢，這會兒一個都不來，莫不是發生了什麼事？

顧綿綿想到衛景明前些日子叮囑自己的話，立刻對莫太太道：「太太，煩請太太讓莫大人派人到衙門裡看一看，是不是被什麼事情絆住了腳？若是上官們有急事交代，咱們略等一等也使得，若是實在來不了，咱們先開席也行。」

莫太太點頭。「諸位太太莫慌，我讓我家老爺差人去問一問。」

不等莫太太問，莫百戶已經派了貼身的小廝去錦衣衛打聽。

沒過多久，小廝哭著喊著跑回來了。「老爺、老爺，不得了了，出大事了！」

小廝聲音太大，雖然是在前院喊，後院的婦人們也都聽見了。

莫百戶踢了小廝一腳。「快說清楚，休要囉嗦！」

小廝氣兒都沒喘勻。「老爺，今日刑部和大理寺聯手，從錦衣衛帶走了好幾個千戶和百戶！」

莫百戶又踢了他一腳。「放屁，錦衣衛是陛下統管，何人敢這麼大膽？」

小廝跪在地上。「老爺，刑部右侍郎劉大人親自帶人來捉的人。」

莫百戶頓時不說話了，陛下年老，近來求仙問道，朝廷裡的事情都交給了太子統管，那劉大人是誰？是太子妃的親爹！

所有賓客都不說話了，莫百戶在屋裡轉來轉去。

內院裡，顧綿綿耳朵尖，把小廝的話聽得清清楚楚。她一下子站起來，疾步往外而去，也不顧男女之別，直接到了前院，當場問那小廝。「帶走的都有何人？」

小廝一看，哆哆嗦嗦道：「衛大人是頭一個被帶走的。」

顧綿綿聽到這話，心裡反而安定了下來。看來，官人跟我說的都是實話了。

顧綿綿又問：「陳千戶可還在？」

小廝點頭如搗蒜。「陳大人還在，衛大人是被劉大人親自帶走的，聽說不光是錦衣衛，戶部有許多官員也被帶走了。」

顧綿綿眼神犀利地看著小廝。「可知是什麼原因？」

小廝搖頭。「小人不知，只聽見有人說庫銀丟了。」

顧綿綿不再問，轉身對莫百戶道：「莫大人，今日的喜酒被擾，我無心再逗留，來日姑娘出閣，再來相賀。」

莫百戶安慰顧綿綿。「衛太太莫要擔心，錦衣衛偶爾被叫去問話，要不了多久就會回來，陛下還在呢，沒人敢對我們怎麼樣。」

顧綿綿點頭。「多謝莫大人相告，告辭。」說完，她行個禮就走了。

顧綿綿沒叫馬車，自己疾步往安居巷而去。半路上遇到個登徒子，見她一個貌美小媳婦帶著二個小丫鬟出行，定然不是大戶人家，攔路想調戲，被顧綿綿一巴掌打了半丈遠。眾人見這小娘子這般厲害，馬上讓開路。

顧綿綿不想再被耽擱，腳下發力，忽然發現自己的雙腳竟然開始離開地面，似有騰空而起之勢。顧綿綿顧不得想那麼多，提起裙子，飛奔而去。

等到了鬼手李家裡，他正在修修補補。

顧綿綿急得沒行禮，直接喊道：「師叔，官人被帶走了。」

鬼手李並不吃驚。「可是為庫銀之事？」

顧綿綿點頭。「說是庫銀丟了很多，暫時還不清楚是否有別的原因。」

鬼手李嗯了一聲。「自從陛下老了，那些人就無法無天了起來。前兒壽安破的那個案子，怕是冰山一角。如今扯出大案，他既然之前破過案子，肯定不會放過他。這會兒陛下還不知道，等到太子把這事捅給陛下，哼，這些人急了，怕是要找替罪羊。」

顧綿綿焦急問道：「師叔，我該怎麼辦？」

鬼手李放下手裡的工具，看向顧綿綿。「妳怕死嗎？」

顧綿綿點點頭。「自然是怕的，但若是為了救官人，怕死我也得上。」

鬼手李哈哈大笑起來。「妳這話，頗有我師父的遺風。」

顧綿綿勉強笑了笑。「師叔，這可不是說笑的時候。」

鬼手李嗯了一聲。「妳去京郊那個小院，問問娘娘的意思。」

顧綿綿點頭。「那我先去了，師叔等我回來。」

說完，顧綿綿轉身就跑。跑著跑著，她感覺自己丹田之內似乎有一股綿綿不斷的內力傳來，讓她想掙脫這沈重的軀體，向九天翱翔。

在城內之時，顧綿綿還忍著，一出了城，她便任由自己體內那股氣發散出來，沒跑幾步，她的裙襬開始被風吹起，她的雙腳也徹底離開了地面。

顧綿綿頓時大喜。我練了這麼久的運氣，今日終於見成效了嗎？顧綿綿繼續運氣，她整個人也越飛越高。飛了一段之後，她又掉了下來，再提一口氣，再次起來。

青天白日的，顧綿綿這樣子被不少人看見了，百姓們都驚呼一句「莫不是仙子降臨」。

顧綿綿根本不管那麼多，很快就奔到了京郊小院。

她砰砰捶門，裡頭傳來不緊不慢的聲音。「誰呀？」

顧綿綿直接道：「開門！」

門吱呀一聲開了，是那位大太監。顧綿綿忍住焦急，先行禮。「公公，我找我娘。」

大太監看了看外頭，一把將顧綿綿拉了進去。「姑娘，怎麼大白天來了。」

顧綿綿也不隱瞞。「我家官人被帶走了，有危險，請公公幫我給我娘傳話，求她搭救我家官人。」

大太監十分為難。「姑娘，無事我也不能隨便去找娘娘。」

顧綿綿忽然冷下臉。「公公覺得什麼叫大事呢？」

大太監見她生氣，趕忙道：「姑娘莫生氣，我這就想辦法。」

顧綿綿不再客氣，只是冷道：「我先回去了，夜裡我再來，若是公公還沒有辦法，我就自己去闖皇宮了。」

說完，她轉身就走了。

等顧綿綿走遠了，那大太監才點點頭。「是個膽子大的，像娘娘。」

說完，他立刻關上門，回屋換了一身衣裳，出門後很快消失了。

顧綿綿再次奔回安居巷。「師叔，我回來了。」

鬼手李問：「如何？」

顧綿綿有些洩氣。「我娘不在，我讓那邊看門的人幫我傳話。」

鬼手李嗯了一聲。「這時娘娘自然是不在的。」

顧綿綿又道：「師叔，官人之前給我留了許多東西，還囑咐我，若是遇到急難之事，這些可以用上。」

鬼手李哦了一聲，然後道：「妳回去把東西拿過來。」

顧綿綿點頭，又回了如意巷，在書房裡一通找，把衛景明留下的一些帳本什麼的都扒了出來，用一個布包包好。然後她自己回房換了一身簡單俐落的衣裳，抱著布包就往安居巷而去。

翠蘭在身後喊：「太太，太太，您帶我一起去吧。」

顧綿綿頭也不回。「妳把家看好，妳走得太慢了，我沒時間等妳。」

翠蘭一踏出門，就發現太太不見了蹤影，她只能折回家，親自把門關上，拉下臉看向家裡幾個人吩咐。「老爺、太太今日不在，大家都老實些，該幹麼幹麼，沒有我的允許，不許出門！」

說完，她拿一把大鎖把門鎖上了，又把鑰匙揣在懷裡。

翠蘭雖然年紀不大，卻是家裡資格最老的丫鬟，她這樣寒著臉，連孫嬤嬤都有些發怵，乖覺地各自忙活去了。

顧綿綿到了安居巷，把大門一關，立刻把手裡的帳冊什麼的都交給了鬼手李。

鬼手李仔細看了看，心裡越來越驚訝，這孩子從哪裡找到這些東西的？不對。

鬼手李把其中幾張紙仔細看了看。這東西不對啊！按照他的推算，這玩意兒可能是假的。裡頭有個人根本還沒升到那個職位上去，難道壽安能通天眼看到未來？

鬼手李看向顧綿綿。「壽安說過讓妳保管這些東西？」

顧綿綿點頭。「師叔，錯不了的。」

顧綿綿對於朝廷六部官員的情況不是特別清楚，倒沒發現中間的不妥。

鬼手李把帳冊仔細整理了一邊，把中間有疑慮的都找了出來，單獨放在一邊，剩下的都還給了顧綿綿。他沈聲道：「若是這些東西是真的，妳敢不敢為夫伸冤？」

顧綿綿在衣服上擦了擦手心裡的汗，吞了一下口水，然後重重地點頭。

鬼手李吩咐她。「妳少安勿躁，先在我這裡等一等，天黑後再去京郊跑一趟，問問娘娘的意思。我猜，刑部那邊很快就會出扣押理由。錦衣衛是陛下的人，沒有合適的理由，刑部肯定不敢隨便扣人。若是罪名重大，妳就要去敲刑部大堂的鼓了。」

見顧綿綿似乎有些緊張，鬼手李又安慰她。「妳也莫怕，萬事還有娘娘在呢，她總不會看著自己唯一的女兒成了寡婦。」

顧綿綿勉強笑了笑。「多謝師叔，我不怕。」

鬼手李又吩咐顧綿綿。「妳先回去，我出去打聽打聽消息。」

顧綿綿一個人失魂落魄地回到了如意巷，翠蘭上來問好，她只揮了揮手，讓大家各自去忙活。

她進了書房，一個人把前前後後所有的事情都想了一趟。如果真的是因為庫銀丟失，官人沒貪錢，肯定問題不大，最多是讓他接著破案子。但若是裡頭摻雜了黨爭，那就麻煩了。

還沒等顧綿綿想出個結果，薛華善來了。

他直接進了正房。「妹妹。」

顧綿綿站起身。「大哥來了。」

薛華善先看看她的氣色，才道：「我也聽說了消息，今日太子殿下忽然要看庫銀，結果查出少了幾十萬兩，太子震怒，一邊讓人把所有和庫銀有關聯的人都抓了起來，一邊回稟陛下。我回來的時候，聽說陛下已經把此事交給太子全權處理。」

顧綿綿連忙問道：「大哥，你可知查案的主事是誰？」

薛華善道：「是太子妃的父親劉大人，刑部右侍郎。」

顧綿綿看了看外面的天，隆冬之季，外頭黑得早。她看向薛華善。「大哥，我要去京郊找我娘。」

薛華善點頭。「我陪妳一起去。」

顧綿綿也不拒絕，兄妹倆一口水都沒喝，直奔京郊。薛華善本來為了照顧妹妹，故意走得慢些，誰知顧綿綿跑起來帶風，一口氣居然也能騰空奔襲丈把遠。

薛華善大喜。「妹妹，這才幾日不見，妳居然進步這麼大？」

顧綿綿苦笑。「今日我跑得急了，莫名就成了這樣。」

兄妹倆沒說幾句話，就到了那座小院子，開門的還是那個大太監。

顧綿綿直接站在門口問：「公公，我娘怎麼說的？」

大太監看了看薛華善。

顧綿綿連忙介紹。「這是我娘家兄長。」

大太監點頭。「娘娘說，姑娘只管去做，莫要顧忌太多。」

顧綿綿舒了口氣。「多謝公公，請轉告我娘，讓她多保重。」

大太監邀請他們進屋坐坐，顧綿綿搖頭。「多謝公公盛情，來日我再來拜訪，今日先告辭了。」

兄妹返回城內，薛華善特意帶顧綿綿走西門，那裡是他的地盤，不會被人查問。

等到了如意巷，鬼手李已經在家裡等著他們了。

見二人歸來，他抬頭問道：「如何？」

顧綿綿點頭。「我娘說，讓我只管去做。」

鬼手李沈默片刻。「我剛才去仔細打聽了一些，這回的事情怕是不能善了，不殺一批是不行的。庫銀平白無故少了幾十萬兩，這得是多大的耗子？這還是目前查出來的，查不出來的說不定更多。」

顧綿綿多少知道一些後面的事情。「師叔，太子這個時候查，不會傷了陛下的臉面嗎？若是陛下惱怒，太子豈不是危險。」

鬼手李低聲道：「這回的事情，怕不光是太子，其餘皇子肯定也攪和在裡面。不知道誰是始作俑者，也不知道意在何人，但壽安確確實實是被牽連的。你們好生歇一晚上，明日咱們一起去錦衣衛要人。」

顧綿綿只能先回家，一個晚上，她始終睡得不踏實，翻來覆去，一會兒夢見衛景明被砍頭，一會兒夢見自己又進了皇宮，亂糟糟的。

好不容易挨到天明，顧綿綿胡亂漱洗一番，換了一身行動方便的衣裳，準備出門。翠蘭端來了早飯。「太太，您用一些吧，昨日就沒用呢。」

顧綿綿強迫自己吃了一個花捲，喝了兩口粥，帶著玉童和翠蘭一起去了如意巷。

薛華善剛和鬼手李隨意用了些早飯，見顧綿綿來了，鬼手李道：「華善，你自去當差，我帶你妹妹去。」

薛華善知道自己去了也幫不上大忙，也不勉強。「妹妹，有事一定要通知我。」

兵分兩路，鬼手李和顧綿綿去錦衣衛，薛華善自己去當差。

等到了千戶所，鬼手李讓顧綿綿在外面等著，自己去找陳千戶。不出鬼手李所料，陳千戶說的都是場面話，只要衛景明是乾淨的，很快就會回來。

鬼手李不和他囉嗦，又帶著顧綿綿去找當日欠他人情的那位鎮撫使。鎮撫使給鬼手李支招，讓他去走劉家的路子，說不定就能走得通。

但鬼手李和劉家沒有什麼交情，他準備去找自己以前那些舊關係。他剛走出千戶所大門，看見一位穿著得體的中年男人正在和坐在茶棚裡的顧綿綿說話。

顧綿綿也詫異，此人怎麼忽然站在自己面前不走了。

方侯爺目不轉睛地看著自己的外甥女，容貌、氣質，還有這一身天不怕、地不怕的野性，放到哪裡都是最惹眼的存在。

顧綿綿客氣道：「這位老爺，請問您有何事？」

方侯爺並未回答，他身後卻響起了一道聲音。「方侯爺是來落井下石的嗎？」

方侯爺轉身一看，主動拱手。「李大師好。」

鬼手李也拱手。「不知方侯爺有何貴幹？我姪兒被拘，我正帶著姪媳婦想辦法呢。」

顧綿綿頓時明白了，這就是自己那個狗屎舅舅。她雙眼噴火一般看著方侯爺，似乎在考慮把他燉了還是煮了。

方侯爺並不害怕，反倒笑了起來。「外甥女，妳遇到了難處，怎麼不來找我？」

顧綿綿可不給他面子。「聽說你是個小人，我可不敢去找你。」

方侯爺一口茶直接噴了一半出來，咳嗽了兩聲後道：「外甥女，都是骨肉至親，本該相互扶持，何必如此？」

顧綿綿嗤笑一聲。「侯爺也知道相互扶持？我可沒見你扶持過誰，只見你賣了妹妹又想害外甥女。我算是明白了，我家官人一個小小的百戶，如何就牽連進了庫銀案，原來是侯爺的關照啊。」

方侯爺很平靜地繼續喝茶，外甥女這脾氣，年輕人可能不喜歡，略微有了點年紀的，馬上就會被激起征服慾。「外甥女，我可以幫妳的，不過妳得答應我一個條件。」

顧綿綿定定地看著他，忽然把桌上的一盞茶端了起來，兜頭澆在方侯爺臉上，又對著他的臉上狠狠吐口唾沫。「別跟我說你那些條件，我聽著就噁心。整天說要重振門楣，你看看你幹的都是些什麼事情？外祖父在時，安邦定國，我娘一個困在深宮裡的婦人，都能為朝廷效力，你堂堂一個侯爺，身上有差事，不說好好當差報效朝廷和君王，整天算計這個，算計那個。你以為我跟你一樣？我告訴你，就算我們兩口子明日一起死了，我也不要和你扯上半點關係。」

方侯爺沈聲怒吼。「放肆！妳爹就是這麼教妳的？」

第三十三章

顧綿綿可不怕他，抄起旁邊的凳子就要去砸他。「你有什麼資格說我爹？你這個偽君子！什麼狗屁侯爺，今日我就替外祖父教訓你這個不仁不義的東西！你若是無能，早些向朝廷辭了這爵位，還能保住一家子的性命。」

鬼手李喊了一聲。「姪媳婦！」

顧綿綿這才收手，放下了凳子。「師叔，求人沒用的。您老一輩子光風霽月，不能為了我們，捨下老臉去求人。咱們手裡那些證據不出來，誰也不敢真心替咱們說話。師叔，走吧，我去敲刑部大堂的鼓，就算把這天捅個窟窿，我也不怕！」

鬼手李看向她。「妳真敢去？妳的誥命還沒下來，現在是以民告官，可是要吃板子的。」

顧綿綿咬咬牙。「去！」

鬼手李點頭。「那我們走吧。」

說完，叔姪看都不看一眼方侯爺，徑直出了茶棚。

方侯爺又怒又氣，侯爺的修養讓他沒有暴怒而起，自己掏出帕子擦了擦臉。「不知好歹的東西，我等著妳來求我！」

這話被顧綿綿聽見了，她轉身看了方侯爺一眼，也哼了一聲。那帳冊上可是有定遠侯的大名，等著吧，除了庫銀案，我要把軍火案也扯出來！

叔姪一起到了刑部大門，顧綿綿看著那面比她還高的大鼓，深吸一口氣，緩步上前。有衙役攔住了她。「這位娘子，若是告狀，去京兆尹衙門吧，這鼓可不能隨便敲。」

顧綿綿對衙役點頭。「多謝差爺相告，我就是要來敲這面鼓的。」

衙役吃了一驚，上下看了她兩眼，心道：這麼漂亮的小娘子，如何想不開要來尋死？

還沒等衙役再勸，顧綿綿拿起鼓槌，將內力灌入鼓槌，一下、兩下，沈悶的鼓聲頓時在整個刑部衙門裡響了起來！

刑部所有官員們大吃一驚，尚書馮大人問：「何人在敲鼓？」

立刻有衙役來報。「大人，是一位年輕的小娘子，號稱是錦衣衛一位百戶家的娘子，狀告定遠侯私賣軍火，還聲稱自己有證據。」

馮大人立刻臉一沈。「胡鬧，誰家的瘋婆子？打兩棍子攆出去！」庫銀的事還沒鬧明白呢，要是再來什麼軍火案，他這個尚書也不用做了。

顧綿綿乾脆釋放全部內力，對著刑部衙門的大門喊道：「民女衛顧氏，錦衣衛百戶衛景明之妻，定遠侯嫡親外甥女，狀告定遠侯私賣軍火，狀告六部二十五名官員貪污庫銀……」

她一口氣把所有的罪證都說了出來，那聲音又亮又清晰，彷彿有無數個顧綿綿在刑部衙門頂上怒喊，所有人都聽得清清楚楚，要裝作聽不見都不行。

我個老天爺，這是什麼人，瘋了不成?!

馮大人深吸一口氣。「帶上堂來！」

很快，有兩個衙役要來把顧綿綿帶進刑部衙門，鬼手李並未進去，而是通過耳語告訴顧綿綿。「若是挨板子，將真氣灌入下肢，若是滾釘板，將內力輸入內裡棉襖，滾快一些。放心，那些帳冊我留了一份。刑部若是要扣押妳，妳便要求和壽安關在一起，剩下的事情妳就不用操心了。」

顧綿綿轉過頭，輕輕點頭，然後跟著衙役上了大堂。

所有人大吃一驚。這是誰家娘子？這般貌美。

顧綿綿跪下給馮大人磕頭，把剛才的話又複述了一遍。

馮大人抓住關鍵。「定遠侯只有一個妹妹，妳是哪裡來的外甥女？」

顧綿綿忽然一笑。「大人，您說呢？」旁邊的右侍郎劉大人的眼神閃了閃。

馮大人心裡吃不準。「妳可知，狀告這麼多人，可不是說著玩的！」

顧綿綿從袖子裡拿出帳冊。「民女有證據！」

馮大人看過帳冊，冷笑。「妳這證據，完全可以偽造。」

顧綿綿也冷笑。「這麼重要的證據，我怎麼會把原本交給您，這是我抄的一份，真的證據，只有我家官人清楚，也只有他知道，誰家貪的銀子藏在什麼地方。」

馮大人叫過旁邊的人一問，心裡還是覺得顧綿綿只是救夫心切才來胡說八道。「衛顧氏，念在妳年輕，又救夫心切的分上，本官就不追究妳的過錯，打妳兩板子妳可服氣？」

顧綿綿搖頭。「大人，我是來告狀，不是來胡鬧的。大人接了狀紙，為何要攆我走？」

馮大人的眼神犀利起來。「妳可知道，妳告的都是些什麼人？」

顧綿綿點頭。「知道，我家官人清清白白的一個人，被牽扯進庫銀案。被抓來的錦衣衛，很多都放回去了，他一個才入京城不到半年的人卻被扣住不放，定是有人想要他的命，我還怕什麼呢？」

馮大人斟酌片刻，憑他的判斷，這帳冊也不絕對是假，至少有很多貪污條款，很可能真有其事。「衛顧氏，妳若真要告，就要吃苦頭了。」

顧綿綿輕蔑地看著他。「來吧，我等著呢！」

刑部官員們頓時都倒抽一口氣，這小娘子救夫心切，肯定是急瘋了。

馮大人大喝一聲。「來人，上釘板。」

那釘板被抬了上來，大概兩人長的板子，上面布滿長針，那針又尖又細，人躺上去，不知道要被扎多少個血窟窿。

自古民不與官鬥，就這告狀第一道關口，便卡死了多少人。

馮大人看向顧綿綿。「妳現在後悔還來得及。」

顧綿綿看都不看他，走到釘板前面，快速撲了上去，然後在大家等待慘叫的瞬間已經滾完了釘板。她身上的衣服被扎了許多個洞，釘板上有些針的尖頭上略微有些血漬。顧綿綿剛才滾的時候，稍微卸了一些氣，畢竟若是自己一點傷不受，這些人怕是還要上板子。

顧綿綿忍著疼，看向馮大人。「大人，我滾完了。」

馮大人見她臉色慘白，心裡也忍不住佩服起來，多少壯漢都過不了這一關，她一個小女子卻沒叫一聲疼，是個有骨氣的。

馮大人收下帳冊。「顧氏，妳有什麼要求？」

顧綿綿的聲音沒有剛才響亮。「我家官人是冤枉的，請大人明察，給他一個清白。」

馮大人這邊在審問顧綿綿，不遠處的皇宮裡頭，方貴妃卸掉所有釵環，赤足走向皇帝煉丹的丹房，跪在門口謝罪。

皇帝今日心情有些煩亂，他那些個好兒子做的事情，讓事情無法收場，不死人是不行了。這事還沒捋明白呢，貴妃的女兒又來告狀，還告自己的親舅舅。說句沒良心的話，若不是顧綿綿敲了刑部大堂的鼓，皇帝才不會去管一個小小的百戶是不是被冤枉的，死了也就死了。

顧綿綿孤注一擲，扔出帳冊，帳冊被刑部尚書收了，看馮大人那意思，帳冊似乎不假，眾人立刻都慌了起來。

消息很快傳到了皇帝這裡，皇帝當場摔了茶盞。「一個個都巴不得朕早些死了才好！」

那煉丹的道士勸皇帝。「陛下，微臣聽說，這百戶是玄清門之後，玄清子大師的親傳徒弟今日也在奔走。陛下看得起微臣，讓微臣煉丹，微臣說句實話，論起煉丹，玄清門才是天下第一呢。」

皇帝看了道士一眼。「你以為朕沒找過他？他說他只會做機關，沒學煉丹。」

老道士精得很。「陛下，聽說玄清子大師當日有遺言，門下弟子不可煉丹，但大師肯定還留下了許多方子。玄清子大師在世時，當時的太宗陛下可是活了將近八十歲。」

皇帝本來還有些生氣，聞言又有些蠢蠢欲動，還沒想好要怎麼辦，方貴妃就來了。

方貴妃多年兢兢業業，皇帝不好不給面子。「讓貴妃進來說話。」

方貴妃進屋後繼續磕頭謝罪。「臣妾有罪。」

皇帝揮揮手。「貴妃起來吧，妳那個兄長總是不著調，這回真是膽子大了，居然連軍火都敢碰。」

方貴妃再次磕頭。「請陛下責罰。」

皇帝雖然老眼昏花，腦袋卻清醒。「罷了，起來吧，是朕的錯，當年冤枉了妳爹，他心裡有些怨恨朕。好在妳是個好的，不然朕真想把他再次流放了！」

方貴妃眨了眨眼，如今她的頭髮放了下來，清冷的臉上有一絲驚惶無措，往常那個剛強的方副統領，也會有軟弱的時候。老皇帝雖然從來不近方貴妃的身，但總是自己名義上的女人，又是個美人，這時候心裡也忍不住起了一絲憐惜之心。「妳起來吧，地上涼。」

方貴妃聽話地站了起來，皇帝讓人給她看座，然後大剌剌地問：「聽說妳女兒今日幹了件大事？」

方貴妃立刻又要請罪，皇帝擺擺手。「不用這樣，妳入宮的時候朕就知道妳嫁過人，有個孩子也說得過去。」

方貴妃說起女兒，臉上又是另一副表情，像是一位普通的母親。「多謝陛下，這孩子自小不在臣妾身邊，不像別人家的姑娘那樣乖順。」

皇帝哼了一聲。「那性子就是像妳。」方貴妃當日剛進宮時，也是整天冷著一張臉，做了這副統領之後，才總算聽話許多。

聽見皇帝這樣說，方貴妃反倒笑了起來。「臣妾也是這麼想的，誰的孩子像誰。」

皇帝又哼了一聲。「說吧，妳來有什麼事情？」

方貴妃覷了他一眼。「陛下，這孩子狀告親舅父，也是不得已為之。臣妾那個女婿，才剛幫戶部找回了兩萬多兩庫銀，剛剛升了百戶，無緣無故被刑部扣押。聽說好多人都放了回去，單單臣妾的女婿還扣著不放。臣妾的女兒小小年紀，自然慌了手腳，那什麼帳冊，定然是她小孩子家家胡寫的。」

皇帝渾濁的眼神忽然犀利起來。「貴妃，妳莫要讓朕失望。」皇帝不怕貴妃偏向自己的女兒，只要她不參與皇子之間的爭奪就好。

方貴妃立刻起身，行了個屈膝禮。「陛下，臣妾的心，和陛下一樣，希望這天下太平，百姓安居樂業。」

皇帝垂下眼簾。「朕暫且信妳一回，這幾日妳就莫要出宮了。妳女婿的事，若是清白的，朕自然會放了他。至於妳兄長那裡，若是真有私賣軍火，朕絕不輕饒。」

方貴妃再次屈膝。「多謝陛下。」

只要能留住兄長一家的性命，方貴妃別無所求。

馮大人自然不會隨便放了衛景明，人雖然不是他抓的，但總要問清楚了才行。再說了，顧綿綿這女子狀告的事情大，他也不敢私自做主。

馮大人讓人把顧綿綿收押，顧綿綿當場提要求。「大人，我告了這麼多人，說不定出了這個大堂就沒命了，我要和我家官人關在一起。」

馮大人嗯了一聲。「可。」說完，他揣著帳冊直接進宮去了。

而顧綿綿被兩個衙役帶著往地牢裡去，光線越來越昏暗，漸漸地，除了衙役手裡的燈能看到路面，別的什麼也看不到了。

顧綿綿走了好久，終於在一間牢房前停下來。這是一間單獨的牢房，比較小。

衙役打開牢房門。「進去吧，娘的，這坐牢還能帶媳婦？」

裡面的衛景明之前和別人混著關在一起，他也是剛剛被帶過來的。他一聽到顧綿綿的聲音，立刻就明白，刑部怕自己被弄死了，特意將自己單獨關了起來。

等門一打開，衛景明一把將顧綿綿撈了進去。「娘子，妳怎麼來了？」

顧綿綿一天多沒見衛景明，時時刻刻都在想念，聞言把他從上到下摸了個遍。「官人，你沒事吧？他們有沒有打你？」

打自然是打了，不過那點鞭子到衛景明身上，對他來說是不痛不癢，他摸了摸顧綿綿的頭髮安撫。「沒打我，就是一直關著我。」

衙役把牢房門關上，然後提著燈走了，整個牢房頓時陷入了黑暗之中。

衛景明把顧綿綿帶到旁邊的草堆，二人一起臥在上面，顧綿綿把自己這兩天的經歷都告訴衛景明。

衛景明聽說她滾了釘板，十分心疼，用手一摸，發現她的襖子上有許多刺手的小孔，有些孔上面還有些濕潤，他仔細聞就知道是血的味道。

衛景明心裡忽然十分憤怒。他重生而來，千方百計想護住綿綿，現在還是讓她受了傷。

顧綿綿發現衛景明安安靜靜的一句話不說，連忙解開衣領，從懷裡掏出兩張餅。「官人，我早上走的時候，給你帶了兩張餅，裡頭還有餡呢，我一直放在懷裡，牢裡飯菜肯定不好，這餅我一直捂著，還是熱的，你快吃。」

衛景明接過餅，鼻頭開始發酸，他咬了一口餅，在黑暗中眨了眨眼睛。

賊老天，我一直安安分分的，只想好好過日子，你還是這樣讓綿綿受苦，等我出去了，這次我就要想盡辦法往上爬了！

衛景明一口氣吃完了一張餅，剩下的一張往顧綿綿嘴裡餵。

顧綿綿不肯吃。「我早上吃了好多，你吃吧。」

衛景明並不勉強，把剩下的一張餅用油紙包好，揣進懷裡，然後緊緊抱住顧綿綿。「綿綿，妳別怕，我們不會有事的。」

顧綿綿輕輕嗯了一聲。「師父說，剩下的事情不用我們操心了。」

衛景明摸摸她的頭髮。「娘娘肯定在想辦法搭救我們呢，不用急，現在應該著急的，是外頭那些人，我們待在這裡很安全。」

顧綿綿第一次坐牢，想看清楚旁邊的情況，但光線太暗，一點都看不見。

她摸摸衛景明的臉。「才一天的工夫，你就瘦了。他們是不是不給你飯吃？有沒有水喝？是不是不讓你睡覺？」

衛景明笑道：「吃的有，就是不好吃，水一天有一碗，昨兒晚上是沒怎麼睡，連夜問話，今早我補了一覺。」

顧綿綿有些心疼。「肯定是我舅舅那個天殺的幹的好事，我進來之前，他又找我了。你說，他怎麼就是不肯死心呢？」

衛景明嘆口氣。「他嚐到了甜頭，自然不肯放棄。要是他自己的女兒長得好看，怕是早被他送進宮了。」

顧綿綿呸了一聲。「他自己也不想想，這樣逼我，難道我還能好好聽話不成？」

衛景明安慰她。「別急，咱們很快就能出去了。」

顧綿綿嗯了一聲，夫妻倆相擁在一起。牢裡寒氣重，又正值冬日，好在地上鋪了些稻草，好歹能取暖。衛景明怕顧綿綿冷，想給她輸入真氣，顧綿綿不肯，還把自己今日能離地而飛的事情告訴了他。

衛景明高興地抱著她吧唧親兩口。「那我這次牢也沒白坐。」

顧綿綿趕緊捂住他的嘴。「胡說！我練功什麼時候都能練，坐牢能是好玩的？等出去後，咱們去廟裡拜拜菩薩，以後一順百順。」

衛景明又把她攬進懷裡。「好，咱們去拜菩薩。」

顧綿綿跑了大半天，沒怎麼歇息，有些累了，很快趴在衛景明懷裡睡過去。等她再次醒來，也不知是什麼時候。

衛景明輕聲問她。「綿綿醒了？」

顧綿綿看看黑漆漆的牢房。「官人，這是白天還是晚上啊？」

衛景明想了想。「我算著應是前半夜。」

顧綿綿又問：「晚上是不是不送飯？」

衛景明笑道：「一天就送一次，一次一碗粗糧飯，裡頭還帶糠的。冬天還好，要是夏天，搞不好是餿飯。」

顧綿綿心疼極了。「那飯是不是刺嗓子？」

衛景明點頭。「那可不？要是牢裡的飯好吃，到了災荒年豈不是人人都想坐牢。」

顧綿綿被他逗笑了，輕拍了他一下。「胡說八道！」

衛景明剛才趁她睡著了，輕手輕腳替她檢查了身上的傷，那些小孔扎得不深，看來是用內力護住了身體，但他還是忍不住一陣陣心疼。

狗日的方侯爺，老子早晚讓你也吃牢飯！

顧綿綿剛坐起來，忽然，肚子一陣陣咕嚕叫喚，她捂都捂不住。

顧綿綿有些不好意思，衛景明立刻從懷裡掏出那張餅，撕開餵給顧綿綿吃，顧綿綿接過餅，先餵他一口，自己也吃一口，夫妻倆一起分吃了一張餅，腹中的饑餓感總算消失了。

閒著無事，衛景明帶著顧綿綿運氣，又幫她分析時局。「妳交出去的證據，有些需要我出去幫著找銀子，有些可能現在還找不到，很快他們就會來讓我出去的。這回方家肯定是搭上了劉家的路子，不然刑部不會押著我不放。」

顧綿綿又想生氣，小聲道：「那什麼狗屁太子，難道連成過親的婦人都不放過？」

衛景明沈默片刻。「妳應該還記得，後來有個寇貴妃。」

顧綿綿仔細回憶，回想起上輩子那個飛揚跋扈的寇貴妃。顧綿綿是個從來沒承過寵的冷宮嬪妃，寇貴妃見了她連個眼神都不給，甚至連喪子的劉皇后她都不怎麼放在眼裡。關鍵是，這寇貴妃原來就是個普通市井婦人，也不知被誰送到了宮裡，居然做了貴妃，連宮外的孩子和前夫都跟著雞犬升天。

顧綿綿一時語塞。「官人，此非明君之道。」

衛景明道：「只要不做皇后，百官也不會說什麼。」

顧綿綿忽然問道：「七皇孫如何了？」她問的是後來的繼位者，現任太子的第七子。

衛景明壓低了聲音回答她。「還小呢，我聽說在東宮日子很難過。原來太子妃有兒子，他不顯眼。現在大皇孫沒了，只留下個五、六歲的男孩子，太子妃看哪個庶子都不順眼，七皇孫這種低等嬪妃生的孩子，就更難熬了。」

顧綿綿又問：「難道方家想仿效寇貴妃？可大皇孫留下了兒子啊。」

衛景明嗯了一聲。「不排除方家有這個想法。但那孩子才五、六歲，在皇宮裡，五、六歲沒人照料的孩子，日子有多艱難可想而知。劉家可能是想多個保障，和方家一拍即合。成了最好，不成對他們兩家都沒損失。」

顧綿綿又呸了一聲。「狼心狗肺的東西，難道我就該給他們填坑？」

衛景明又攬住她。「別生氣，就讓陛下去懲治他們吧。這次貪腐案和軍火案一起出，方家肯定是不行了。陛下想保的是太子，可不是什麼劉家。劉家失了皇孫，不足為慮。其餘皇子想一起把太子搞下臺，陛下肯定不答應。但方家被我們扯出來，會連累貴妃，我猜陛下肯定會打方家抬貴妃。」

顧綿綿心裡有了一個膽大的想法。「還能怎麼抬呢？」

衛景明輕輕摸摸她的耳朵。「就是妳想的那樣。如果方家爵位沒了，娘娘也危險，陛下很可能會封后，放手讓貴妃和太子聯手，絕了所有皇子的想法，讓太子離不開新后，新后離不開太子，這樣才能穩定。」

顧綿綿嘆了口氣。「陛下整日求仙問道，我還以為他吃丹藥吃傻了呢。」

衛景明趕緊捂住她的嘴。「心裡想想就行了，他可不傻，說不定這次他是故意讓貪腐案扯出來的，以便徹底肅清官場，給太子留個大好局面。」

顧綿綿撇撇嘴。「他既然這麼疼愛長子，還娶一堆小老婆，生一堆庶子。」

衛景明笑道：「不娶小老婆，百官也不答應啊！哪個世家沒個外戚夢呢？」

顧綿綿嘆口氣。「這樣活一輩子真沒意思，自己娶老婆、生孩子都被人家算計。」

衛景明又笑道：「咱們不管那些，咱們過好自己的小日子就行了。」

顧綿綿在他懷裡蹭蹭。「我原來還覺得六品官挺好的，現在想想，在這京城，六品算個屁，你還是當指揮使痛快。」

衛景明對著她身後拍了一下。「這麼快就嫌我官小了？」

兩口子說笑了一陣子，又一起運氣打坐。

等累了，兩人又一起睡覺，睡醒了說說話，說累了又睡。左右牢房裡關的人一會兒哭哭笑笑，一會兒大喊自己是冤枉的，衛景明每次都讓顧綿綿別聽，把她緊緊抱在懷裡，凡是有人言語不敬，他立刻從牆上摳下一小塊磚頭邊角，直接敲碎那人的牙齒。

不知什麼時候，忽然，外頭有衙役打開了門，對著裡面喊：「衛景明，可以出去了。」

顧綿綿頓時大喜。

衛景明反問道：「是只有我一個人出去？」

徜役愣了愣，忽然想起這間還有個女人。「你們兩個都可以出去了。」

第三十四章

衛景明拉起顧綿綿，就著昏暗的燈光，仔細看了看那兩個衙役，前幾天見過面，消息應該不假。

他牽著顧綿綿的手往外走，同時警惕地防著四周。這樣走了一段路，忽然到了一個拐彎口，影影綽綽見到那裡有個人正等著他們。

顧綿綿一看，是京郊小院裡的那個大太監，連忙上前行禮。「公公好。」

大太監笑咪咪的。「姑娘，老奴姓李。娘娘吩咐老奴來接姑娘和姑爺回家。」

衛景明也上前抱拳行禮。「多謝李公公。」

李公公從懷裡掏出兩條棉布。「姑娘和姑爺蒙上眼睛，外頭大太陽，怕你們受不了。這裡有兩碗湯，你們先喝，暖暖身子。」

衛景明盯著那碗湯沈默，李公公會意，又拿出一個小碗，從兩個大碗裡各倒了半碗自己喝光。「還熱著呢，姑娘和姑爺快喝。」

衛景明又對著李公公抱拳。「是我失禮了，請公公勿怪。」

李公公一點不生氣。「姑爺做得沒錯，這個當口，就該仔細些才對。」

夫妻倆都喝了一碗湯，身上立刻暖和了很多，各自拿著棉布條蒙上了眼睛，手牽著手跟著李公公往外走。

衛景明耳朵聽力好，雖然被蒙住了眼睛，一路走得暢通無阻，有臺階時還能提醒顧綿綿，李公公看得不住點頭。

等到了外頭，李公公讓他們上了一輛馬車，親自駕車帶著他們去了如意巷的住宅。翠蘭親自來開的門，一見老爺、太太，高興到差點哭了。她轉身從屋裡拿出個火盆放在大門口，堅持讓兩人跨火盆。到了家裡，顧綿綿雖然被蒙著眼睛，卻穩穩當當地走到了正房。

夫妻倆一起坐下，顧綿綿讓翠蘭給李公公上茶。「公公，我娘怎麼樣了？」

李公公等翠蘭出去了才回道：「娘娘讓姑娘放心，宮裡一切尚好。姑爺出來後，全力配合查案，有多大能力都使出來，不管查到了誰家都不用怕，有她兜著呢。」

衛景明回道：「公公，還請轉告娘娘，在宮裡一切當心。雖有陛下在，暗箭難防。方家被告，滿宮妃嬪都巴望著娘娘倒楣呢。」

李公公點頭。「多謝姑爺，老奴定會轉告給娘娘。」

說完，他從旁邊的包袱裡拿出一個小匣子，親自塞到顧綿綿手裡。「娘娘說，姑娘出閣，她沒來得及備嫁妝，這些東西留著讓姑娘補貼家用。」

顧綿綿還被蒙著眼睛呢，她摸了摸匣子，不是很大，裡面嘩啦啦的響，肯定是金銀珠寶之類。她的鼻頭有些發酸。「請公公轉告我娘，定要保重身體，等我的六品誥命下來了，有機會我也進宮看看她。她的心意我收下了，定會把日子過好的。」

李公公喝了一盞茶就走了。

顧綿綿和衛景明過了好久才摘掉眼上蒙的布，讓翠蘭備了熱水，二人一起漱洗。顧綿綿看到衛景明身上有幾道被打的痕跡，衛景明也仔細瞧顧綿綿身上的針孔。好在夫妻倆身上都是輕傷，連藥都不用上，就是又彼此心疼了好一陣。

顧綿綿心裡有氣。「你又沒犯錯，他們何故打你？」

衛景明把顧綿綿按進熱水桶。「沒事，我一點也不疼。」

顧綿綿咬牙切齒。「要不是看在我娘的面上，今天晚上咱們就去方家把他的頭剁了！」

衛景明拿帕子給她擦洗。「不要急，這回誰也跑不掉。娘娘就算能保住方侯爺的命，他也別想好過。」

夫妻二人剛漱洗完畢，翠蘭便送上了熱熱的飯菜。

顧綿綿沒讓燒暖牆，一來他們才從牢裡回來，那大牢裡冷冰冰的，忽然太暖了也不好，二來，顧綿綿覺得自己不能太貪圖享受。人一輩子，說不定什麼時候就遇到了災難，若是平日不磨鍊好，到時遇到事情只會哭哭啼啼，可不妥當。

夫妻倆一起坐下，顧綿綿給衛景明盛了一碗粥。「你餓了好幾天，先吃些清淡的。」

衛景明給顧綿綿挾了個蒸餃。「多謝娘子救我出獄。」

顧綿綿瞋他。「你入獄是因我而起，我救你原是應當。」

衛景明把凳子往她旁邊挪了挪。「咱們也算是共患難過的兄弟了。」

顧綿綿呸了一口。「誰跟你是兄弟？」

衛景明哈哈笑。「來，顧兄弟，咱們一起吃杯酒，慶祝此番大難不死。翠蘭，翠蘭，拿酒來。」

翠蘭拿了酒和酒盅進來，猶豫了一下還是忍不住勸了一句。「老爺，太太，先吃些暖暖胃吧，酒傷身。」

顧綿綿笑著看向翠蘭。「不要緊，我們就吃一盅，妳要是不信，就在這裡看著我們。」

翠蘭不禁笑了。「看著不敢，我給老爺、太太倒酒。」

夫妻倆一起吃了一盅酒，翠蘭在一邊說笑，氣氛也漸漸活絡起來。

兩口子在家裡吃飽喝足，又手牽著手一起去了安居巷。

鬼手李晌午在外頭吃了一碗麵，見到他們兩個並不吃驚。「回來了。」

衛景明點頭。「回來了，煩勞師叔操心了。」

鬼手李嗯了一聲。「我出的力不大，你岳母這回怕是出了大力氣。」至於那個煉丹的道士，他並不想告訴孩子們，那些方子老皇帝要，他立刻拱手送給那位道友，以後省得別人再來要。

鬼手李看了看衛景明的氣色。「沒有為難你吧？」

衛景明搖頭。「師叔放心，沒受罪。」
鬼手李點頭。「你媳婦受罪了，那釘板可不是人人都能滾的。」
顧綿綿不想提這個，忙道：「師叔為我們奔波兩天，您老辛苦了，今天晚上我做一桌好飯菜孝敬您老。」
鬼手李摸了摸鬍子。「無妨，你們都回來我就放心了。」
兩口子一起在安居巷磨蹭了半天，等到晚上薛華善回來，一家子一起吃了頓飯後，才返回如意巷。
第二天天剛亮，陳千戶派人來了。來的是衛景明手下一個總旗，進門就大喊：「大人，大人，有急事。」
衛景明從屋裡出來了。「何事這麼急？」
那總旗道：「大人，袁統領親自下令，讓您會同另外幾位大人一起，聯合刑部和大理寺一起查案，陳大人讓您即刻過去他那邊。」
顧綿綿從屋裡走了出來。「官人，小心。」
衛景明拍拍她的手。「別怕，老子最不怕的就是查案。等著，這一回六品誥命，咱也不要了，定要給妳掙個五品。」
顧綿綿看了一眼那個總旗。「快別吹牛了，昨日才出大牢呢。」

衛景明一邊換衣裳、一邊囑咐顧綿綿。「這幾日不要亂走，誰來下帖子也別去，以後早起我送妳去師父那裡，夜晚我再去接妳。」

說完，他催著顧綿綿也換一身衣裳，二人先到了安居巷，衛景明這才帶著總旗火速去陳千戶那裡報到。

陳千戶正等著他呢。一見到衛景明，陳千戶立刻過來拉住他的手。「衛兄弟受苦了，我還說這兩天幫你想想路子，沒想到你吉人有天相，這麼快就出來了。」

說完，他立刻又呸了一口。「瞧我這嘴，兄弟又沒犯事，自然該出來的。」

陳千戶在錦衣衛多年，自然也有自己的消息門道，聽說衛景明此次出來是陛下親自開口，心裡禁不住吃驚。這小子居然能通天？

他還正在想今日下衙後帶些禮物去衛家看望衛景明，誰知道一大早就接到袁統領的命令，讓衛景明去協同查案。

他這樣客氣，衛景明自然不能寒著臉，雖然陳千戶昨日沒為自己說一句話，但好在也沒落井下石，好歹還要留個臉上太平。

衛景明便客氣道：「多謝陳大人關心，下官已經無礙，承蒙袁統領看得起，下官定然竭盡全力，不給咱們戶所丟臉。」

陳千戶開玩笑一樣道：「壽安啊，聽說你媳婦昨日可是幹了件大事，丟出許多帳本，那許多帳本，咱們錦衣衛都沒有呢。」

衛景明笑著回他。「大人，那原是下官在家裡寫著玩的東西，昨日內子一急，就交給了馮大人，是下官的錯，和內子無關。」

陳千戶點頭。「婦道人家救夫心切，也能理解。要是袁統領問起來，你可要說清楚些呀！」

衛景明再次保證。「陳大人放心，自我來咱們千戶所，兄弟們都待我和善，我自然不會坑害大家。」

陳千戶又解釋道：「壽安你想多了，我是怕袁統領問責你。」

衛景明看向陳千戶。「下官明白，大人放心吧。」

陳千戶知道，衛景明是個聰明人，也不用說太明白。既然你手眼通天，我這小小的千戶所也容不下你，只求你莫要連累我。

陳千戶鬆了口氣。「你去吧。」

衛景明辭別陳千戶，出來的時候遇到了莫百戶。

莫百戶連連拍手。「兄弟你回來了，昨兒聽說好多人都放了出來，單單你被拉去審訊，我急得不行，託了刑部的兄弟們問，問了半天也沒問出個名堂，又聽說你出來了。我就說嘛，衛兄弟你乾乾淨淨的，怎麼會牽扯到庫銀裡頭去？」

衛景明對著莫百戶拱手。「莫大人，我身上有緊急差事，昨日多謝您替我奔走，等我辦完了這趟差事，我請莫大人去我家裡吃酒。」

莫百戶趕緊道：「你快去，早些立些功勞，證明自己的清白。」

這個莫百戶看著油滑，倒是個實誠人。

衛景明轉身就走，他帶上自己手下一個總旗和兩個小旗，直奔袁統領那裡。

衛景明到了後，有人進去通傳，很快，一位普通校尉出來把他帶了進去。

等一進屋子，衛景明一眼就認出了袁統領，這位最後死得很慘的錦衣衛統領。旁邊還有幾個人，衛景明正巧認識幾個，其中一個金百戶，就是衛景明上輩子的得力助手。

這輩子初見，衛景明只能假裝不認識，先給袁統領行禮。「下官見過袁統領。」

袁統領嗯了一聲。「聽說你前些日子幫戶部找回了兩萬多兩庫銀，既然有經驗，這回就跟著一起查案吧。」

袁統領現在已經清楚了衛景明的身分，對他自然不像普通的百戶一樣。

果然是朝中有人好做官啊，自己既然借了岳母的力，自然不能給她丟臉。

衛景明心裡感嘆，面上認真道：「統領大人放心，下官定會竭盡全力。」

袁統領又嗯了一聲，開始吩咐所有人。「這次庫銀丟失案，陛下命咱們和刑部、大理寺一起破案。往常咱們查案，都是獨來獨往，現在既然跟人家合作，莫要拿大，都好生聽馮大人差遣。」

太子原來讓岳父劉大人主事，皇帝接到帳本後，立刻把劉大人換掉，讓刑部尚書馮大人親自查案。刑部尚書正一品，比袁統領官階還要高，這些千戶和百戶們自然不敢妄自尊大，紛紛表示聽憑馮大人差遣。

衛景明在這群人中並不顯眼，袁統領雖然知道他的身分，但關係到陛下顏面，他也沒聲張。等袁統領訓完話，他跟著眾人一起往刑部而去。

衛景明那邊熱火朝天地查案，定遠侯府裡面又吵了起來。

方侯爺昨日聽說顧綿綿狀告自己私賣軍火，當場摔了個茶壺。這事雖然有人知道，但因著一條繩子上的螞蚱太多，誰也不敢捅出來，這個孽障居然就這樣大刺刺地說了出去，還拿出什麼帳冊?!

等顧綿綿被收押，馮大人親自拿著帳冊去找皇帝，而後劉大人被換下，方侯爺徹底坐不住了。他去找劉大人，劉大人卻告訴他計劃終止。

對劉家來說，方家外甥女能不能進宮並不是最關鍵的問題，反正太子妃有個孫子，等太子繼位後十來年，長孫剛好成年，傳位給孫子也不是不可能的事情。現在當務之急，是軍火案。劉家自然不會去碰庫銀，但方侯爺給的分紅，劉家可從來沒拒絕過。

昨日衛景明和顧綿綿雙雙被釋放，方侯爺就知道，他妹妹出手了。她不惜和娘家頂著幹，也要維護自己的女婿。

方侯爺始終不明白，為什麼妹妹和外甥女都跟著了魔一樣？一個衙役有什麼好的，就算現在升了百戶，以後還能翻了天不成？若是進了東宮有了子嗣，那前程，別說百戶了，錦衣衛指揮使也比不了。

方侯爺心裡冷哼一聲，臉色冷下來。既然都想把我推出去，這次誰也跑不掉。

安居巷那邊，顧綿綿今日沒有跟著鬼手李學習，而是自己在院子裡跑跑跳跳。前日她的輕功突飛猛進，她要加緊練習一下。

原來顧綿綿可羨慕衛景明了，抱著一個人都能在夜空中飛行，現在她自己居然也能這樣！

顧綿綿前兩日因事態緊急顧不上高興，今日像個得了糖吃的孩子一樣，歡天喜地地跑來跑去，一會兒跳到牆上，一會兒從機關陣中飛馳而過，玩得不亦樂乎。

鬼手李忍不住笑話她。「妳可要看好了，我看妳運氣時穩時不穩，別等到機關開了妳人飛不出來，我可來不及去救妳。」

顧綿綿清脆的聲音傳來。「師叔，您放心吧，我沒問題的。」

她像一隻花蝴蝶一樣飛來飛去，雖然飛得不怎麼高，但速度越來越快。

鬼手李雙手揹在身後，見她累得差不多了，忽然掠入陣中，帶著顧綿綿開始走步伐，並教她每一步前行時如何控制內力，如何用最省力的方法飛得最高、最快、最遠。

顧綿綿雖然累，卻越學越帶勁。在鬼手李的步步緊逼之下，她全力調動身上每一絲力氣，恨不得分出八隻眼睛和八條腿，緊緊盯著鬼手李的腳步。

這樣練習了小半個時辰，鬼手李先停了下來。他的人剛剛站定，身上的袍子旋即落下，紋絲不動，而顧綿綿此時卻已經滿頭大汗。

顧綿綿羨慕地看著他。「師叔，我什麼時候能像您這樣就好了。」

鬼手李摸了摸鬍子。「我老頭子七十多歲了，妳才多大。」

顧綿綿吃驚。「師叔，您有七十歲？我還以為您四十歲呢。」鬼手李雖然號稱老頭子，但一頭烏髮，臉上也沒有多少皺紋，走出去誰也不相信他有七十歲。

鬼手李又誘惑她。「妳長得這般好看，要是能把內力練到出神入化之地，妳這容顏也能不老。妳看妳娘，為什麼她比宮裡娘娘們都好看？一來是她本來就長得好，二來是她真氣足，老得就慢。妳要是不好好練，過幾年妳就別叫她娘了，叫姊姊都使得。」

顧綿綿咂舌。「沒想到練功還有這麼多好處。」

鬼手李嗯了一聲。「妳練著吧，我出去溜溜。」

他看看天色，想著那位道友也該來找他了。果然，出了安居巷沒多遠，鬼手李看到那位熟悉的身影。青天白日的，二人也不好當街說什麼。鬼手李轉身進了一家茶樓，要了個雅間。剛坐下喝了一盞茶，那位老道士隨後就來了。

這道士滿頭白髮，其實年紀還沒有鬼手李大。道士進門就拱手。「大師別來無恙。」

鬼手李也拱手。「道友風采依舊。」

老道士坐了下來，自己倒茶吃。「貧道為五斗米折腰，哪裡像大師瀟灑？」

鬼手李嘆口氣。「往常我老頭子一個人，想怎麼過就怎麼過。現在家裡有了一群孩子，我老頭子可不要跟著操心了？」

老道士哈哈笑。「大師您也墮入凡塵了。」

鬼手李端起茶杯喝了一口。「有什麼辦法？自家孩子，又不能丟出去。昨兒的事，還要多謝道友。」

老道士笑咪咪的。「小事一樁，大師客氣了。」

鬼手李不等老道士開口，主動從懷裡掏出一疊紙。「道友也知道，家師臨終前，囑咐我們師兄弟二人，一輩子不許煉丹。貧道這裡有一些家師遺留下來的煉丹方子，道友喜好這個，寶劍贈英雄，留在我這裡也無用，要是道友不嫌棄，拿去玩玩吧。」

老道士大喜。「大師真是豪爽之人，說起來，其實昨日貧道也沒出力，還是貴妃娘娘出的力，受之有愧啊。」

鬼手李看了他一眼。「昨日之事是昨日之事，我這不是放長線釣大魚嗎？往後總有道友能幫上忙的地方。」

老道士又哈哈笑。「大師真是實誠，既然這樣，貧道就不客氣了。」

說完，他拿起桌上的一疊紙，邊看邊稱讚。「玄清子老前輩真是了不起，貧道十輩子也到不了他老人家的境界。」

鬼手李平常都是很謙虛，一提到他師父，立刻也驕傲起來。「那是，整個大魏朝，也就一個國師。」想到師父，他又有些落寞。「可惜他老人家仙逝了，唉！」

老道士連忙安慰他。「李大師，雖然老前輩不在了，您和郭大師也是名動天下，如今又有了第三代傳人，我聽說那孩子出色得很，老前輩若是知道，也能含笑九泉了。」

兩個人又客氣了一陣子，鬼手李先告辭。「近來家中事情多，姪兒不在家，留姪媳婦一個人在家裡，我不放心，就先回去了。」

這老道士知道顧綿綿的身分，也知道方家和劉家的那點勾當，立刻點頭。「大師快去，孩子安危要緊，這個時候可要看好了她。若是她有個不妥，娘娘怕是要亂了陣腳。」

鬼手李拱手告別，老道士高高興興地帶著一堆方子離開了茶樓，等他研究出好丹藥，陛下也能延年益壽。

鬼手李回到家時，顧綿綿正在做飯，聽見動靜，她伸出頭來。「師叔，吃飯啦！」

鬼手李嗯了一聲，抬頭看了看廚房。他這個廚房，從買這宅子開始，就沒冒過一次煙，自從這幾個孩子來了，家裡整天熱熱鬧鬧的。

鬼手李忽然想起四十多年前，那時候師父還在，他和師兄還年輕，他們倆整天輪著做飯，伺候師父，日子也過得有滋有味。後來，師父仙逝，朝廷想收回國師位置，師兄怕人家覺得他惦記國師的位置，開始雲遊天下。上一次他回來是什麼時候？十幾年前吧。

真快啊，一眨眼四十多年過去了。師父，您老人家安息吧，咱們玄清門有了優秀的傳人。您放心，徒兒定和師兄一起，把他培養成您的傳承人。

鬼手李還在發呆，顧綿綿端著一盤菜出來了，那熟悉的辣椒味將他的思緒拉了回來。

「莫要做那麼多菜，吃不完白白浪費。」

顧綿綿笑道：「師叔放心吧，我準備明日去抓兩隻小貓回來，以後吃不完的肉給小貓吃。」

鬼手李奇怪。「妳抓小貓幹麼？」

顧綿綿把菜放在桌子上。「您這院子裡機關多，好些機關裡面都有絲線，萬一被老鼠咬壞了，豈不可惜？」

鬼手李哼一聲。「要是妳的貓在機關裡被扎成篩子，可別賴我。」

顧綿綿笑著擺碗筷。「您放心吧，我會好好教牠的。」

她在安居巷混了一天，天黑後，薛華善準時回來，衛景明還不見蹤影，好在他及時打發手下一個小旗回來報信。

那小旗給顧綿綿行禮。「太太好，衛大人今日要和諸位大人們連夜查案，怕是回不來了，讓小的回來告訴太太，自行安排，不用等他回來。」

顧綿綿點頭，看了一眼翠蘭，翠蘭往小旗手裡塞了二錢銀子。「多謝您跑這一趟，煩請您再去告訴我家老爺，讓他只管用心查案，家裡不用擔心。」

小旗拿著賞錢，高高興興地走了。

顧綿綿若是一個人回如意巷，鬼手李不放心，遂對顧綿綿道：「妳晚上就留在這裡吧，缺什麼，讓妳的丫鬟回去取。」

第三十五章

衛景明這會兒正冒著寒風，同一位鎮撫使、一位百戶、刑部一位郎中和兩位主事一起，帶著一群衙役，在京城中到處找丟失的銀子。

他心裡自有一本帳，誰家哪裡藏了銀子，他知道得一清二楚，這都是以前案宗中記錄過的。有些消息靈通的人家已經轉移了地方，衛景明不怕，他記得這些人什麼時候和別人接過頭，時間、地點都能說得上，就算當事人不承認，還有同夥呢，總能審出一些問題。

一天的工夫，他們這個小分隊已經找到了十幾萬兩銀子。剛開始他身邊只有一位千戶和兩位主事，後來馮大人見他們收穫越來越大，立刻加派人馬，增加一位五品刑部郎中。

查到前面兩筆時，同行的時千戶就問過衛景明，如何知道這些藏銀子的地方，衛景明自然是打哈哈。時千戶還想過以官階欺壓衛景明，讓他說出後面的地點，自己也單獨立點功勞。但衛景明可不是吃素的，當場表示自己不幹了，去跟袁統領回話。

刑部的郎中才不管錦衣衛之間的鬥爭，此次查案是馮大人主辦，他要幫馮大人爭取時間，儘早找到這些銀子，故而站在衛景明這一邊。「衛大人，咱們二人一起去吧，時千戶可以另行自去。」

時千戶雖然生氣，也沒得辦法，只能命令衛景明繼續帶著大家找銀子，誰知衛景明又不幹了。你跟著老子白撿功勞還不滿意？老子不伺候了，不就是一個千戶，有什麼了不起！

衛景明轉頭就去找袁統領。「統領大人，下官官職低微，不能繼續查案了。」

袁統領奇怪。「不是說你們幾個找到了不少銀子？」

衛景明直接了當道：「下官請統領大人幫下官換個人，時千戶讓下官交出所有藏銀子的地點，恕下官不能。」

袁統領不說話了，搶下屬功勞什麼的，誰還沒幹過呢？但今日這功勞這般大，若是明火執仗，怕是誰也不肯答應。別說人家已經是個百戶，就算只是個總旗，也不能強壓著頭讓人家把功勞全部讓出來。

袁統領看了一眼旁邊一位鎮撫使，那是他手底下的人。

鎮撫使有些尷尬。「袁大人，時千戶是個直腸子，下官回去說說他。」

袁統領知道，貴妃這回打定了主意要讓自己的女婿立功勞，他也不想明著和貴妃為敵，看向衛景明。「你想讓誰跟你一起呢？」

衛景明毫不猶豫。「下官想和金百戶一起。」

袁統領點頭，看向旁邊的鎮撫使。「你去給他換個人，查案的當口，找到銀子才是關鍵，誰給本官扯後腿，本官打斷他的狗腿。」

金百戶稀裡糊塗被帶了過來，他們這一小分隊今日收穫不大，正在發愁呢，他就被人叫了回來，說是今日找銀子大戶衛百戶點名要和他一起。

金百戶先跟袁統領等人問安，袁統領頭都沒抬。「你跟著衛百戶去吧，你二人要快。」

衛景明立刻拱手。「下官明白。」

說完，他看向金百戶。「崇安，咱們走吧。」

金百戶心裡大驚。這位衛百戶跟我不是一個戶所的，怎麼連我的字都知道？除了家裡長輩和上官，極少有人叫他崇安。

但看衛景明含笑看著自己，眼神裡帶著真誠和和善，金百戶暫且放下提防，對著衛景明拱手。「衛大人請。」

二人一起出了統領衙門，帶上外頭的刑部官員，繼續幹活。

忙到半夜，刑部官員有些累。

衛景明對他們三人道：「今日我們風風火火找銀子，已經打草驚蛇，若不一鼓作氣把能找的都找到，等明天再來，怕是都已經銀去樓空了。」

刑部郎中立刻道：「衛大人，咱們走吧，今日就算熬個通宵，也要把活兒幹完，只請衛大人莫要保留。如今咱們抄了很多人家的家，已經得罪了人，不如把功勞做大些，有了陛下和太子的首肯，也沒人敢報復我們。」

衛景明自然知道這個道理。「辛苦幾位大人了。」

這一查，就是整個晚上。先是找銀子，後是找證據。國庫裡丟失的幾十萬兩銀子，少說找回了有一半。有許多已經被花掉，有一些被熔掉，還有一些已經找不到。

衛景明把能記住的證據和窩點全部抄了，等他準備收工時，已經到了第二天中午。他們的帶隊人，已經變成衛景明的直屬鎮撫使肖大人。因著找回的銀子多，還需要戶部官員來幫忙清點，吏部官員跟在一邊監督。

等把最後一批銀子押運回刑部衙門，衛景明的活兒終於算幹完了。還沒等他歇口氣，袁統領又叫他。

衛景明和金百戶在肖大人的帶領下，一起進了袁統領的屋子。

袁統領看著報上來的數目，心裡很高興，忍不住誇讚幾人。「好小子，這回替我們錦衣衛掙臉了！」

肖大人知道昨日時千戶搶功勞的事情，一點也不敢隱瞞。「回統領大人的話，這些東西都是衛百戶找到的，我們跟著就是抬銀子、拿人、找證據。」

袁統領滿意地看著衛景明，貴妃娘娘的眼光還是不錯的。「你們都有功勞。」

衛景明也趕緊道：「下官官職低微，那些豪族的門都進不去，若不是肖大人在前頭開路，下官就算知道銀子在哪裡，也拿不到手啊。金百戶一路跟著下官，善後的事情做得妥妥帖帖。」

金百戶到現在還糊塗著。這位從未謀面的衛百戶，如何總是替自己說話？還想替我爭功勞，我和他到底有什麼淵源？

袁統領把帳冊一收。「你們都辛苦了，回去歇著吧，本官去找馮大人一起面聖。」

剩下的事情就不是衛景明操心的了，他依禮告退，回了自己的百戶所。
底下所有人已經知道了今日衛大人立了功勞，一見他回來，立刻都迎了上來，滿口稱讚。
衛景明與眾人說了一陣子的話，把百戶所的差事都捋了一遍，囑咐好眾人後，獨自走回了家。
他先回安居巷，顧綿綿一見他回來，立刻高興地小跑過來。「官人，你回來了。」
衛景明笑著點頭。「我回來了，綿綿有沒有想我？」
顧綿綿立刻看了一眼正房，鬼手李沒出來，她嗔怪他一句。「好好說話。」
衛景明摸摸她的頭髮。「我餓了，有飯嗎？」
顧綿綿立刻點頭。「你等著，我去給你做飯吃。」
衛景明看著自家娘子腳步輕快地去了廚房，心中長長出了口氣，他實在厭倦了這些鬥爭，他只想好好過一過柴米油鹽的普通日子。
鬼手李的聲音從屋裡傳來。「壽安，進來說話。」
衛景明不疾不徐地進了正房。「師叔，您忙呢。」
鬼手李放下手裡的東西。「怎麼樣了？」
衛景明點頭。「我把能找到的都找回來了，原就是國庫的銀子，給這些蛀蟲，也只是養一批廢物罷了。」

鬼手李忽然問：「你那些帳冊，我仔細看過，你都從哪裡來的？」

衛景明一時語塞，只能扯謊。「我師父給的。」

聞言，鬼手李的眉頭皺得能夾死蒼蠅。

師兄多年沒回京城，怎麼能知道這些事情，難道他和這中間有什麼瓜葛？想了片刻，鬼手李的眉頭鬆了下來。罷了，師兄有師兄的路子，他既然不願意來見我，就是緣分沒到吧。

他先坐了下來。「你好生歇兩日，我猜要不了幾天，你可能又要升官了。」

衛景明嘆了口氣。「師叔，這回我可得罪了不少人。」

鬼手李道：「你只是幫著找銀子，拿人抄家並不是你幹的。再者，你找的是庫銀，沒有督辦軍火案。庫銀最多是貪污，軍火案就可大可小，說貪污也行，說造反也行。」

衛景明沈默了片刻。「師叔，我聽說方家今日被抄了。」

鬼手李哼了一聲。「方家被抄是早晚的事，和貪污案一起辦，看起來還不是那麼顯眼。若是單獨扯出軍火案，方侯爺死罪難逃。兩個案子牽扯了那麼多官員和後宮娘娘們的娘家，這個當口，陛下只想穩定朝廷百官，方侯爺的命是能保住了。」

衛景明也哼了一聲。「但以我對方侯爺夫婦的了解，他們可不會感謝我，只會恨我把事情捅出來。」

鬼手李慢慢吃茶。「不用管他們，你岳母和你一條心就可以。陛下算是護著你們了，往常錦衣衛都是單獨辦案，這次是和刑部、大理寺聯手，也省得你們遭報復。」

衛景明嘆口氣。「師叔，真累啊！」

鬼手李笑道：「你幹活的時候自然覺得累，等你幹完活領賞的時候，你又會覺得值得。你就算不為自己，也為你媳婦想想。她這麼漂亮的一個美人，要是你官小了，你能護住她？你也不希望她見個人就行禮吧？」

衛景明立刻來了精神。「還是師叔有遠見，我定要給綿綿掙個夫人當當。」大魏朝規矩，三品及以上誥命才能叫夫人。

鬼手李哼一聲。「吹起牛來跟你師父一樣。」

兩人在屋裡說閒話，顧綿綿很快端來了一碗肉絲麵，上面還有幾片綠葉菜。「官人，我剛拉的麵條，用晌午剩的肉湯下的，你趕緊吃。」

衛景明也不客氣，端起碗就吃了起來。「這麵條筋道不錯。」

顧綿綿又從另外一個小碟子裡給他挾菜。「這是我跟一位麵館師傅學的，人家麵條不是搓的，是拉出來的，一根根勻稱得很。」

衛景明吃了一碗熱騰騰的麵條，馬上覺得整個腹部都暖暖的。

鬼手李站起身。「你們回家去吧，今晚不用過來了。」

顧綿綿看了看衛景明的神色。「官人，你是不是一晚上沒睡？」

衛景明摸了摸肚子。「光顧著找銀子，大夥兒都忘了時辰，哪裡還記得睡覺？」

顧綿綿趕緊道：「那你跟我回去吧，好生歇一覺，明日咱們再來給師叔請安。」

衛景明點頭。「師叔，那我們先回去了。」

鬼手李回道：「去吧。」

顧綿綿吩咐翠蘭留在這裡，把鍋碗瓢盆都洗乾淨，她先帶著衛景明回了如意巷。

一進家門，顧綿綿就喊月蘭。「燒熱水給老爺漱洗。」

孫嬤嬤立刻支灶燒水，月蘭找盆子。

顧綿綿拉著衛景明到臥房。「我給你洗洗腳，你先睡一覺。」

衛景明見沒了旁人，先把她拉進懷裡，在她臉上親一口。「娘子，我一天不見妳就想得慌。」

顧綿綿笑著推開他。「別鬧，你先睡一覺，等天黑了我叫你。」

正好，月蘭打水進來了。顧綿綿接過盆子，將熱水倒進盆裡，要幫衛景明洗腳。

衛景明趕緊自己脫鞋。「娘子，妳先坐下，我自己來。」

他火速把鞋襪脫去，把雙腳放在熱水盆裡。溫熱的水包裹腳，讓他一天多的疲憊瞬間緩解。顧綿綿又往洗臉架的洗臉盆裡倒了熱水，將洗臉手巾打濕，遞給他。「把臉擦擦。」

衛景明照做了，顧綿綿又端來漱口水。

不到一刻鐘的工夫，衛景明就漱洗好鑽進了被窩裡。顧綿綿幫他掖好被角，在他臉上親一口。「快睡吧。」

衛景明感覺心裡吃了蜜一樣。「娘子，今兒晚上妳陪我好不好？」

顧綿綿立刻起身，放下帳子。「快睡！」

衛景明確實累了，很快進入夢鄉。

顧綿綿拿了針線筐，坐在窗臺邊納鞋底。衛景明當差每日跑來跑去，鞋子壞得快，每個月都要給他做兩雙鞋。他如今是百戶，鞋子還要做好一些，不然要糟人恥笑。

顧綿綿納鞋底傳來窸窸窣窣的聲音，衛景明卻睡得十分香甜，彷彿那聲音是搖籃曲一樣。

這一覺睡了近兩個時辰，等衛景明醒來時，顧綿綿早就納好了一雙鞋底，還自己運了一會兒氣，躺在衛景明的腳邊瞇覺。

衛景明醒來時，見到顧綿綿像隻小貓一樣縮在床腳，只蓋了個被子角。他悄悄爬過去，替她蓋好被子，自己躺在她身邊。

顧綿綿只歇了一小會兒，她一睜開眼，看到衛景明正雙眼溫柔地看著自己。

顧綿綿嚇一跳。「怎麼偷看人家睡覺？」

衛景明笑道：「我沒有偷看，我不用偷看。」

顧綿綿想坐起來，衛景明把她按下來。「起來做啥?咱們躺著說說話。」

顧綿綿笑問：「衛大人想說什麼？」

衛景明想了想。「今日我遇到金百戶了，我要找機會和他重修舊好。等過一陣子我要是升了官，咱們家再辦一回酒席，到時候請他過來，這情分就能慢慢走動起來了。」

顧綿綿雖然不認識什麼金百戶，也能猜到應該是上輩子的舊識。「你也莫要太熱情，別嚇著人家。」

衛景明把玩著她的頭髮。「我總得有自己的人，崇安是個可靠的，我多替他掙些功勞，他會投桃報李。莫百戶為人也不錯，要是有機會，我把他要過來。」

顧綿綿斜睨他一眼。「人還沒走呢，就開始吹牛了，陳千戶能讓你隨便挖他的牆角？」

衛景明哼了一聲。「他自己沒本事上不去，底下人都被他壓著不成。」

顧綿綿摸摸他的臉。「好不容易回來了，咱們說點高興的。昨日我把我娘給的匣子打開看了看，好多錢啊。」

衛景明笑道：「我又可以跟著娘子吃香喝辣的了！」

顧綿綿掰著手指頭算。「有十張銀票，都是五百兩的，還有十個金錠，還有十幾顆上好的寶石，外加幾件內造的首飾。」

衛景明倒不吃驚。「娘娘做了十幾年貴妃，雖然不得寵，但是有尊榮，這點東西對她來說不值個什麼，不給妳還能給誰呢？」

顧綿綿心裡有些愧疚。「我來了京城，瞧見她連一聲娘都沒叫過，她卻事事為我周全。」

衛景明把她攬進懷裡。「等咱們以後有了自己的孩子，大概就能明白娘娘的心了。」

顧綿綿聽見他說孩子，忽然紅了紅臉。「我又不懂怎麼養孩子。」

衛景明笑了笑，用額頭抵住她的額頭。「就跟妳帶弟弟一樣呀！娘子想不想要孩子？」

顧綿綿立刻扭開臉。「我不要。」

衛景明格格笑。「娘子想要現在也不行，我還沒洗澡，身上臭烘烘的。」

顧綿綿在被窩裡掐了他一把。「洗了也是臭烘烘的！」

衛景明放聲大笑，在她脖子裡拱了拱。「娘子，咱們今晚就要孩子！」

衛景明在家裡和嬌妻廝混了一個晚上，第二天早起，神清氣爽。

顧綿綿臉帶紅暈坐在梳妝檯邊，衛景明服侍娘子漱洗，又給她梳頭。

他見顧綿綿身上懶懶的，低聲在她耳邊問：「娘子，等會兒我給妳揉揉好不好？」

顧綿綿橫了他一眼。「我要出門，沒工夫。」

衛景明笑問：「娘子要去哪裡？」

顧綿綿摸了摸梳妝檯的首飾匣子。「我娘給的寶石，留著只能落灰，我準備去鑲到我的首飾上。」

衛景明梳好了髮髻，幫她戴上幾樣首飾，從正面端詳顧綿綿的臉。「娘子真是美極了。」

顧綿綿被誇得臉上又多了一絲紅暈，抬頭看了一眼衛景明，面如冠玉，嘴角噙笑，雙眼含情，好一個翩翩美少年。她便也誇了一句。「官人也很美。」

衛景明笑著把自家娘子拉起來，摟著她的腰。「太太今日要出門，小的給太太當隨從。」

顧綿綿見他滿嘴油滑，在他肋下揪了一把。「衛大人如今要升官了，我可不敢用。」

衛景明笑咪咪地看著她。「太太只管用，晚上給點賞就行。」

顧綿綿這會兒身上還有些痠呢，聞言呸了他一口。「是誰昨晚叫饒的？」衛景明每次到了情動之時，都要不停地叨叨，什麼我要死了請娘子饒命。

衛景明格格笑。「那下回換太太叫饒好不好？」

顧綿綿轉頭就掙開了他的懷抱。「我不跟你說了，我肚子餓，吃飯去了。」

翠蘭已經擺好了早飯，夫妻倆坐在一起吃了早飯，然後手拉著手一起出了門。

衛景明帶著顧綿綿去了京城一家口碑比較好的銀樓，重新買了兩樣赤金首飾，讓銀樓裡的大師傅把珠寶鑲嵌上去。

大師傅看著那寶石忍不住讚嘆。「這可真是好東西！」

他看了一眼眼前的夫妻，又讚道：「這寶石配太太，真是相得益彰。」

衛景明並不介意別人誇讚自家娘子貌美，只淡淡地囑咐大師傅。「這是家中長輩給的，還請原原本本鑲嵌到首飾上。」

大師傅會意，這是警告他不許偷偷動手腳，連忙道：「官爺您放心，我們樓裡的東西，來什麼樣、走還是什麼樣。」

衛景明帶著顧綿綿在裡面轉了一圈，顧綿綿想到衛景明現在只是個六品官，自己也不能穿戴太奢侈，稍微看了看就走了，並沒有再多買。

天氣雖然很冷，但天上有大太陽，衛景明和顧綿綿因著習武，身上並不覺得冷。風吹來時，感覺和深秋也差不多，並不像大街上旁人那樣畏畏縮縮。

顧綿綿今日起了興致，出了銀樓之後，又去了一家茶葉店。顧綿綿不大喝茶，但往後家裡客人越來越多，她該備的東西都要備起來。

顧綿綿只管挑，衛景明在後頭幫著拿，付帳是月蘭負責。

買過了茶葉，顧綿綿又去買了一套精美的餐具和茶具，還買了一些好看的酒盅，價格比之前家裡那一套高了許多。

買過後顧綿綿又有些心疼。「官人，我這樣奢侈是不是不好？」

衛景明連忙安慰她。「娘子哪裡奢侈了？咱們只是在普通店子裡買。娘子不知道，京城好些大戶人家，用的東西都是官窯裡特製的。有時候宮裡要燒一批，這些人就跟著渾水摸魚弄一些，只要不打上內造的標記就行。」

顧綿綿見衛景明和玉童手裡都拿滿了東西，結束了今日的採買，看向衛景明。「衛大人，我請你上館子去怎麼樣？」

衛景明瞇著眼睛笑。「娘子要請我吃炒飯嗎？」

顧綿綿想起二人在青城縣街頭一起吃炒飯的場景，立刻用帕子捂著嘴笑。「衛大人想吃炒飯還不容易，我讓掌櫃的給你上一盤，你一個人吃炒飯，我們吃酒席。」

衛景明急忙道：「那可不行，我要跟著太太吃香的、喝辣的。太太如今也是大戶了，手指縫裡略微漏一漏，就夠我吃喝了。」

顧綿綿笑著往前走。「衛大人，咱們去吃京城菜呀！省得人家笑話我們是土包子，連京城菜都不認得。」

衛景明拎著東西晃晃悠悠跟上。「我這麼玉樹臨風，怎麼會是土包子？就算是土包子，也是個最好看的土包子。」

後頭月蘭和玉童聽了都忍不住發笑。

顧綿綿挑了一家中等酒樓，自己先踏進門。

掌櫃的一看，頓時愣住了。好惹眼的小夫妻，就是這官爺手裡拎一堆東西，有些不大體面，看起來有些滑稽。

衛景明先開口。「掌櫃的，給我們訂個雅間。」

掌櫃的見這官爺雖然年輕，身上威勢卻不小，連忙收起輕視。「官爺請，太太請，樓上有雅間。」

兩口子進了雅間，顧綿綿一邊喝茶、一邊點菜，點了滿滿一桌子，全是京城菜，還讓玉童和月蘭把菜名都背下來。

等點過了菜，顧綿綿道：「官人，咱們把師叔也叫來吧。」

衛景明點頭。「我正有此意，不然翠蘭做的飯，哪裡合師叔的口味。」

說完，他看向玉童。「你去請太爺，就說太太訂了好酒席，請大家吃喝。」

第三十六章

玉童笑著走了，沒一會兒，就帶著鬼手李一起過來。

鬼手李推門而進。「你們兩個小鬼，背著老頭子吃酒席。」

顧綿綿給他倒茶。「師叔，我娘前日給了我好多錢，我也沒地方花，不如咱們一起吃喝一頓吧。」

鬼手李笑道：「我老頭子也跟著吃一回好酒席。」吃了兩口茶，鬼手李看向顧綿綿。「妳娘給妳的，也莫都散漫拋灑了，京郊哪裡有田產，稍微置辦一些，錢生錢才好呢，白花了就回不來了。」

顧綿綿點點頭。「我也想呢，但京城找個地方，寸土寸金，田產都被豪門包了，哪裡還輪得到我？」

鬼手李又啜了一口茶。「這回不是抄了很多家？說不定就有要發賣的田產，壽安你想想辦法，要是錢不夠，我給你們湊點。」

衛景明忙道：「哪能要師叔的錢，該我們孝敬師叔才對。」

鬼手李沒抬頭。「我又不是給你的，我是給我姪孫和姪孫女的。」

顧綿綿頓時紅了臉，衛景明趕緊接話。「師叔，等我有了娃娃，您幫我帶啊。」

鬼手李哼了一聲。「那你也得先有才行。」

衛景明哈哈笑。「就怕到時候師叔嫌煩呢。」

顧綿綿覺得這叔姪倆越說越離譜，剛好，店小二來上菜，正好緩解了她的尷尬。

一家子在酒樓裡，熱熱鬧鬧吃了頓飯。

鬼手李飯後又吃茶，一邊吃、一邊對顧綿綿道：「你們直接回家吧，不用去我那裡了。」

顧綿綿也不勉強。「明日我再去師叔那裡。」

雙方各自回家，顧綿綿這大半天玩得高興，回家就把自己買的東西歸置好，然後和衛景明一起歇午覺。

兩口子胡天胡地了一場，摟著一起沈沈睡去。

衛景明在家裡好生玩了一天，轉天早起就去了衙門。

刑部正忙得昏天暗地，陳千戶這邊除了例行差事，倒沒有什麼事情，衛景明是那種別人不叫他不攬事的人，只待在自己的戶所裡忙活。

他的任務已經完成了，袁統領也不叫他，只派人來傳過一次話，讓他小心一些。

衛景明才不怕呢，如今這京城，能偷襲他的人怕是還沒出生。

刑部馮大人速度很快，三、四天的工夫就出了個大致結果，他獨自一人在公署裡寫的結案文書，至於寫的什麼，誰也不知道。

寫好文書後，他叫上十幾個人護送他進宮。

馮大人一進宮，整個京城頓時暗流湧動起來。許多人家已經在準備後路，也有許多人家正摩拳擦掌準備接位置。這些事情和衛景明都沒有關係，他又坐在衙門裡獨自想問題。

貪腐案一出，後面十幾年都沒有出現過大案子。如今方家被提前拉下馬，顧綿綿往後的危險也算徹底解除，如今最大的難題是他的身分問題。

衛景明知道，郭鬼影還在世，他冒充郭鬼影的徒弟，要不了多久，隨著他的官職上升，郭鬼影很快就會知道，自然會聞訊而來。

衛景明頭疼，到時候要怎麼解釋呢？要是說實情，師父也無法接受啊，要是不說，自己豈不是成了偷師的人？

衛景明撓撓頭，一時半刻真想不出什麼好主意來。

這日他正在衙門看文書，忽然他手下一個總旗來報。「大人，大人，大喜，大喜呀！」

衛景明抬起頭。「你媳婦生了？」

總旗咧嘴笑。「大人您真會開玩笑，下官的媳婦生孩子還早呢。剛才我去統領衙門送公文，聽到一些風聲，大人您要升官了！」

衛景明哦了一聲。「謠言天天都有，咱們錦衣衛就是破謠言的，你怎麼跟著傳謠了？」

總旗在屋裡踱步。「怎麼會，這次定是跑不掉的，所有人都說大人您肯定要升了。」

衛景明放下筆。「我要是動了，你們豈不是也能動？」

總旗有些不好意思。「下官不是這個意思。」

衛景明笑道：「我曉得，你去忙吧，借你吉言，希望是真的。」

總旗喜孜孜地走了，上官高升，他們才有機會挪挪屁股呀。

果然，當天下午，吏部的公文就送來了，原錦衣正六品百戶衛景明，升任從四品錦衣衛鎮撫使，一下子跳了三級，直接越過副千戶和千戶兩個級別！

整個錦衣衛都知道了這個消息。鎮撫使，這可是錦衣衛的核心成員，整個錦衣衛除了指揮使，指揮同知、指揮僉事和鎮撫使加起來，總共才十個人，第一次有這麼年輕的人做鎮撫使。

陳千戶當即帶著手下幾個人到衛景明的百戶所來，剛一進門就主動拱手。「衛大人好，下官來慶祝衛大人高升！」

衛景明趕緊起身迎接同僚。「陳大人客氣了，都是兄弟們，高些、低些又何妨。」

陳千戶哈哈笑。「當日我見衛大人第一面，就覺得衛大人非池中物。看看，這氣派、這能耐，您不升誰升呢？」

衛景明做過那麼多年的指揮使，一個鎮撫使並沒有讓他過於激動，臉上雖然帶著笑，眼裡卻沒有那種年輕人忽然升了大官的狂喜。

陳千戶心裡暗自稱奇，這小子果然是個人才，若是換了旁人，怕是要歡喜得昏厥過去。

旁邊莫百戶拉著衛景明的手就誇。「衛大人，這回您可成了咱們錦衣衛的傳奇了，以前誰也沒在短短半年之內就升做鎮撫使的。衛大人，這回您還得請酒，我要沾沾您的喜氣！」

衛景明咧嘴笑。「請酒請酒，我家太太昨日才買了新的酒盅，眾位兄弟們不嫌棄，過幾日等我下帖子，請諸位去我家裡吃酒。就是我家裡宅院太小，諸位莫要嫌棄。」

陳千戶咦了一聲。「衛大人做了鎮撫使，還要住那個小院了不成？」

衛景明哎喲一聲。「陳大人，我一個月才幾兩銀子的俸祿，家裡全靠太太的嫁妝支撐，我現在就是個驢糞蛋子表面光。」

眾人都哈哈笑了起來。

幾家歡喜幾家愁，衛景明這邊升官了，同時傳來的還有許多人家被抄家滅族的消息。

別人家衛景明不管，他獨獨盯著方家。方家因著軍火案，昨日方侯爺就已經下了獄。最後皇帝還是網開一面，奪爵，罰沒家產，方侯爺成了普通白丁，全家只剩下定遠侯世子方大爺的那個五品官位，其餘全部丟了烏紗帽。

皇帝看過刑部奉上去的帳本，趁著勢頭抄了許多家，國庫頓時又豐盈了起來。別說什麼官員大量被砍頭不利於穩定的話，這世上最不缺的就是想當官的人。三年一批的進士，皇帝手底下多得是人才。

皇帝帶著太子一起，寫抄家殺頭的聖旨，與老太師和六部重臣們商議新官員的候補。皇帝這次還是給了大家顏面，有些重臣家裡親眷和家奴犯罪，並不追究重臣，只拿要犯。這個當口，皇帝說什麼就是什麼，這些大老爺們剛剛丟了臉面，哪裡還好意思跟皇帝討價還價。

衛景明說得一點不錯，老皇帝雖然天天吃丹藥，但腦子一點沒吃傻，他把太子的親信提拔了一部分，自己的親信提拔了一部分，另外的一些兒子們，勢力過大的砍掉，太可憐的扶持一下，保證人人有飯吃，卻人人都沒法和太子爭搶。

皇帝自己是嫡長子繼位，比較注重正統。原來他很喜歡太子的嫡長子，大皇孫身故，皇帝也很痛心。這回劉家被牽扯到軍火案中，皇帝看在自己那個沒爹的重孫子面上，饒了劉家一命，只罰了一些銀兩，奪去劉家族人的官位，好在保留了太子妃親爹的侍郎位置。劉家剛剛慶幸逃過一劫，皇帝又給太子多提了一個有兒子的側妃，太子妃抱著孫子在東宮哭了一陣，又打起精神來應對。

皇帝對方家毫不留情，宮裡那些妃嬪們見方家倒臺，立刻欺壓了上來。

方貴妃原來掌宮務，宮裡的嬪妃們每隔十天都會到她這裡聚一聚，她雖不是皇后，其實也是在行使皇后的職權。

到了該嬪妃們聚集的日子，那幾個有子的高位嬪妃，只來了一個。

方貴妃並不在意，該怎麼樣就怎麼樣。可她不想找事，事情卻找上了她。

宮裡新進一批貢品，方貴妃按照往常的慣例分發下去，旁人都好，單單二皇子的親娘張淑妃打發人上門。

來人是張淑妃的貼身宮女，宮女給方貴妃請過安後，直接了當道：「貴妃娘娘，我家娘娘說，前兒那織金妝花緞可還有？我們娘娘說想做一件大氅。」

方貴妃半天沒說話。妝花緞做什麼大氅？再說了，那妝花緞總共就那麼多，幾個高位嬪妃都分完了，哪裡還有多餘的？

方貴妃知道張淑妃想找事，毫不客氣道：「告訴妳家主子，已經沒有了，明年再說。」

宮女笑了笑。「貴妃娘娘，我們娘娘說，二皇子殿下家的大郡主要及笄了，我們娘娘是親祖母，想穿得體面一些。貴妃娘娘家也不常參加什麼宴會，想向您借一些妝花緞回去用，不知貴妃娘娘可還有？」

方貴妃還沒說話，她旁邊的方嬤嬤厲聲道：「各宮有各宮的分例，淑妃娘娘想要多一些，等她掙上了鳳冠，全部都是她的！」

方貴妃並不生氣，方家爵位沒了，這些都是她意料之中的事情，她很平靜地看著宮女。「告訴淑妃，今年沒有了。雖然本宮沒有兒子、孫女，本宮那些妝花緞，準備留著自己做個大氅穿。嬤嬤，給本宮梳頭，本宮要去面聖。」

方嬤嬤輕蔑地看了一眼宮女。「快回去吧，我們娘娘要面聖了。」

方貴妃穿著全套的貴妃服飾出行，她這樣陣勢擺開，那些本來想來落井下石的反倒歇了膽子。畢竟方貴妃是個暴脾氣，雖然她娘家沒了，但她的貴妃之位可還在呢。

方貴妃直接到了皇帝的御書房，天已經快黑了，御書房裡並沒有臣子，只有太子和幾位皇子在。

御前總管親自來報。「陛下，貴妃娘娘來了。」

皇帝嗯了一聲。「讓她進來。」

說完，他又吩咐幾位皇子。「你們都回去吧。」

太子帶著弟弟們魚貫而出，在側門口遇到了方貴妃。

太子主動行禮。「兒臣見過母妃。」太子年紀其實比方貴妃還大，卻一直依禮敬重貴妃。

其餘幾位皇子也跟著行禮。

方貴妃客氣地抬抬手。「諸位殿下不用客氣，天黑了，快些回去吧。」

說完，方貴妃先走，太子在後面再次行禮。「恭送母妃。」

方貴妃並未回頭，直接進了御書房，先給皇帝行禮。「臣妾見過陛下。」

皇帝嗯一聲。「起來吧，自己找地方坐。」

方貴妃並沒有其他妃嬪那些矯情樣，自己站了起來，坐在案前的一張普通椅子上。

皇帝一邊翻看一本書，一邊問：「妳來有何事？」

方貴妃道：「陛下，臣妾無能，不能再打理宮務。」

皇帝頭也沒抬道：「朕還以為妳是來跟朕算帳的。」他剛剛抄了方家，大大傷了方貴妃的臉面。

方貴妃回答得冠冕堂皇。「臣妾是深宮婦人，哪裡管得了前朝之事。」

皇帝哼了一聲。「妳也會跟朕打官腔了，妳突然要辭宮務，可是有人對妳不敬？」

方貴妃笑著搖頭。「臣妾管了這麼多年，也累了，請陛下也疼一疼臣妾，讓臣妾也享享清福。」

皇帝詫異地看了她一眼，方貴妃第一次說疼一疼她的話，要不是腦子還清醒，老皇帝都要誤以為方貴妃在施美人計。好在老皇帝並不自戀，他知道在方貴妃眼裡自己還不如一坨金子。「妳且先回去，再管一陣子，朕這邊事情多，過一陣子再說。」

方貴妃起身告辭就走。誰知等到了吃晚飯的時候，皇帝居然來了。

方貴妃趕緊接駕。「臣妾見過陛下。」

在人前，皇帝對方貴妃好得很，親自拉她起來。「貴妃這裡有什麼好吃的？朕也來嚐嚐。」

方貴妃笑道：「臣妾吃的也是御膳房的飯菜，哪裡還能比陛下的更好。」

皇帝拉著方貴妃的手進了正殿，二人分大小坐在主桌上，一起吃了頓飯。吃飯結束後，皇帝還跟方貴妃下了盤棋，然後自己回了御書房。他老了，已經不能御女，陪著吃飯就是體面。

第二天早上，張淑妃立刻趕了過來。

四妃說起來都是平級，但貴妃為尊，雖然張淑妃年紀大，還是主動先行禮。「見過貴妃娘娘。」

方貴妃十分客氣。「淑妃請坐，又不是外人，不用行這麼大的禮。」

淑妃坐下後就開始解釋。「昨日是我唐突了，那妝花緞子，原只用了一半的，剩下的被放到庫房裡了。讓她們找，找了半天沒找到，我就厚著臉皮來問娘娘借。人才走呢，我就後悔了，咱們皇家要是還要借衣裳穿，豈不是給陛下丟臉？幸虧娘娘睿智，沒有借給我，不然就是我的罪過了。」

方貴妃笑得十分親切。「淑妃誤會我了，不是我替陛下考慮，是我真的捨不得借啊。」

張淑妃自己哈哈笑了起來。「多少年過去了，娘娘還是這般直爽。」

兩個面和心不和的女人一起說了半天的話，不知道的人還以為二人是親姊妹呢。

等張淑妃走了，方貴妃嘆口氣。「世風日下，人心都勢利啊。」

方嬤嬤勸解。「娘娘別怕，陛下是偏著您的。」

方貴妃悠悠道：「嬤嬤可別給我灌迷魂湯，我不過是個棋子罷了。」

方嬤嬤趕緊安慰她。「娘娘莫要妄自菲薄，這滿宮誰也比不過您的。」

方貴妃岔開話題。「銀子送過去了沒有？」

方嬤嬤點頭。「送去了，舅太太哭得跟什麼似的，舅老爺才從牢裡回去，一直呆呆的。倒是大爺和大奶奶還挺得住，一直在操持家裡的事情。」

方貴妃又嘆一口氣。「爵位沒了也好，為了這個爵位，我大哥快瘋魔了。大郎的差事還在，只要好生當差，方家也不至於就徹底倒了。現在沒了爵位，那些趴在定遠侯府這個匾額上吸血的族人和親戚也該散了，沒了這些負擔，說不定大郎能走得更遠呢。大哥總是看不開，要是他和我爹一樣厲害，怕是早就沒命了。」

方嬤嬤低聲道：「娘娘睿智，老侯爺的榮光雖然威風，但動搖了國本，豈是好事？」

方貴妃嗤笑。「誰家皇位不是從別人手裡搶來的？我爹為了天下太平，不想那麼做罷了。我如今不是為了皇帝，也不是為了這皇族，而是為了天下百姓，不然我早把那死老頭子按在尿桶裡淹死了。」

方嬤嬤聽見方貴妃把皇帝叫死老頭子，心裡一跳，趕緊去捂她的嘴。「我的好娘娘，您可小聲些吧。」

方貴妃伸了個懶腰。「本宮要去睡覺了，誰來也別叫我。」

方嬤嬤立刻跟著她去了內室，幫助方貴妃脫了外衣。

方貴妃鑽進被窩裡，睡了個長覺。

她又作夢了，夢見回到自己年少時，她是京城閨秀圈第一美人。她這個第一美人稱號，不是因為她爹有權勢，是因為她確實長得美。

可她不喜歡做什麼美人，她跟著她爹學功夫，弓馬騎射、排兵布陣，她學得可高興了。歡樂肆意的少年時光，讓她覺得這世界十分美好。就因為她這份單純，她才能將父親的東西都學到手。大哥想得多，學東西總是太慢。

可是，一夜之間，方家倒了，她那天神一般的父親在獄中自殺，她流落市井。

她有了丈夫，那個憨厚的漢子，每天都會給她帶些零嘴回來。又有了個可愛的女兒，她正想抱著女兒親兩口，又發現自己進了皇宮，每天和皇帝以及一干妃子周旋。

她見到老皇帝，想起自己死去的父親。她想殺了皇帝，又想到父親的仁慈。父親總是告訴她，君為輕，民為重。皇帝誰都能做，但為了做皇帝讓天下生靈塗炭，那就是罪孽，死了要下油鍋。

她在市井裡生活了好幾年，知道升斗小民為了幾個大錢都要使出全力。如果皇家稍微有一點震盪，那些升斗小民就算拚了性命，也很難活下去。她放下了手裡的利器，安安生生做她的清閒貴妃和副統領。只要皇帝不昏庸，她不想去破壞父親換來的太平江山。

她漸漸能理解父親，皇位是個什麼狗東西，父親才不屑要。做了皇帝，變得人不人、鬼不鬼，整天都是聽一些謊話，最後還要天天吃丹藥。

她又夢到老皇帝死了，吃多了丹藥，眼珠子都爆了出來。方貴妃高興極了，快些死去吧。雖然我不想殺你，但我爹因你而死，你都多活了十幾年，也該去死了！

然後她又夢見了一個孩子，白白胖胖的，窩在她懷裡，喊她婆婆，方貴妃笑醒了。

等醒過來，她覺得有些意猶未盡。在宮裡十多年，她從來不去碰別人的孩子，她但凡對別人的孩子好點，心裡就會很愧疚。她算了算日子，女兒成親也有快兩個月了，要是明年能有個外孫就好了。

方貴妃喜孜孜地爬起床，喊方嬤嬤。「嬤嬤，嬤嬤。」

方嬤嬤笑著走進來。「娘娘醒了。」

方貴妃連外衣都沒穿，開始翻箱倒櫃找東西。「把咱們宮裡的料子什麼的都找找，我聽說壽安升官了。綿綿做了四品誥命，有些東西她也能穿了。」

方嬤嬤也來了興致。「還是娘娘想得仔細，有些東西，有錢在外頭也買不到。京城那些太太、奶奶們，誰得了宮裡的賞賜，出去都能多兩分體面。」

主僕倆一起找了一堆的東西。

找完了東西，方貴妃又有些洩氣。「我又找不到由頭給她。」

方嬤嬤安慰。「娘娘莫急，緣分到了，總是會有機會的。」

衛景明升官當日，提前下衙門回了家。

顧綿綿正在檢查自己的針，自從來了京城，她的裁縫活計基本停了下來，但她仍舊天天把自己的針當寶貝檢查一遍，且她還要練習飛針呢。

顧綿綿的針是花了大價錢找了鐵匠特製的，比那些普通繡花針結實很多，不會輕易斷。她把針擦得乾乾淨淨，放在一個小盒子裡，小盒子裡分了許多個小格子，每個格子裡的針粗細長短不一。她身上每天都會帶一些針，一來出門時防身，二來隨時也能練習。

她剛把小盒子蓋上，外面就傳來衛景明的聲音。「綿綿，綿綿。」

衛景明在家裡對顧綿綿的稱呼並不固定，當著下人的面都喊太太，私底下都是娘子或者綿綿。翠蘭見老爺一進門就喊太太的閨名，必定是有大事，急忙道：「老爺，太太在房裡呢。」

衛景明嗯了一聲，直接進了正房。

顧綿綿正好掀開簾子出來。「又撿到錢了？」

衛景明哈哈笑，抱起顧綿綿親兩口。「娘子，我又升官了！」

顧綿綿摸摸他的臉。「恭喜衛大人，賀喜衛大人。」

衛景明瞇著眼睛笑。「恭喜衛太太，賀喜衛太太。」

顧綿綿笑道：「這回升了個什麼？」

衛景明跟她說了鎮撫使這差事，顧綿綿趕緊掙脫開來，給他行禮。「衛大人好，妾身這廂有禮了。」

衛景明又把她拉到自己懷裡。「娘子，有賞沒？」

顧綿綿挪開眼神。「我給衛大人做一身新衣吧。」

衛景明不滿意。「我去衙門得穿飛魚服，要那麼多新衣裳也無用。」

顧綿綿輕笑。「那衛大人想要什麼？」

她的雙腳被抱離了地面，頭上的步搖輕輕晃動起來，衛景明看得心裡癢癢的，抱著她進了內室。「我想要娘子。」

顧綿綿忽然被放到床上，驚呼起來。「你要做什麼？」

衛景明哪裡還管那麼多，很快，簾帳上的銅鈎子又開始晃動起來。

翠蘭本來想擺晚飯的，又很乖覺地去廚房跟孫嬤嬤說話。

孫嬤嬤看向翠蘭。「家裡可是有喜事？」

翠蘭搖頭。「我還不曉得，但看老爺的樣子，應該是喜事。」

孫嬤嬤猜測。「說不定老爺又升官了，我前幾日聽玉童說，老爺立了大功，定是要升的。」

翠蘭笑道：「玉童整日嘴上沒個把門的。」

孫嬤嬤笑了笑。「能說的話他才說，不能說的，拿棍子撬也撬不開。巷子裡的人打聽家裡的事，妳見他什麼時候說出去過？」

月蘭坐到了翠蘭的旁邊。「姊姊，老爺要是升了，咱們跟著太太出門，多體面呀！」

翠蘭看了她一眼。「我日常要去安居巷，妳跟著太太出門，除了伺候好太太，可莫要多嘴。」

月蘭趕緊坐好。「多謝姊姊教我。」

孫嬤嬤看著這兩個丫頭，等以後家裡越來越興旺，這兩個丫頭說不定也是有大造化的。老爺和太太關係那樣好，她二人就算不能成人上人，也是正經的管家娘子。

三人在廚房閒聊了一陣子，直等到衛景明喊，翠蘭才趕緊送了熱水進正房。

第三十七章

衛景明兩口子漱洗好了，一起坐在正房吃飯。

顧綿綿問衛景明。「官人，你一下子升三級，會不會有人眼紅為難你？」

衛景明給顧綿綿挾菜。「眼紅肯定有，不過為難至少不會在明面上。不用擔心，這點算什麼？現在整個錦衣衛，能為難我的人也不多了。」

顧綿綿又問：「我們要不要請酒呀？」

衛景明回道：「自然是要的，還照著上次的規矩來。不過，這回怕是許多人家都會帶孩子來，要是實在不行，錯開三天，千戶和上面的算一天，下面的算一天，街坊們再算一天。」

顧綿綿吃得很慢。「我聽說最近好多人家急著籌措銀子，田產多有發賣，你有機會也幫我看看，我也想置辦一些田產。」

衛景明點頭。「我之前只負責找銀子，拿人的事是刑部在辦。回頭我去找刑部那兩位主事問問，若是有，我們置辦一些次一等的，那些上好的，肯定也輪不到我們。」

顧綿綿也明白。「那是自然，我也不想要那麼好的，太顯眼了。我娘給這麼多錢，留在我手裡慢慢花了怪可惜的。」

衛景明忽然問：「娘子的首飾做好了沒？」

顧綿綿搖頭。「我還沒去看呢，明日我自己去看看。」

衛景明看著顧綿綿一身家常衣裳，不禁再次感嘆自己太窮了，不然，他也買個大宅子，也不至於一家子擠在這個小院子裡。

轉天，衛景明又去了自己的百戶所，剛一進屋，陳千戶那邊就來人通知，袁統領找他。衛景明稍微收拾了一番，帶著兩個人就去了統領衙門。

袁統領屋裡只有他一個人，衛景明按照規矩給他行禮。「下官見過袁大人。」

袁統領抬抬手。「衛大人坐。」

衛景明坐在了旁邊的椅子上，見沒有外人，主動開口。「多謝統領大人厚愛。」

袁統領笑道：「也不是本官厚愛，是你自己立的功勞大，連陛下都曉得了，一個鎮撫使也是你該得的。」

衛景明客氣道：「若不是兄弟們幫忙，下官一個人什麼也幹不成。」

袁統領嗯了一聲，忽然轉移話題。「你才來京城不久，如何就知道許多豪門藏銀子的地方？」

衛景明之前已經想過這個問題，斟酌著回答袁統領。「大人，下官師從玄清門，師祖過世時，留下許多秘籍，師父雲遊天下，師叔忙著給陛下建造陵寢，下官閒著無事，鑽研了一陣子，找到一些法門。」

再多的，他不肯說了。貓有貓道，鼠有鼠道，就算是下屬，他也不能隨便讓人家把自己的看家本領拿出來，時千戶那等嘴臉畢竟是少數。

袁統領也不勉強。「玄清子大師果然是厲害，你既是玄清門的人，那懂得自然也比較多了。」

衛景明謙虛。「不及師父、師叔萬一。」

袁統領笑道：「也不用太客氣，本官下個月要給父母遷墳，還請衛大人幫忙看個日子。」

衛景明並不攬功。「不瞞大人，要說看日子，內子比下官在行多了。」

袁統領吃了一驚。「怎麼？衛太太也是你們門裡的人？」

衛景明解釋道：「並不是，內子整日在家服侍師叔，師叔於此道最是精通，她跟著學了一些。不像下官，整日忙忙碌碌，技藝也日漸鬆懈。」

袁統領的表情又恢復了自然。「既然這樣，到時候請衛大人和衛太太一起到我家裡去。」

衛景明拱手。「多謝大人相邀。」

袁統領開始說正事。「咱們錦衣衛一共十個千戶所，除了本官，還有兩個指揮同知，三個指揮僉事，五個鎮撫使。有個鎮撫使調離了，你去接位置。既然做了鎮撫使，也要拿出你的氣派。咱們錦衣衛是陛下直管，體面要緊。」

衛景明點頭。「多謝袁大人。」

袁統領又道：「你今日就去赴任吧。」

衛景明依禮告辭，去了自己的新衙門。往後，他要管著兩個千戶所的具體事宜，上面一位指揮僉事、一位指揮同知可以直管他。

到了鎮撫使公署，兩位千戶已經帶著幾個今日沒有出門辦差的百戶在等候。

衛景明一進屋，年紀最大的姜千戶帶著所有人一起行禮。「見過衛大人。」

衛景明扶起姜千戶。「諸位大人不必多禮。」

姜千戶開始給衛景明介紹人。「下官姓姜，這位是甄千戶，今日只來了六個百戶，其餘身上都有差事。」

衛景明看了看旁邊的金百戶，對著他輕輕點頭，又對姜千戶道：「差事要緊，本官今日新來，還請姜千戶和甄千戶幫我說一說咱們這邊的事情。」

說完，他又看向旁邊的幾位百戶。「今日第一次見面，多謝諸位在此等候，差事要緊。過幾日，本官讓家裡太太備幾罈好酒，兄弟們到時候一起去熱鬧熱鬧。」

眾位百戶連忙一起說客氣話，然後魚貫而出。

衛景明叫住了金百戶。「先前去查案，多謝金百戶替我善後，你也來幫我說一說這邊的事情。」

姜千戶和甄千戶見衛景明叫住了金百戶，相互之間對視了一眼，然後便一起誇讚金百戶。「崇安是咱們這邊出了名的老實人，辦事最是周到。」

金百戶留了下來，坐在兩位千戶身邊。衛景明要了這邊的花名冊，把這兩個千戶所的事情了解得十分透澈，一邊問、一邊記，自己記不下來的，就讓金百戶在旁邊幫著整理。

這場問話，持續了近一個時辰。等結束之後，姜千戶和甄千戶告辭，出了門之後，姜千戶擦了擦額頭上的汗。「咱們這位衛大人，看樣子是個能幹的呀。」

甄千戶附和。「可不就是？要不然也不會升得這麼快了。」

屋裡面，衛景明讓金百戶把剛才二人記下的東西認真抄寫一遍，再把他自己知道的都補充進去。

金百戶領命，開始低頭幹活。

等到了午飯時刻，底下有人送飯來。

衛景明喊金百戶。「崇安，吃飯了。」

金百戶放下手裡的筆走了過來，幫衛景明擺飯。

衛景明擺擺手。「坐下，一起吃。」

金百戶心裡迷惑，坐在衛景明旁邊總有些不自在，最後實在忍不住開口問：「大人，下官有一事不明。」

衛景明往嘴裡送了一口飯。「說。」

金百戶端著碗並沒吃。「自認識大人以來，大人對下官多有照顧。下官誠惶誠恐，怕辜負大人的信任。」

衛景明輕笑一聲。「崇安莫要怕，你應該知道，我是玄清門第三代唯一的弟子。」

金百戶點頭。「下官知道，大人師從名門。」

衛景明嗯了一聲。「我自己算的，我們有緣分。」

金百戶瞪大了眼睛，這個理由讓他無從質疑，又滿腹疑慮。可衛景明是玄清門第三代唯一的弟子，玄清門秘法多，測算個八字確實綽綽有餘。

於是金百戶不再說話，悶頭吃飯。

衛景明哈哈笑。「崇安，你想那麼多做什麼？我剛來，一個人都不認識，我需要人幹活，肯定是先找自己認識的人，你只管好好幹活，別的就不用擔心了。」

金百戶這才放下心來，只要讓他幹活，他的心就不至於懸在半空中。

二人一起吃了頓飯，又開始各自忙碌。自此，衛景明每天都把金百戶帶在身邊，幫他處理一些事情，有時候出門也帶上他，金百戶見鎮撫使大人這樣看重自己，拿出一腔忠心，兢兢業業辦差，忠心耿耿對待衛景明。

這樣過了幾天，衛景明開始幫顧綿綿申請誥命。他是四品官，顧綿綿也能得個四品恭人。朝廷規定，凡五品及以上誥命，遇大節即可入宮朝賀。

衛景明可以申請三軸誥命，他準備給顧綿綿申請一個，然後給早已經死去多年的親娘申請一個。

他父母去得早，小時候是靠吃百家飯長大的。他只記得親娘姓鄭，其餘親眷一概不知。他們家是安平縣的外來戶，別說安平縣，整個冀州府都沒幾個認識的。衛景明對現在日子很滿意，不想去認祖歸宗。等有機會，他想再次把父母的墳遷移到京城來，冀州府那邊，那些曾經在他年少時給過幫助的人，若有機會，他將來也要給一些回報。

不過這都是後話，眼下目前的事要緊。申請誥命需要禮部慢慢審查，三品以下誥命，都是成批一起發，顧綿綿這個誥命，怕是要等到年末才能到手。

衛景明剛給禮部上了申請誥命的報告，立刻遇到了置辦田產的好機會。

戶部發賣一批田產，京城百官們都開始爭搶，衛景明如今大小是個鎮撫使，他肯出錢，又不壓價，沒有門路就自己直接去戶部報名，戶部也賣他個面子，給他留了一個一百五十畝的小莊子。

京城的地價可不便宜，這還是京郊比較偏僻的地方，一畝田要二十兩銀子。因是戶部發賣，自然比外頭稍微便宜些，作價兩千八百兩到手。

顧綿綿痛快地給了銀子，當天晚上，衛景明就拿回了地契，交給顧綿綿。

顧綿綿捧著一百五十畝的地契，高興到讓孫嬤嬤多做了兩道菜。

衛景明笑道：「娘子，妳這個小莊子，一年能有多少出息呢？」

顧綿綿把地契翻來覆去地看。「甭管有多少出息，我也算在京城有田產的人了。回頭等我把我的戶籍遷到京城來，往後我就是正經的京城人了。我家裡靠著我爹做班頭，外加兩百畝地，在整個青城縣都過得好得很。現在我有一百五十畝地，以後越來越多，不怕日子過不下去。」

衛景明諂媚道：「往後等我有錢了，多給娘子置辦些田地。」

兩口子說笑一番，顧綿綿把地契收起來，準備找個機會去看看家裡的莊子。

過了一陣子，顧綿綿開始張羅家裡請酒的事情。

顧綿綿看著衛景明給的名單有些發愁，家裡太小了，根本坐不下，只能分三天了。衛景明連袁統領也請了，錦衣衛另外九個頭腦，再加十個千戶，這些人單獨一天。至於百戶和總旗們，排在第二天，鄰居們放在第三天。

顧綿綿光買酒就花了幾十兩銀子，還有酒席用的各種菜色。顧綿綿覺得孫嬤嬤可能做不好這麼多酒席，從外面酒樓裡找了兩個大師傅，又請了一些鄰居來幫忙。

如意巷的鄰居們聽說衛景明這麼快就升了四品，哪個不肯來幫忙呢？

衛家一派欣欣向榮之氣，方家卻死氣沈沈。

皇帝奪了方家的爵位，罰沒了家產，但還沒有收回御賜的侯府。方侯爺從牢裡回來後，一句話不說，一頭扎進自己的書房裡，整日喝酒。

當日抄家之時，只有方侯爺一個人被抓。岳氏急得上牆，到處找人。可軍火案一出，誰還敢沾惹方家。岳氏氣得想要去罵顧綿綿，要不是秦氏死死拉著她，她怕是早就到如意巷抓著顧綿綿打一頓。

岳氏找了一圈人都沒能把方侯爺撈出來，等方侯爺出來後，奪爵的旨意也隨後而來。

方侯爺像是被抽去了渾身的精氣神，整個人如同行屍走肉一般，不論岳氏怎麼哭鬧，他都沒有回應。好多天了，方侯爺還是沒從書房裡出來。他每天酗酒，不怎麼吃飯，整個人瘦得厲害。

岳氏哭了許久，漸漸認清了現實。她心裡無比痛恨顧綿綿，這個狼崽子，不肯幫忙就算了，還這樣坑害自家人。她又恨方貴妃，眼見著自己娘家倒了，除了送一些銀子回來，一句話沒幫著說。她還恨皇帝，當年無緣無故奪了方家的兵權。

岳氏還記得她年輕時，那時候她剛嫁入方家沒多久，全京城的太太、奶奶哪個不羨慕她呢？丈夫上進，婆母慈善，小姑天真，公爹手握大權。那樣的好日子沒過幾年，她就成了流放的犯婦。她陪著丈夫度過了最艱難的日子，又一起重返京城。夫妻倆一心都想著重拾舊日的家族榮光，並為此奮鬥十幾年，到頭來爵位再次被奪。

岳氏漸漸停止了哭泣，進了丈夫的書房，和他一起喝酒。

方大爺白日當差，晚上回家還要安慰父母。秦氏把家裡的事情都管了起來。她做主把許多僕人都遣散了，家裡的田產許多都發賣了，用來填補皇帝列下的罰銀。

方家幾乎傾家蕩產，終於把皇帝規定的罰銀都交齊，而此時，距離方家被奪爵已經過去一個多月了。

方大爺知道，自己該搬家了。

方大爺親自找了一棟四進的宅院，留下一些老僕人，準備勸說父母搬走。

那天早上，方大爺如往常一樣，帶著弟弟去書房給父母送早飯。

他敲了敲門，裡面始終沒有回應。方大爺以為父母睡著了，推門而入，映入眼簾的一幕，讓他瞬間失去了理智。

而此時，方貴妃正在宮裡召集幾位高位嬪妃商議過年的事情。

剛說了沒多久，方嬤嬤忽然一臉嚴肅走了進來，在方貴妃耳邊耳語幾句。

方貴妃的神色瞬間變了，她緊緊抓住椅子扶手，半晌後恢復了平靜，對幾位嬪妃道：「諸位姊妹，今日就到這裡，我們明日再議。」

大家都不知道發生了什麼事情，但見方貴妃剛才的表情十分可怕，紛紛告辭。

眾人剛出了正殿，方貴妃的眼淚就掉了下來，她抬頭看向方嬤嬤。「什麼時候的事情？」

方嬤嬤嘆息一聲。「大爺今早進屋送飯時發現的，服毒。」

方貴妃的眼淚一顆接著一顆掉了下來，她沒有發出一點聲音，就這樣默默地哭泣。她和兄嫂之間，似乎從來沒有意見一致過。她覺得沒有了爵位，姪兒不用背負那麼多，也能輕鬆一些。兄嫂卻覺得，沒有爵位，寧可死。

方嬤嬤連忙安慰她。「娘娘，請節哀。侯爺和夫人自己選擇的，與娘娘無關。」

方貴妃看向方嬤嬤。「嬤嬤，要是我使出全身之力，是不是就可以救下他們？」

方嬤嬤搖頭。「娘娘，道不同不相為謀。娘娘和老侯爺心裡想的都是天下百姓，侯爺和夫人心裡想的卻是榮耀和權力。娘娘就算救了他們一次，肯定還有第二次，娘娘已經盡力了。」

方貴妃終於忍不住，捂住臉哭了起來。

很快，整個京城都傳遍了，定遠侯夫婦昨晚一起去世。

方侯爺夫婦死的過程很快，嘴角只有一點血，屋裡也沒有掙扎過的痕跡。方大爺想到年幼的兄弟和兒子，只能往外說父母是酗酒過多而亡。方家才被奪爵，若是再一起自殺，豈不是對皇家有怨懟？方家再也承受不起第三次風波了。

方侯爺夫婦死了，自然不能現在就搬家。方大爺讓弟弟去禮部報備，開始給父母發喪。方家沒了爵位，方侯爺夫婦的喪禮比較簡單，只能按照庶民的規格來辦。

方貴妃當日就辭了所有的事情，獨自一人在宮裡閉門不出。

皇帝聽說方侯爺夫婦死去，長長嘆了口氣。當年方家權力太大，皇后去世時，他本來想娶方貴妃做皇后，但老侯爺不答應。雖然老侯爺一心為國為民，皇帝哪裡能安心？這麼大的權力，若是在方家世代交替下去，這天下早晚要姓方。

皇帝承認，他勝之不武，他用卑鄙的手段奪了方老侯爺的權力。方老侯爺在獄中自殺，他不敢將方家斬草除根，只能將他的兒孫流放。跟隨方家的那些武將，他一個都沒殺，用溫水煮青蛙的方式，讓他們先後紛紛倒戈。

沒過幾年，他又發還了方家爵位，立方家女做貴妃，算是徹底平了方家這事。這麼多年，方侯爺各種折騰，皇帝如何不知道？不過懶得管罷了。只要方家不掌軍權，偷偷賣幾樣軍火，他看在方老侯爺的面子上，一直沒吱聲。但方家又想插手後宮，皇帝可不能答應。

方侯爺是個混蛋，皇帝並不怕，就怕他太上進。

但皇帝也沒想到，方侯爺居然有勇氣自殺。

他嘆了口氣，吩咐旁邊的老太監。「讓人備一份喪儀送去方家。」

方家收到皇帝送來的喪儀，京城裡的人頓時都聞風而動，紛紛上門祭奠。

顧綿綿也很快得知了消息，她想到自己上輩子的淒慘，立刻硬起心腸，就算娘不高興，我也不想去送那個狼心狗肺的東西！

顧綿綿不去管方家的事情，自己一心一意開始準備請酒的事情。

就在衛家酒席的前幾天，皇帝忽然在大朝會上放出消息，他要立后！

皇帝要立后的消息一放出來，整個京城如同往油鍋裡潑了一瓢水，立刻沸騰起來。

那些有成年皇子的妃嬪娘家，誰家不心動啊？那可是皇后啊，正經的一國之母。陛下都七十多了，一輩子就立了一個皇后。自先皇后去世，中宮空了二十年，因著沒有皇后，一個無子的貴妃都能把持後宮。

先皇后死了多少年了，娘家安平侯府平日也不大出頭，太子妃的爹又犯了事，太子母族和妻族都不得力。若是自家娘娘能做皇后，以陛下看中嫡子的性子，也不是沒有機會。

別人也就罷了，張淑妃家裡第一個坐不住了。這個時候可不能謙虛，誰謙虛誰是傻子！

第二天，朝堂上就有人開始上奏，張淑妃系出名門，賢良淑德，且育有皇子，陪伴陛下近五十載，可堪為后。

張家一出動，三皇子、五皇子、六皇子，各家都開始給自己的娘助威，就算不能做皇后，能往上升一升也是好的，四妃現在還空了一個，等上去一個做皇后，等於空下兩個，低等嬪妃也能爭一爭。

朝堂上整天熱熱鬧鬧的，皇帝就是不表明態度，任由各家吵來吵去。

就在大家吵鬧的當口，衛家悄沒聲息把喜酒請了。第一天，錦衣衛十個首腦雲集在衛家的小院子裡。袁統領帶著袁太太和一位姑娘來了，顧綿綿親自把娘兒兩個接到西廂房。

袁統領見到顧綿綿後仔細打量了兩眼，心裡確認了自己的想法。長得很好，和方貴妃有些像，母女倆看神色都不是那等柔順的婦人。

顧綿綿只依禮給袁統領行禮，袁統領點了點頭就跟著衛景明到了正房。

顧綿綿今日請了莫太太和邱太太來幫著迎客，家裡僕婦不夠，左右鄰居又主動帶著家裡的媳婦來幫忙。

袁統領見到衛家這小院子，忍不住勸衛景明。「衛大人，你這院子也忒小了些，本官怕人家說自己張揚，好歹也住了個四進院子，你這個樣子，怕是要成了京城最大的清官了。」

衛景明哈哈笑。「袁大人說笑了，不是下官不想換，是下官窮得很，沒錢換宅子。」

袁統領看了他一眼。「你還跟我哭窮？別人不曉得，我可是知道得一清二楚，你家師叔手裡的錢海了去了，不給你，難道留著以後帶到棺材裡去？」

衛景明親自給袁統領倒茶。「大人，下官之前年紀小、官位低，師叔也不敢過多幫襯。等過一陣子，下官再去師叔面前多奉承幾句，說不定就賞我個大宅子呢。」

旁邊的劉鎮撫使看了衛景明一眼，他如論如何也沒想到，半年前鬼手李親自來找他給姪兒安排個總旗，當時他以為是小事，可這個姪兒這麼快就和自己平起平坐了。

劉鎮撫使心裡暗自想道：難道玄清門又要起來了？

眾人心思不一，衛景明並未因為自家院子小而自卑，而是大大方方地跟大家說話。薛華善、莫百戶、邱大人和金百戶幫著招待客人，雖然院子小，該有的禮儀一樣不少。

顧綿綿那邊也能忙得過來，等到晌午時刻，上等酒席一樣樣送了上來，眾人一起吃得熱熱鬧鬧。

等走的時候，袁太太拉著顧綿綿的手不停地囑咐她。「到時候衛太太一定要來，我家公爹的大日子，衛太太這般神仙一樣的人，挑的日子定是沒錯的。」

顧綿綿今日有意露一手，拉著袁太太的手給她看相，許多事情說得分毫不差，把袁太太哄得團團轉，其餘諸位太太們也跟著起鬨，讓顧綿綿看手相。顧綿綿一半真、一半假，有些事情是她知道的，有些事情是衛景明告訴她的，還有些事是她自己測算出來的，居然都差不離，太太們心裡對玄清門越發信任，果真是能出國師的門派，連一個沒入門的女弟子都這般厲害。

聽見袁太太這樣客氣，顧綿綿自然不會拒絕，她從懷裡掏出一塊普通的玉珮塞到袁姑娘手裡。「姑娘，不是我多嘴，這玉珮上面有法門，妳戴在身上。兩個月之內，若是遇到姓洪的人家，太太和姑娘萬不可答應。」

昨兒衛景明告訴顧綿綿，袁家現在這位姑娘，前世被一位姓洪的人家坑慘了。

袁太太見顧綿綿這樣說，臉上的笑容收了起來。「衛太太，這是怎麼說的？」

顧綿綿只笑道：「太太，若是沒有，全當我多嘴。若是有，定要遠離小人。不能光看表面好，人心隔肚皮。」

袁太太勉強笑了笑，心裡卻驚濤駭浪起來，這衛太太果真會算不成？那洪家小子，我和老爺看著樣樣都好，難道有什麼不妥？

顧綿綿又道：「寒舍簡陋，今日讓諸位太太受委屈了。若有不周到之處，還請海涵。」

袁太太不再多想，決定與老爺回去商議，而後發現的事都是後話。如今她只是笑道：「衛太太客氣了，我跟妳這麼大年紀的時候，連這樣的宅子都沒得住呢。」

第三十八章

眾人又客氣一陣子，先後離去。

顧綿綿和衛景明一起返回正房，金百戶幾人就要告辭。

衛景明對金百戶等人道：「今日辛苦諸位了，明日請再來吃酒，切莫推辭。」

莫百戶拱手。「大人放心，明日下官定拉家帶口來吃酒席，沾沾大人的喜氣。」

邱大人是個話不多的中年漢子，他看了薛華善一眼，對衛景明道：「多謝大人厚愛，今日大人和太太忙了一天，我就不打擾了，明日再來。」

夫妻倆送走了三家人，只剩下薛華善。

衛景明問薛華善。「大哥，剛才邱大人為何看你一眼？」

薛華善頓時紅了臉，撓了撓頭。「衛大哥，我、我有事情要跟你說。」

顧綿綿奇怪。「大哥，你遇到什麼事情了？」

薛華善又撓頭。「邱大人、邱大人他……」薛華善實在不知道要怎麼開口。

衛景明想了想問道：「邱大人可是要給你作媒？」

薛華善頓時臉更紅了，點了點頭。「邱大人前幾日託人問我了。」

顧綿綿大喜，看大哥這臉紅的樣子，定然是有門。「大哥，是誰家姑娘？」

薛華善訥訥道：「就是、就是邱大人家的大姑娘。」

衛景明和顧綿綿面面相覷，二人對邱大人家的大姑娘一點印象都沒有。

顧綿綿試探性地問：「大哥，你是怎麼想的？」

薛華善用腳踢了踢地面。「義父不在，衛大哥，你是我的義兄，你替我做主吧。」

衛景明看向顧綿綿，顧綿綿點點頭。

衛景明問薛華善。「大哥，我替你做主容易，你得告訴我，你自己是怎麼想的？我連邱大姑娘是圓是扁都不知道，我沒法替你做主啊。」

薛華善支支吾吾。「我也只見過幾次。」

顧綿綿低聲問：「大哥，你可喜歡邱大姑娘？」

薛華善立刻雙臉爆紅，額頭開始冒汗，心想：喜歡？不喜歡？他也不知道啊，他只曉得邱大姑娘是個很溫柔的小姑娘。邱大人對他多有照顧，他時常去邱家。剛開始他去邱家，邱大姑娘軟軟地叫薛大人，嚇得薛華善連連後退，讓她不要喊大人。邱大姑娘開始喊薛大哥，薛華善又覺得自己好像有些孟浪。

邱大姑娘是家裡長女，很會照顧家裡人。衛景明救過邱大人的命，她聽說薛華善是衛大人的妻兄，便對薛華善很是敬重。邱大人只是個七品，家裡孩子多，只有請了一個婆子，薛華善去了，連飯菜都是邱太太帶著邱大姑娘一起做的。邱家宅院也小，薛華善每次都避免不了和邱大姑娘打照面。

薛華善和邱大人都是不善言辭的性子，兩個人一起吃飯，那就真的是一起吃飯，幸虧有個邱大郎在一邊活絡氣氛，不然整個飯桌上都沈悶得很。

薛華善當差中午不回家，中飯都是湊合，他也不讓顧綿綿送飯，自己和大頭兵們一起隨便吃。後來，邱家給邱大人送飯時，也會給薛華善送一份。就這樣，在衛景明這個邱家正經「恩人」不知道的情況下，薛華善和邱家的關係越來越親密。

薛華善怎麼也沒想到，邱大人竟然會看上他做女婿。前幾日，邱大人請他的頂頭上司問他的意思，薛華善想了好幾天。想到邱大姑娘，他想答應，又想到自己窮得連間屋子都沒有，他又不想答應。這樣糾結了好幾天，他只能先回覆上官，他要問一問義兄的意思。他和衛景明的關係邱大人知道，故而剛才才給他使了個眼色。

薛華善拉回了思緒，想了想妹妹的問題，硬著頭皮道：「妹妹，邱大姑娘是個好姑娘。」

顧綿綿笑道：「大哥，好姑娘可不多得。你要是同意，我們就去提親好不好？」

薛華善如同火燒屁股一般起身就跑了。「你們做主吧。」

顧綿綿跟在後頭追，可薛華善跑得跟兔子一樣一下沒影了。

顧綿綿又折回來。「官人，這事怎麼辦呀？」

衛景明笑道：「怎麼辦，去提親呀！」

顧綿綿瞪眼睛。「真去提親？我還沒看過邱大姑娘呢。」

衛景明哈哈笑。「妳看什麼？大哥自己都看了多少回了。他若是沒意思，就不會告訴我們了。」

顧綿綿噗哧一聲笑了。「你說得對，大哥也真是的，喜歡人家姑娘，直說就是。」

衛景明哈哈笑，一把將顧綿綿抱到自己腿上。「就是，大哥也不學學我，我喜歡娘子，就自己去爭取。」

顧綿綿斜睨他一眼。「哪個人能比衛大人臉皮厚呢？」

衛景明在她臉上親兩口。「臉皮厚，吃塊肉。臉皮薄，瞪眼瞧。」

顧綿綿又被他逗笑了，在他身上揪了兩把。衛景明疼得哎哎直叫，抱著她就往房裡去。

「娘子掐疼我了，我也要咬娘子兩口。」

顧綿綿氣得去捶他。「天還沒黑呢！」

衛景明把帳子放下來。「這不就黑了？」

顧綿綿瞪眼睛。「你快給我滾下去！」

衛景明哈哈笑。「我才不呢！我知道，娘子也喜歡！」

說完，他立刻在被窩裡摸索來、摸索去，使出渾身解數服侍娘子。

兩口子鬧了一場，又躺在一起說話。

顧綿綿問衛景明。「這幾日朝堂上吵來吵去的，可吵出結果了？」

衛景明把玩她的頭髮。「咱們這位陛下，做事就是這樣不痛快，想立誰直接立就是了，還遮遮掩掩的。」

顧綿綿小聲問道：「我娘有機會嗎？」

衛景明哼一聲。「看著吧，娘娘能坐得住，怕是太子爺坐不住了。」

果然不出衛景明所料，在朝堂吵了十幾天之後，劉太子妃多次去往方貴妃宮中，但並未見到方貴妃的面。

這一日，她帶著孫子去拜訪方貴妃。

方貴妃身著素服，正在抄經文，聽說太子妃祖孫二人來了，扶著方嬤嬤的手到正殿迎接。

年過四旬的太子妃主動給方貴妃行禮。「見過母妃。」

方貴妃往旁邊側了側身子。「太子妃多禮了。」

太子妃的孫子也給方貴妃作揖行禮，方貴妃勉強笑了笑。「繼哥兒也來了。」

方貴妃讓人看座。

等坐下後，太子妃見方貴妃一身素服，主動勸道：「母妃，侯爺之事已經過去，還請母妃打起精神來。侯爺和夫人侍奉老侯爺和老夫人去了，家裡還有一群孩子呢，還需母妃照應，不然他們如何能立得起來？」

方貴妃的眼神有些哀戚。「本宮這麼多年也累了，如今家裡爵位沒了，以後大郎就帶著弟弟好好過日子吧。我活著一天，總能讓他們有飯吃。其餘的就莫要想那麼多了，這富貴權勢，如過眼雲煙，哪裡值得拿命去拚？」

太子妃見方貴妃這般消沈，心裡有些著急，如今東宮有一半的前程都壓在方貴妃身上，不然太子也不會讓她親自過來勸說。

方貴妃知道太子夫婦的意思，但她確實有些興致缺缺。做皇后又能怎麼樣？不做皇后她也餓不死。她確實累了，不想再折騰。折騰來、折騰去，死的人越來越多。

太子妃知道，劉家之前和方家一起想坑害方貴妃的女兒，方侯爺死了，但劉家還好好的呢。方貴妃在這一局中，什麼好處都沒得到。

太子之前並不知道劉家的打算，等知道的時候已經遲了，他把老岳父叫過去嚴厲斥責了幾句，好久不去太子妃宮裡，整日和寇氏混在一起。

太子妃年紀大了，並不在意太子的寵愛，但她擔憂東宮的前程。自從皇帝拋出立后的話，太子如同熱鍋上的螞蟻。若是方貴妃不能封后，東宮危矣。

別人不知道，太子心裡清楚，方貴妃還是皇帝的得力助手，這回方家和劉家一起得罪她，若是她不肯向著自己，他是一點辦法都沒有。太子不能親自過來，只能給劉太子妃下命令，若是能說動方貴妃，等他繼位之後，馬上立長孫為皇太孫。

太子妃現在活著的唯一指望就是自己的孫子，為了太子這句承諾，上刀山、下火海她也要去。她已經到方貴妃這邊來了好幾趟，方貴妃皆以身體不適為由沒見面，今日見她帶著孫子過來，方貴妃不忍小孩子站在大門外吹風，這才讓他二人進來。

太子妃知道，空口白牙，很難說動方貴妃。「母妃，不是兒臣不孝，您可不能萬事丟開不管呢。別的不說，方家的孩子們要指望你，還有、還有衛太太那裡呢。」

方貴妃的眼神倏地犀利起來，她看著太子妃問道：「是太子讓妳來要挾本宮的？」

太子妃立刻跪了下來。「母妃，兒臣不敢。殿下只說讓兒臣好生孝順母妃，兒臣見母妃這些日子打不起精神來，心裡著急，這才說錯了話，請母妃責罰。」

說完，太子妃就給方貴妃磕頭賠罪。

方貴妃見旁邊的繼哥兒滿眼恐懼，心裡又軟了下來，對繼哥兒招招手，繼哥兒戰戰兢兢走了過來。

方貴妃把繼哥兒摟進懷裡，輕輕摸了摸他的頭。「好孩子，別怕。」

說完，她讓方嬤嬤端了果子進來，親自餵給繼哥兒吃。

太子妃磕了兩個頭，見方貴妃只顧著哄自己的孫子，心裡忽然狠了狠道：「母妃，兒臣愚鈍，不會照看孩子，大郎、大郎才二十多歲就沒了，兒臣這心就跟刀割的一樣。如今繼哥兒在兒臣面前，兒臣整日戰戰兢兢，若是母妃不嫌棄，請母妃代為照看這個孩子吧。定是兒臣的命不好，兒臣怕剋著他了。若是、若是他哪裡不好，兒臣如何對得起死去的大郎啊！」

說完，太子妃嗚嗚哭了起來。

方貴妃輕聲喝斥她。「胡說，妳是陛下欽定的太子妃，欽天監給妳測算過，妳有鳳命，旺夫。大郎那孩子命薄，和妳也沒關係。好在他留下了骨血，妳往後也不是沒了依靠。」
太子妃繼續苦求。「母妃，求您救一救兒臣。自大郎去了，繼哥兒就是兒臣的心頭肉。東宮裡庶子成群，繼哥兒這般小，他娘也是個膽小的。兒臣、兒臣擔心呀。」
這話不假，繼哥兒在幾個叔叔眼裡，那就是眼中釘、肉中刺。
方貴妃嘆了口氣。「繼哥兒是嫡長重孫，陛下很看重他，太子也不敢輕視繼哥兒。」
太子妃慘笑。「母妃，再看重，也得他有命在呀！大郎在的時候，父皇多看重，可他命薄，又有什麼用呢？」
方貴妃摸了摸繼哥兒的頭。「茲事體大，本宮不能隨意答應妳。」
太子妃抹了抹淚。「只要母妃不嫌棄，往後兒臣多帶著繼哥兒來，母妃多照看幾分，這孩子也多幾分體面。」
方貴妃並沒說話，只是凝視著繼哥兒道：「本宮知道妳做祖母的心，本宮原來也有個孩子。」
太子妃聞弦歌而知雅意，立刻又磕了兩個頭。「求母妃恕罪，兒臣家裡一時糊塗，竟然起了那樣的主意，兒臣替家中父母向母妃賠罪。往後，兒臣定替母妃照看好顧妹妹。」
方貴妃又摸了摸繼哥兒的頭。「繼哥兒，明日還到我這裡來玩好不好呀？」
繼哥兒看了一眼太子妃，太子妃示意他趕緊答應。繼哥兒馬上點點頭。「多謝太祖母。」

方貴妃只是貴妃，叫太祖母有些逾越了，但方貴妃並沒有阻止繼哥兒。「在外面可不能這樣叫。」

繼哥兒又點頭，方貴妃讓方嬤嬤給繼哥兒拿了些點心裝在荷包裡，打發二人走了。

此後幾天，太子妃天天帶著孫子去方貴妃宮裡。繼哥兒懂事，方貴妃也喜歡他，祖孫倆玩得很高興。不光方貴妃帶著繼哥兒玩，連太子也開始親自過問長孫的功課。自從沒了親爹，繼哥兒第一次得到了這麼多寵愛。

沒過幾天，先皇后王氏的娘家姪兒，現任安平侯親自上摺子，方貴妃系出名門，先定遠侯嫡長女，忠義之後，婦人楷模，多年打理宮務井井有條，善待諸皇子、皇女，可堪為后。

這一道摺子，讓那些有心后位的人家都急了起來。安平侯是皇帝的岳家，雖說皇帝的老丈人不在了，但太子的親表弟還在呢，且陛下從未忘了王家，就算安平侯的官位不高，各種賞賜卻沒斷過。王家這麼多年也不是沒想過再送一個人進宮，但皇帝不答應。皇帝心裡清楚，王家不進人，安平侯府就始終是太子的臂膀。一旦又進了女子，若是有了子嗣，王家很快就會分裂，太子少了一個支持，說不定還會多出一個敵人。

安平侯府漸漸歇了心思，於是這次封后之爭，王家和太子把寶都壓到了方貴妃身上。方貴妃無子，雖是女子，卻是皇帝半個心腹之臣。方家爵位沒了，她在宮裡的地位依然無人能夠撼動，且世人都默認方貴妃和太子是盟友，若是她能做皇后，太子的位置就更穩當了。

原來王家和太子都以為皇帝會直接封后，可皇帝拋出話題之後就沒動靜了，任憑大家吵來吵去。太子漸漸悟出一些道理，皇帝是在警告他。方貴妃是你的母妃，不是你的奴才。你老丈人剛剛坑害人家的女婿，你這頭還希望人家給你賣命？作夢呢！

皇帝雖然偏愛長子，但也不希望太子是個忘恩負義的狗東西。他在告訴太子，這世上，沒有誰會無緣無故幫助你。等你做了皇帝，更不會有人想幫你，大家只想吃你的肉。

太子讓太子妃到方貴妃這邊做小伏低，自己也表現出了姿態，派了身邊的心腹之人去方家幫方大郎給方侯爺夫婦治喪，一邊想辦法照看方貴妃的女兒、女婿。

恰好，衛家辦喜酒。

衛景明找到那麼多庫銀，底下人早就告訴過太子。太子假裝不經意又問了兩句，聽說衛家這幾天請酒，也讓自己身邊的侍衛去送了一份禮。

侍衛來的那天，衛家正在請第二場酒。與衛景明關係好的所有百戶、總旗和小旗們，紛紛帶著家裡太太過來，一起擠在衛家的小院子裡。邱大人等人幫著招呼客人，今日沒有高官在場，大家都比較隨意，衛景明也拎著酒罈子跟大夥兒吃酒。

正吃得熱鬧，金百戶著急忙慌趕過來。「大人，大人，東宮來人了。」

這一句話出口，所有人都安靜下來。衛景明放下酒盅。「你說哪裡？」

金百戶又肯定道：「太子殿下跟前的侍衛來了。」

衛景明立刻起身。「崇安、華善，跟我一起去，邱大人幫我照看這裡。」

衛景明帶著金百戶和薛華善一起到了大門口，那位侍衛還等在那裡。

衛景明主動拱手。「這位大人，衛某來遲了，失禮失禮。」

侍衛連忙道：「衛大人客氣了，下官不請自來，還請見諒。」

衛景明拉著他就往家裡去。「寒舍簡陋，大人能來，蓬蓽生輝。」

侍衛被帶到了主桌，衛景明把他按到上席。

這侍衛雖然只是個七品，但因是太子的人，往常也見慣了富貴，拱手道：「今日殿下與刑部幾位大人們說起庫銀，忽然問起衛大人，聽說衛大人升了鎮撫使，正在辦宴席，打發下官來走一趟，恭賀衛大人高升！」

說完，他把自己帶來的禮物呈上來。「這份禮是太子殿下讓下官置辦的，殿下說，衛大人立了大功勞，往後還要再接再厲，為朝廷效力才對。」

他傳太子的話，所有人都站了起來，恭恭敬敬地聽，等他說完，衛景明對著東宮的方向拱手。「多謝殿下抬愛，下官往後定用心當差，不負殿下厚望。」

傳過了話，侍衛也不再拿大。「下官姓錢，今日也來沾沾衛大人的喜氣。」

衛景明笑著讓薛華善給錢侍衛倒酒，大夥兒見衛景明在太子那裡掛上了名，頓時眼神都不一樣了。

女眷那邊，眾人圍著顧綿綿奉承，顧綿綿笑咪咪地聽著，人家誇她一句，她也回誇一句。花花轎子人抬人，酒席的氣氛越來越好。

吃到快結束時，翠蘭忽然過來了，在顧綿綿耳邊耳語幾句。

顧綿綿點點頭。「收下吧，妳給些賞錢，多謝她家主人。」

來人是秦氏的丫鬟。秦氏身上有孝，不能親自過來，背著方大郎打發自己的心腹丫鬟悄悄送了份禮過來。

秦氏原是小戶人家之女，她對方家原來的榮耀沒有什麼執念，她只想好好過日子，可公婆非要折騰，她也沒辦法。她有時候覺得婆婆的腦子可能有些不正常，表妹是娘娘的親女兒，婆婆卻要求娘娘把自己女兒當草芥，讓人家母女倆一起給方家當奴才。

岳氏要來打罵顧綿綿時，秦氏拚著挨了一個巴掌也死死拉住了婆婆。

現在岳氏死了，秦氏終於鬆了口氣，她再也不用來勸表妹拋棄丈夫去攀高枝了。她見過表妹夫，一表人才，多好的少年郎啊！誰捨得拋棄這樣的丈夫去給太子那個半大老頭子做沒名沒分的妾呢？

秦氏不管什麼封后不封后的，她只知道，表妹和表妹夫並不是那等惡人，她與表妹來往這麼久，於情於理，她都該送份禮。但她知道，丈夫心裡對表妹是有一些芥蒂的，所以她只能悄悄以個人名義送禮。

顧綿綿知道秦氏的為難，每次秦氏傳方侯爺夫婦的話時，眼神裡都有些羞愧，故而顧綿綿從來不拒絕秦氏過來，也讓翠蘭收下了秦氏的禮。

等衛家的酒席辦完後，顧綿綿開始著手準備薛華善的婚事，衛景明也在想辦法買一棟大一些的宅子。

與此同時，皇帝終於下定了立后的決心。

皇帝下定決心後，立刻召集滿朝重臣商議，他要立方貴妃為后。

家裡沒有女兒在宮裡的大臣們自然是不反對，方貴妃無子，娘家落魄，是最好的人選。上面幾位實權皇子的母族心裡雖然有些不情願，但總比有子嬪妃上去要好。至於方貴妃和東宮之間近來的眉來眼去，大夥兒並不放在心上。結盟結盟，有共同利益時自然你好我好，一旦鬧崩，那比仇人還厲害。

方貴妃封后之事，破天荒得到了所有人的贊同。當天，旨意就發了出來。

方貴妃的宮裡頓時人流如織，滿宮嬪妃都來賀喜。

張淑妃打頭，進門就行禮。「臣妾給娘娘請安。」

方貴妃連忙站起來。「淑妃多禮了，都是姊妹，無須這般客氣。」

張淑妃旁邊是三皇子的親娘鄭賢妃，還不等張淑妃回話，鄭賢妃忙道：「今兒旨意都出來了，娘娘往後就是正宮皇后，豈是我等能比的？」

方貴妃笑得謙虛。「陛下體恤，往後還請諸位姊妹相助。」

那些低等嬪妃們聽說後，都火速趕來奉承。

自從方侯爺倒臺，方貴妃又辭了宮務，皇帝也好久沒過來，她這裡日漸冷清起來。宮務到了太子妃和張淑妃手裡後，她一直安靜度日。

方貴妃本來就不耐煩應酬，往常她掌管宮務，也只是悶頭幹自己的活，除了幾個高位嬪妃，其餘的她不大往來，忽然一下子來了這麼多人，有些她連名字都叫不上。方貴妃只能端坐在主位，說一些亮堂的體面話。

很快，皇帝命禮部尚書親自來頒發聖旨，同時準備立后事宜。

如今已經到了冬月底，皇帝命令，要趕快，爭取過年的時候宮裡有皇后。禮部尚書勸說過皇帝，立后事大，得慢慢來，各項禮儀才能齊全。

皇帝當時摸了摸自己的花白鬍子，開玩笑道：「民間不是說有錢沒錢，娶個媳婦好過年，朕還能活幾年，總不能一直當個老鰥夫吧？」

他這樣說，禮部官員們自然不好再推託，開始晝夜忙個不停，一邊準備過年的事，一邊準備立后的事宜，真是忙到腳不沾地。

旨意發出的當天，衛景明立刻打發金百戶到安居巷告訴顧綿綿這個消息。金百戶心裡納悶，方貴妃要做皇后，衛大人為何要即刻通知家裡太太？往常往家裡送消息，打發個小旗就夠了，今日居然讓他一個百戶去。

金百戶並不抗拒去送消息，就是心裡很奇怪。但一想到大人平日對太太的寵愛，金百戶立刻把嘴閉上，什麼都沒問，火速把事情辦妥了。

顧綿綿十分高興，眼底都有些泛紅。金百戶是六品，她不好像打賞那些小旗一樣給錢，只能主動行個禮。「多謝金大人前來相告，請轉告我家老爺，我知道了。」

金百戶見她鄭重行禮，連連拱手。「太太客氣了，下官還有公務，這就告辭。」

顧綿綿連忙道：「金大人，金太太若是有空，我給她下帖子，請她來我家坐坐。」

金百戶再次拱手。「多謝太太，定不負相邀。」

顧綿綿不耽誤他，想到廚房裡已經燉好的一隻雞。「金大人稍等片刻。」

金百戶以為她要給衛景明送東西，索性再等一會兒，誰知顧綿綿居然提著個籃子出來了，裡頭放了個大湯缽，中間用棉襖包裹著。

顧綿綿親自把籃子遞給金百戶。「金大人，這眼看著午飯時間到了，這裡有一隻燉雞，天寒地凍的，您帶過去與我家老爺一起吃了，也暖暖肚子。」

金百戶連忙道：「多謝太太，下官定轉交給衛大人。」

顧綿綿笑道：「他一個人哪裡吃得完？這是給你們兩個人吃的。」

金百戶也沒客氣，再次道謝，然後告辭。

第三十九章

等金百戶走後，顧綿綿提著裙子跑進屋。「師叔，您聽見了嗎？」

鬼手李嗯了一聲。「聽見啦，恭喜妳。」

顧綿綿笑道：「師叔，我娘總算熬出頭了。」

鬼手李放下手裡的東西。「娘娘也不容易，等她做了皇后，妳的誥命下來了，有空妳就可以進宮去看看，反正宮裡許多人精說不定已經知道妳是誰了。」

顧綿綿高興地點頭。「師叔您說得對。」

鬼手李看著她欣喜的樣子，心裡忍不住感嘆，旁人家的孩子遇到親娘改嫁，只有恨，哪裡還能巴望她好？「姪媳婦，要是妳娘不是貴妃、皇后，妳還會認她嗎？」

顧綿綿臉上的笑容漸漸收了起來，她想了片刻才回答鬼手李。「師叔，如果不是為了這家國天下，我娘不會拋棄我的。她在宮裡也不好過，既然已經進了宮，能做皇后自然是最好的。」

鬼手李摸了摸鬍子，忽然轉移話題。「聽說妳和壽安最近在找房子？」

顧綿綿聽了又歡喜起來。「是呢，師叔，我們想離您近一些。前兩次家裡請客，都坐不下，是有些不像樣子。」

鬼手李坐了下來。「找什麼？我這裡有現成的，四進，要不要？」

顧綿綿瞪大了眼睛。「師叔，您哪裡來的宅子？」

鬼手李嘆了口氣。「當年我師父在的時候，十分期待我和師兄能成家，給我們一人備了一棟宅子。誰知我們師兄弟倆都打了光棍，現在好了，有了壽安，我這棟宅子就給你們吧。等你們以後孩子多了，我再把師兄的宅子也要過來給你們。哼，他整天出去浪，也不操心師門傳承的事情。」

顧綿綿欣喜地給鬼手李倒茶。「師叔，宅子有多遠呀？」

鬼手李吃了口顧綿綿倒的茶。「不遠，就在二里路外的福貴巷。」

顧綿綿手裡的茶壺差點丟了。「師叔，我們找新宅子就是想離您近一些，現在找這麼遠，還不如我們住在如意巷呢！」

鬼手李看傻子一樣看著她。「我老頭子不能和你們住在一起嗎？」

顧綿綿反應過來，點頭如搗蒜。「能！定然是能的，師叔住正房。」

鬼手李拿起旁邊的果子吃。「妳大哥做飯實在是太難吃了，等去了福貴巷，千萬莫要再讓他做飯了。」

顧綿綿哈哈笑了起來，又道：「師叔，我還正想告訴您呢，我要給大哥說親了。」

鬼手李哦了一聲。「誰家的姑娘？」

顧綿綿把邱家的事情原原本本地告訴鬼手李。

鬼手李點頭。「既然是這樣，妳就早些去吧，莫讓人家白等。他既然成家了，不好再和你們混在一起住。如意巷的宅子你們自己留著，等他成親後就住到這裡吧。」

顧綿綿再沒有不同意的。「師叔，我爹原來還擔心我們上京城無依無靠。誰知我們來了第一天開始，就得您的照顧。」

鬼手李繼續吃茶，這是姪媳婦，他不好多說，要是換成衛景明，他保管要直說趕緊生兩個孩子讓我帶就行。

說完了宅子，鬼手李從懷裡摸出一張五百兩的銀票給顧綿綿。「自妳大哥來京城，對我恭敬有加，雖然做飯難吃，你們成親後，每天給我做飯、洗衣裳，也是不容易。如今他要成親，這錢妳拿去，給他下聘用。他一個八品官，也莫要弄太好，聘禮多了，人家陪嫁不起。」

顧綿綿不想接。「師叔，我有錢，我娘給的。」

鬼手李把銀票扔在小桌上。「妳娘給的妳就要，我老頭子給的妳就不要？」

顧綿綿忍不住笑了，把銀票拿到手裡。「那我替大哥多謝師叔了，明兒我就去找莫太太和金太太，請她們做媒人。」

鬼手李不管那些瑣碎的事情。「妳吃了飯就回去吧，帶人去看看宅子。」說完，他起身進了內室，找出一張泛黃的地契出來交給顧綿綿。「讓壽安得空去衙門換一張新的。」

顧綿綿毫不客氣地把房契揣進懷裡。「師叔，晌午燉的雞給金大人帶走了，我給您做幾樣帶辣椒的菜。」

鬼手李摸摸鬍鬚。「去吧，我老頭子老了，吃什麼雞？油大，有辣椒就夠了。」

顧綿綿帶著翠蘭火速又做了好幾樣菜，鬼手李吃得十分暢快。

吃過了飯，顧綿綿趕回如意巷，帶上玉童一起，三人往老宅子而去。

等到了福貴巷，顧綿綿抬頭一看。哇！好氣派的宅子。看起來有些年頭了，但裡頭很乾淨，看來一直有人在打理。

前後四進，分東西中三路，中路前面是外院，往後是兩個大院子，後面是後罩房，東路是個大花園子，西路是幾個客院子。

顧綿綿在裡頭逛了半天，忍不住感嘆。「這宅子這麼大，咱們哪裡住得完啊！」

翠蘭笑道：「太太，往後小爺們多了，不愁宅子沒人住。」

顧綿綿斜眼看她。「看來我要早些給妳找個婆家才好。」

玉童在後頭悶笑，翠蘭俏臉通紅。「太太真是的，怎麼打趣起我來了。」

顧綿綿繼續逛宅子。「玉童，明日開始，你每天過來，把壞的地方都找出來，然後找匠人趕緊補好，年前咱們就要搬過來。往後這宅子大了，還得再添幾個人。」

主僕三個把宅子逛了一遍，顧綿綿又風風火火回了家，立刻把自己熟悉的人牙子叫了過來。

跟人牙子說了小半個時辰，顧綿綿提了自己的要求，她總共要添六個人，兩個婆子，兩個小廝，兩個粗使丫鬟。人牙子見她一下子要這麼多人，當即回家準備挑選合適的人。

轉天，顧綿綿帶著翠蘭去找莫太太。

莫太太親自出門迎接。「衛太太怎麼親自過來了？」

顧綿綿一派大方。「我來請莫太太幫忙。」

莫太太笑道：「喲，衛太太太客氣了，您有什麼事，只管叫我就是，還說什麼請不請的。」

說話間，二人到了莫太太的正房。

莫太太的孩子們過來給顧綿綿請安，顧綿綿笑咪咪地誇了一圈。「莫太太真會養孩子，一個個都養得這麼好。」

莫太太回道：「衛太太莫急，等您家裡以後孩子多了，定會比我家的還好。」

顧綿綿和莫太太說了一陣子客氣話，開始切入正題。「莫太太也知道，我娘家大哥跟我住在一起呢。我今日來，是想請莫太太幫忙做媒人的。」

莫太太頓時來了精神。「太太娘家大哥我聽說過，現在是個八品？要說誰家的姑娘？」

顧綿綿把邱家的情況稍微說了幾句，省去了衛景明當日救邱大人的話。

莫太太點頭。「前兒太太家裡辦喜酒，邱太太我也見過，是個和善人，想來姑娘也不差的。我就說，太太原先還著急，說家裡兄長年紀大了，看看，只要男兒有出息，何愁沒有媳婦？」

顧綿綿笑道：「太太只管說笑，還沒答應我去不去呢！」

莫太太哈哈笑。「去，自然要去，我也賺兩雙媒人鞋穿。」

顧綿綿又道：「太太幫我去問問話，若是有意，等提親的時候，我再叫上金太太一起去，保管不給女方家丟臉。」

莫太太笑道：「這哪裡丟臉了？不是我吹牛，我家老爺雖然只是個六品，但我父母、公婆俱在，兒女都有，我說的媒，保管小倆口和和美美的。」

顧綿綿便道：「那就沾一沾太太的福氣。」

兩個人說笑了一陣，顧綿綿返回家靜候莫太太的消息。

莫太太既然受人之託，當天下午就帶著禮物去了邱家。

邱太太見到莫太太，心裡大致有了定見。她對薛華善還是比較滿意的，自家丫頭是個老實孩子，女婿不能太滑頭。十幾歲的少年郎，雖然無父無母，但也有幾門親眷，又是個實誠孩子，邱太太覺得十分不錯，才主動跟邱大人提起。

邱大人以前從來沒想過這事，等聽邱太太說完，心裡也覺得薛華善不錯，先前才主動託人問他。薛華善磨蹭了這麼久沒動靜，他們心裡還奇怪，要是不願意，總該有個話才對，沒想到衛家直接找人上門了。

莫太太進門就喊：「邱太太，我來叨擾啦。」

邱太太連連道：「莫太太客氣了，您能來，我這草窩裡都多了幾分體面。快請進，這大冷天的別凍著了。」

莫太太進了屋，看到了邱大姑娘。前兒衛家喜酒，因著人多，邱太太就沒帶女兒去。

莫太太識人無數，一眼就看出邱大姑娘是個老實孩子。長得不說多漂亮，也算清秀。那兩隻眼睛裡頭乾乾淨淨，不像當日陳千戶那個王姨娘，一雙眼睛滴溜溜的轉。

邱大姑娘給莫太太行過禮，立刻就去廚房給莫太太倒茶。

莫太太扯了幾句閒話，吃了邱家的茶，看了一眼邱大姑娘。

邱大姑娘被看得臉紅了起來，邱太太看了女兒一眼。「妳帶著妹妹去準備晚飯。」

邱大姑娘連忙帶著妹妹去了廚房。

莫太太放下茶盞。「太太好福氣，養的女兒一個賽一個的好。」

邱太太笑道：「讓太太見笑了，好不敢說，就是性子老實。」

莫太太哎喲一聲。「邱太太，老實難道不好？誰家不喜歡這樣的姑娘呢？不瞞太太，我今日來，是替人來傳話的。衛太太讓我問一問太太，她想替她娘家大哥求妳家的大姑娘，不知太太可願意？」

邱太太假裝事先不知道。「這可真是，承蒙衛太太看得起我家的傻丫頭，不過這事我一個人也做不了主，我得問一問我家老爺的意思。」

莫太太當然懂規矩。「那是應該的。」

門外正在偷聽的邱二姑娘立刻跑去廚房。「姊姊、姊姊，這是薛大哥的妹妹找來的媒人。」

邱大姑娘的臉紅到快要燒熟了。「大人說話，不要去偷聽，快燒火。」

邱二姑娘嘿嘿笑。「姊姊，妳要嫁人啦！」

邱大姑娘對著妹妹瞪眼。「快些燒火，不然明兒我讓娘罰妳。」

邱二姑娘立刻坐到灶門下燒火。「姊姊，薛大哥人還是不錯的。況且他在京城當差，以後妳回來也方便。」

天啊！邱大姑娘實在受不了妹妹的囉嗦，好像她明日就要嫁出門似的。「妳快閉嘴，要是讓莫太太聽見，給娘丟臉。」

姊妹倆在廚房裡拌嘴，正房裡兩個太太還在客氣。

等天快黑時，莫太太要告辭，邱太太苦留。

莫太太笑道：「多謝邱太太好意，只是家裡孩子一大窩呢。明日我再來，請太太給個準話。」

邱太太客氣地把莫太太送走了，然後轉身去了廚房。

邱太太讓大女兒燒火，讓小女兒自己去玩，她一邊炒菜、一邊問大女兒。「給妳說妳薛大哥，妳願不願意？」

邱大姑娘紅著臉。「娘，您和我爹做主就是。」

邱太太微笑。「總是妳一輩子的事情，我和妳爹不能讓妳兩眼一抹黑就出了門。薛家雖然人丁少，但是離咱們家近，妳回來也方便。再說了，他才十幾歲，就做了八品，往後也不是不能再往上升，前程比妳爹還好呢。」

邱大姑娘忍著羞意。「娘做主就是，女兒沒意見。」

邱太太見女兒害羞，也知道意思了，便不再多問。

晚上邱大人回來，聽說衛家來提親，看了邱太太一眼，邱太太點點頭。「大丫頭點了頭的。」

邱大人在洗腳盆裡把雙腳相互搓一搓。「既然妳們娘兒兩個都答應了，我自然沒話說。明日就回了衛家吧，早些把事情定下，省得妳再擔憂。」

邱太太覺得好笑。「難道老爺不擔憂？」

衛景明聽說顧綿綿已經去提親，連連誇讚。「娘子真是索利，咱們在年前把事情定下，等過年的時候，娘娘的后位穩了，華善的媳婦也有了，真正是雙喜臨門呢！」

顧綿綿拍拍手裡的地契。「官人說錯了，是三喜臨門！」

衛景明伸頭一看，立刻笑了。「師父把宅子給妳了？」

顧綿綿奇怪。「你知道這宅子？」

衛景明點頭。「知道，原來這宅子就是我處理的。」他說的是上輩子的事情。

顧綿綿心裡有些感慨。「官人，師父也不容易，我看他總是在操心師門傳承的事情。」

衛景明把房契拿過去看了看。「是啊，師父和師伯完全兩個性子。師伯總說，任何師門都會有消亡的一天，順其自然吧，師父說師門能多活一天，就是對師祖的尊敬。」

顧綿綿想了想。「他們說得都對。」

衛景明放下房契。「既然是師父給的，咱們早些搬過去吧。」

後面的日子裡，顧綿綿整天忙忙碌碌個不停。邱家那邊給了準話後，顧綿綿火速帶著衛景明、莫家夫婦和金家夫婦一起上門訂親、下聘。同時把福貴巷的宅子修補了一番，並往家裡添了六個人，三樣事情一共花了上千兩銀子。

臘月二十那天，顧綿綿主持搬家。新來的兩個小廝在玉童的帶領下，趕著一輛車把家裡的大件都搬了過去，婆子、丫鬟們搬那些細軟。好在顧綿綿來京城時間短，東西不是特別多，半天的工夫就全部搬完。

搬家第一天，衛景明提前下衙，直奔福貴巷。

一進大門，新來的小廝金童就在門口候著。「老爺回來了。」

衛景明把手裡的刀給他。「放好。」

說完，他直奔正院。

顧綿綿剛把房裡的東西大致歸置好，見他回來，笑著問道：「官人，看這宅子如何？」

衛景明拉著她的手坐了下來。「真大，過幾日咱們再請一回酒，這次一天就夠了。」

顧綿綿點頭。「東西我都開始預備了，年前就請。過幾日先把師父他老人家請過來，就住在我們後面的院子裡，大哥先住在旁邊，等明年成親前再搬走。」

衛景明托著下巴看向顧綿綿。「娘子，家裡有妳真好。」

顧綿綿突然被誇，笑著摸了摸他的臉。「老爺，你才是家裡的頂梁柱呢。如今我出門，誰不喊一聲衛太太？這都是沾老爺的光。」

衛景明哈哈笑，一伸手把顧綿綿抱了過來。「我每天當差，就恨不得時間早點過去，我想回來陪娘子玩。」

顧綿綿摟住他的脖子。「自從來了京城，你整天忙忙碌碌，有時候連休沐日都出門。過幾日小年，你得空不？」

衛景明摸了摸娘子頭上的烏髮，愛憐地在她額頭親了一口。「小年我可能沒時間，還有十天就過年了，二十五那天封后大典，我們最近都忙得很。」

顧綿綿忙道：「那你去忙你的，酒席的事情你不用操心，到時候讓你的同僚們來吃頓酒就行。咱們也別請太多人，要過年了，不能太惹眼。」

兩口子一起親親密密地說一些家常話，衛景明從懷裡掏出三張五百兩的銀票塞進顧綿綿手裡。「這是咱們過年的分例，娘子收好。」

顧綿綿吃驚。「怎麼這麼多？」

衛景明親了親她的頭髮。「大家都有，袁統領發的，也是我們該得的。」

顧綿綿剛安頓好，二十二日晌午，禮部忽然來人，給顧綿綿頒發誥命。禮部現在忙翻了天，哪裡有時間給她們發誥命？不過因著封后大典過兩天就到了，也不知誰提了一句，多幾個人朝賀，場面也大一些，禮部立刻趕著把這一批審定中的誥命都發了下來，其中自然有顧綿綿和她婆母的。

顧綿綿歡歡喜喜地磕頭謝恩接旨，又命人打發賞錢。她有誥命文書和服侍，鄭氏只有文書，她把兩封文書收好，然後立刻在翠蘭等人的服侍下把那一套恭人的禮服穿在了身上。翠蘭等人滿口恭喜話，那一身鳳冠霞帔穿在顧綿綿身上，真說不出是人襯托誥命服，還是誥命服襯托人，總歸是明亮耀眼，相得益彰。

顧綿綿臭美了一回，就趕緊把衣服收好。

等晚上衛景明回來，顧綿綿像一隻花蝴蝶一樣飛進他懷裡，衛景明抱了個滿懷。丫鬟們竊笑著走了，衛景明笑著問她。「娘子何故這般高興？」

顧綿綿笑得雙眼發亮。「官人，我的誥命下來了。」

衛景明將她放在地上，拉著她的手進了屋。「過兩天大典，娘子也能進宮了。」

顧綿綿一邊幫他換下身上的衣裳，一邊悄聲問：「我不用進宮謝恩嗎？」

衛景明想了想。「這個時候，娘娘泰半也沒時間，等大典那天妳再謝恩，也能找個由頭和娘娘說話。」

顧綿綿摸了摸他的手。「這幾日天冷得很，我昨兒看邱家給大哥送了一件羊皮坎肩，我給你也做一件吧。」

衛景明笑道：「我不冷。」

顧綿綿看著他一身嶄新的飛魚服，劍眉星眼，嘴角總是帶著笑，平日在外面有些凌厲的目光現在變得異常柔和，還不到二十歲，通身的氣派卻讓人挪不開眼。

顧綿綿心裡一陣歡喜，她又撲進他懷裡。「官人。」

衛景明見自家娘子今日這般纏人，心裡如同吃了蜜一般，忍不住摟著她在耳邊輕語。「娘子可是想我了？」

顧綿綿抬頭看著他光潔的下巴，噘起小嘴在上面親了一口。「官人，你真好看。」

衛景明頓時哈哈大笑，低頭在她臉上也親了一口。「我的娘子更好看。」

兩口子在屋裡膩歪個沒完，外面的北風忽然變得凜冽，天上似乎飄起了小冰粒，孫嬤嬤在廚房做了一個羊肉鍋，正讓人端往正房。

顧綿綿拉著衛景明就著羊肉鍋，一起吃了一碗米酒。

與衛家的溫馨安寧不同，方家的氣氛有些緊張。

秦氏坐在椅子上默不吱聲，方大爺面無表情地看著秦氏。

過了半晌，秦氏嘆了口氣。「官人，是我讓人送的禮。這是我和表妹之間的情分，跟方家沒關係。」

方大爺想說什麼，又不知道怎麼開口。秦氏自嫁入方家，孝順公婆，操持家事，還給他生了兒女，毫無過錯。如果說因為她悄悄給衛家送禮就責罵她，外人知道了怕是也會說他涼薄。

自從封后的旨意下來，方家又變得炙手可熱起來。明眼人都看得到，等皇帝死了，方貴妃就是板上釘釘的太后，且新皇年紀比太后還大，再等若干年，說不定方家還能出個太皇太后。

方大爺心裡覺得十分無力，若是封后旨意早些出來，爹娘說不定就不用死了。可他心裡也明白，若是方家爵位還在，這皇后的位置就落不到姑媽頭上了。

聽說秦氏悄悄給衛家送禮，他剛開始有些憤怒。母親留下遺言，不許與衛家來往，現在秦氏卻公然忤逆母親的遺言。他想責罵秦氏，但秦氏卻一副我沒錯的表情。

方大爺問：「妳為何不與我商議？」

秦氏轉開臉。「官人在外也有三兩好友，難道我不能有兩個好姊妹嗎？」

方大爺不知道要怎麼反駁，只能板著臉道：「母親的遺言妳還記得嗎？」

秦氏點頭。「記得，但我的禮是送給表妹的，這是我和表妹之間的事情，跟方家無關，跟衛家也無關。」

方大爺有些生氣。「怎麼就無關了，妳不是方家人？她不是衛家人？」

秦氏之前被婆母打了一巴掌，心裡一直覺得這事辦得不對，卻又不怎麼服氣，見方大爺聲音大，她不禁跟著大聲起來。「我是嫁入方家，不是賣身方家。若是我走一步都要被你管著，那我成什麼人了？」

方大爺額頭的青筋跳了跳，聲音低了下來。「不管怎樣，妳好歹也等一陣子。」

秦氏沈默了片刻，她反問方大爺。「官人，你會為了別人家的孩子殺了自己的孩子嗎？」

方大爺聽出了她的諷刺，低沈著嗓音道：「住口。」

秦氏並未停下。「官人，你永遠要記得，表妹是姑媽唯一的孩子，我們方家所有人捆起來也不如表妹在姑媽心裡重。我就不明白了，你們怎麼就想強按姑媽的頭去欺負表妹？」

秦氏那口氣，彷彿方家人都是傻子一樣。

方大爺心裡何嘗不知道，但人都是自私的，他和父母一樣，希望姑媽能顧惜娘家，希望表妹能入東宮，這樣對方家最有利。可事情完全偏移了原來的計劃，姑媽和表妹沒有按照方家謀劃的道路走，也能越過越好。姑媽做了皇后，那個被他們不看在眼裡的小白臉表妹夫，這麼快就升到了四品。

聽見秦氏的話，方大爺心裡如同刀割一般。父母一起服毒，讓他永遠無法釋懷。但他心裡清楚，不管是為了方家的未來還是孩子們，秦氏做得都沒錯。

他的心平靜了下來，然後對著秦氏揮了揮手。「妳們之間的事情，以後不要再告訴我了。」

說完，他起身去了書房。守孝的日子單調，他每天就窩在書房裡看書。

等方大爺一走，秦氏眼睛一冷，吩咐旁邊的婆子。「把那個吃裡扒外的東西給我拉過來。」

很快，岳氏生前的大丫鬟被秦氏打了一頓之後，直接發賣了。

第四十章

顧綿綿正忙著進宮的事情。

昨天過小年，衛景明卻在外頭忙得連家都沒回。封后大典過程繁瑣，錦衣衛負責宮內安防，他統管的兩個千戶所要負責帝后的安全，任務十分重大。

不光衛景明沒回家，薛華善也沒回來。五城兵馬司要把城內各個犄角旮旯都檢查一遍，最近九門都開始嚴查人口進出，以防有人在封后大典上作亂。刺殺的可能性極小，但若發生了鬥毆踩踏等事情，也是給皇帝和新后臉上抹黑。

郎舅倆不回來，顧綿綿自己去安居巷陪鬼手李過小年，然後自己冒著寒風回家。

顧綿綿從來沒有作為外命婦進宮過，她特意去問過袁太太，袁太太讓她天沒亮就起來，丑時末去袁家，跟她一起進宮。又把進宮的許多規矩仔仔細細說給顧綿綿聽，顧綿綿得了指點，回家做準備工作。

她把明日要穿的衣服準備好，外頭是恭人誥命服，裡頭是保暖的小夾襖，再套一件新做的羊皮坎肩，頭上的首飾也是有規矩的，什麼品級戴什麼樣的，一絲都錯不得。

顧綿綿準備好了東西後，就在家裡等衛景明。

天黑了好久之後，衛景明急匆匆趕了回來。

顧綿綿見他似乎有些憔悴，心疼極了。「昨晚是不是沒睡覺？」

衛景明笑道：「怎麼會，我睡了三個時辰呢。」

顧綿綿嘟嘴抱怨。「當差真是不容易。」

衛景明咧嘴。「不光我們累，宮裡的娘娘也累啊！明兒她可是要穿著十幾斤重的禮服一天呢！」

顧綿綿咂舌。「那麼重？」

衛景明回到家就比較隨意，大馬金刀地坐了下來。「娘子，我馬上就要走。妳讓人給我燒水洗澡，做點飯給我吃。」

顧綿綿火速去吩咐人，親自給衛景明找衣裳。「你們明日要在陛下身邊，肯定要穿得體面一些。」

衛景明從身後抱住自家娘子。「明日在宮裡，娘子跟著袁太太，不要隨便跟人走。等大典結束，娘娘要賜宴，妳藉著謝恩的由頭，跟她說幾句話。」

顧綿綿點頭。「你明日也要當心，怎麼袁統領給你派這麼重要的任務？」

衛景明想了想。「多半是陛下和娘娘想看看女婿吧。」

顧綿綿噗哧笑了出來。「別不要臉了，咱們和陛下有什麼關係？」在顧綿綿心裡，皇帝就是上官，和家人絲毫沒關係。

衛景明開玩笑。「等陛下看到我，肯定要嫉妒，他家裡那幾個女婿，哪個也沒我好看。」

顧綿綿把他另外一身嶄新的官服找了出來。「走，我給你搓背。洗乾淨些，明日你定是最好看的錦衣衛。」

衛景明哈哈笑。「娘子也是最好看的誥命。」

顧綿綿一邊說笑、一邊把衛景明洗得乾乾淨淨，又幫他換了衣裳，然後囑咐他。「沒事就別亂動，不要再出一身臭汗。」

顧綿綿親自給衛景明梳好頭髮，戴上錦衣衛的帽子，正好，翠蘭端了飯上來，顧綿綿陪著他吃了頓飯，然後送他到二門口。

衛景明時間緊張，只拉了拉她的手。「娘子快回去吧。」

夫妻倆匆忙告別，衛景明進宮去忙活。

轉天早上，顧綿綿還沒等雞叫就起來了。她換好衣裳後，稍微吃了兩口乾的，即刻往袁家去。

等她到袁家的時候，袁太太已經準備好了，同時還有其他幾位太太在。

諸人到齊之後，袁太太帶著錦衣衛一干太太們往宮裡出發。車剛到宮門口，天邊泛起了魚肚白。

宮內早就鋪陳開了，自有小太監帶領諸位誥命往昭陽宮裡去，等皇后參加完前殿的典禮後，便接受內外命婦朝拜。

顧綿綿默默跟在袁太太身後，今日滿朝文武家的誥命都來了，昭陽宮雖然擠，卻也無人敢亂走。

諸位誥命們在昭陽宮等候，衛景明那邊是忙翻了頭。

一大早，皇帝帶著新后至奉先殿行禮，然後至太和殿一起接受百官朝拜。聽起來簡單，中間過程繁雜，每一個環節都不能出錯。禮部官員步步引導，錦衣衛在一邊全程守衛。不僅要守護安全，還不能影響典禮，心神的弦一直緊繃著。

等結束前朝的禮儀，皇后乘坐鳳輦至昭陽宮，在所有命婦的恭迎聲中升坐。

昭陽宮空了近二十年，再次迎來自己的主人。方皇后頭戴九鳳冠，身穿明黃色朝服，端正坐在鳳椅上。顧綿綿悄悄抬頭一看，她眼力好，一眼就看到方皇后臉上帶著淡淡的微笑，似乎在與顧綿綿對視。與那日在郊外看到的不同，方皇后上了妝，臉上那道疤痕幾乎看不見，這樣一裝扮，方皇后看起來跟二十多歲似的，跟年邁的老皇帝著實不配。

皇后升座後，太子妃帶領內命婦，老太師家的老夫人帶著外命婦，一起給皇后行大禮。

顧綿綿混在人群裡，心裡又高興、又悲涼。高興的是她娘終於不用再給人做妾，悲涼的是老皇帝很快會死，雖然他只是個名義上的丈夫，但有他在，娘好歹不用被那些如狼似虎的皇子們欺負。

顧綿綿經歷兩世為人，早就看開了方皇后易嫁的事情，她爹和二娘很好，希望娘做了皇后，也能多一些歡樂。

如今方家的負擔已經沒了，往後您就為自己活吧！

方皇后自然聽不見女兒心裡的話，她讓大家起身，賜座，聲音不急不緩。昭陽宮面積有限，容不下太多座椅，只有五品及以上的誥命才有座位。

方皇后一進殿就看到了自己的女兒，臉龐還有些稚氣，穿著禮服，混在一群年紀比較大的誥命中。顧綿綿未滿二十就做了恭人，和她同品級的好多都抱孫子了。

眾人坐下後，那些高品級的命婦們開始恭維方皇后，方皇后一直笑得淡淡的，跟大家說著客氣話。

顧綿綿一直在等，等眾人說得差不多了，她緩慢起身。

旁邊幾個老誥命有些吃驚，這丫頭怎麼了，是不是不懂規矩，可別衝撞了娘娘。有人要拉她坐下，顧綿綿對著她笑了笑，然後走出行列，到了離皇后不遠的地方，她跪下行了大禮。「臣婦衛顧氏給娘娘請安。」

方皇后問旁邊的太子妃。「這是誰家的媳婦？長得真標致。」

太子妃忙道：「兒臣聽殿下說過，前兒庫銀不是丟了，有個百戶幫著找了不少回來，這是他家娘子，才升的恭人。」

方皇后笑著點頭。「起來說話，我看年紀不大，可憐見的，別嚇著了。」

顧綿綿並沒有起身，又磕了幾個頭。「前兒禮部給臣婦發了誥命冊，因著大典就在眼前，臣婦未進宮謝恩，請娘娘恕罪。」

方皇后仍舊笑道：「無妨，本宮最近忙，沒顧上妳們，不是妳們的錯。到我跟前來，本宮看看。」

顧綿綿這才起身，低著頭走到了方皇后跟前，抬起眼仔細看了她一眼。

方皇后近距離見到女兒，鼻頭有些發酸，她強忍住淚水，笑著對太子妃道：「看看，多水靈。」

旁邊的老太師家的王老夫人道：「娘娘成日看我們這些臉上起褶子的老太婆，怕是早就看夠了，今日總算能看到個年輕好看的，是我老婆子也想多看兩眼呢。」

京城一些消息靈通的人家，似乎已經隱隱約約聽說了一些，方貴妃有個女兒，已經進京。如王老夫人這樣的級別，得到的消息就比較確切。

方皇后笑著對王老夫人道：「老夫人說笑了，要說老太婆，本宮難道不是？」

眾人都笑了起來，一起誇讚方皇后年輕氣色好。

方皇后毫不掩飾自己對女兒的喜愛，拉著她的手道：「本宮冊封，妳也得了誥命，可見我們之間有緣分。」

說完，她從手上取下一只碧玉鐲子，套在顧綿綿手上。「看到妳，本宮想起自己年少的時候。妳這是頭一回進宮吧？莫怕，跟著大家一起吃、一起玩，本宮這裡沒有那麼多規矩。」

顧綿綿屈膝道：「多謝娘娘抬愛。」

方皇后又輕輕拍拍她的手。「這是妳該得的，庫銀可是朝廷根本，妳家夫婿立了大功，這裡面也有妳的一半功勞。」

旁邊許多人奇怪，怎麼皇后娘娘拉著一個名不見經傳的小媳婦說了半天。

方皇后說了一陣子，溫和地對顧綿綿道：「去吧。」

顧綿綿再次行禮，穩穩當當地走回自己的座位。皇后在主位上繼續和太子妃等人說話，並沒有再看這邊。

前面的袁太太笑道：「衛太太好福氣，第一天進宮，就得了娘娘的青眼。」她心裡自然清楚這中間的原因，故而說這話幫顧綿綿圓場。

顧綿綿顯擺地把袖子撩起來。「娘娘給了我一只鐲子，我真是受寵若驚。」

袁太太笑道：「妳是功臣之妻，娘娘賞賜的，妳接著就是。」

旁邊的一些誥命們都奉承起顧綿綿，誇她有福氣，夫婿年少有為。

顧綿綿後面也沒有再和方皇后單獨說話，但今日所有人都知道，那個新升的四品恭人，因為長得好看，得了皇后青眼。

等所有的流程走完，已經到了下半午了，顧綿綿又跟在袁太太身後走出宮門。從昭陽宮到皇宮大門口，且有一段距離，顧綿綿走得很輕鬆，袁太太等人卻有些累。

快到大門口時，忽然一隊錦衣衛從旁邊路過，那帶頭人正是衛景明。

衛景明忙碌了一天一夜，中間只抽空瞇了不到個把時辰，但整個人看起來卻精神得很。他一眼就從人群裡看到了顧綿綿，不著痕跡地對著這邊微笑了一下。

誥命群裡立刻有人道：「這是誰家孩子，長得真體面。」

袁太太笑道：「諸位太太不曉得吧，這就是我們衛太太的夫婿，剛剛升了鎮撫使的衛大人，今日陛下和娘娘身邊的護衛。」

大夥兒都看向顧綿綿，有人開始悄悄打聽，等聽說顧綿綿只是個小小縣尉的女兒，很多人心裡多了一絲輕視。

顧綿綿可不管那麼多，她一直盯著衛景明那裡看，官人穿上這一身錦衣衛的衣裳真好看。原來他平日在外面是這個樣子啊，威風凜凜。

她也對著那邊笑，袁太太見她一副傻樣子，心裡好笑，怕旁人說閒話，趕緊拉拉她的手。「衛太太，我腳軟，妳扶我一下。」

顧綿綿拉回思緒，扶著袁太太出了宮門。

等回到家裡，顧綿綿換下了身上的誥命服，趴在床上不想動。進宮朝賀真累啊！娘往後經常要主持這樣的場面嗎？做皇后也不容易啊。

顧綿綿想著想著就睡著了。等她再次醒來，一睜開眼，就看到衛景明雙眼柔情地看著自己，他身上還穿著官服，官服上似乎還帶著一絲戶外的寒氣。

顧綿綿瞇著眼睛看著他。「官人，你回來啦。」

衛景明沒說話，俯身嚐了嚐那嫣紅的唇色，剛才她睡著了，他一直忍著，現在聽見她柔柔的聲音，哪裡還忍得住？

顧綿綿被他突如其來的熱情驚得呆了一下，轉身又被他熱情中的柔情感化，已經伸出來的手又縮了回去，沒有推開他。

過了一會兒，衛景明主動放開她，和她四目相對。「綿綿，我好喜歡妳。」

顧綿綿聽見他這樣說，笑著問道：「這是怎麼了？可是在外面受了委屈？莫不是袁大人罵了你？」

衛景明輕笑。「並沒有，剛才觀娘子入睡，為夫心中如春風拂過，十分歡喜。」

顧綿綿抬手捶了他一下。「不許偷看人家睡覺。」

衛景明撫摸她的頭髮。「我昨晚沒睡好，娘子往裡去一點，讓我也略躺一會兒。」

顧綿綿聞言往裡挪了挪，衛景明搓了搓自己有些冰涼的雙手，然後才躺在了旁邊。

「娘子不知道，衙門裡的床板硬邦邦的，要是年紀大了，睡了都會腰疼。」

顧綿綿握住他的雙手。「怎麼這麼涼？回頭我給你做件更厚一些的棉襖吧。」

衛景明問她。「我不冷，娘子今日在宮裡如何？」

顧綿綿給他搓搓手。「還好，宮裡好大，規矩好多，我有時候都不敢相信，那是我娘。」

衛景明笑道：「宮裡人就是這樣，人前看起來都有些陌生，背地裡又是一個樣子。妳在娘娘跟前掛了名，回頭娘娘再對妳好，也順理成章。」

顧綿綿把被角掖好。「你累了好幾天，好生歇一歇。」

衛景明往她身邊靠。「娘子，我想妳想了好幾天。」

顧綿綿嗔怪他。「別胡鬧，好生睡覺。」

衛景明在她的頭髮裡面聞了聞。「好綿綿，我一輩子時間吃兩輩子的飯，每頓可不就要多吃些。」

顧綿綿想到上輩子他的殘缺之軀，忍不住嘟囔。「你哪裡是多吃？要撐壞了。」

衛景明哈哈笑，伸手放下了帳子上的銅鈎子。

兩個人鬧了一場，顧綿綿感覺自己有些累了，窩在衛景明懷裡沈沈睡去。

這一覺睡到天黑透了才醒。

衛景明先醒來，看了看旁邊睡得香甜的顧綿綿，伸手捏捏她的鼻子。「娘子，起床了。」

顧綿綿翻身，用後背對著他，繼續睡。

衛景明撓她胳肢窩。「娘子，起床啦。」

顧綿綿忍不住捶了他一下。「真是的，人家要起來時你不讓起，要睡覺你又不讓睡。」

衛景明哈哈笑，抱著她一起坐了起來。「起來，天都黑了，睡多了晚上走了睏，到時候又睡不著。明日我不去衙門，今晚咱們多玩一陣子也不要緊。」

顧綿綿問道：「晚上陛下不是還要和娘娘上宮牆城樓上與百姓見面，你不用值守了？」

衛景明撈過旁邊的衣服給她換上。「也把功勞給別人一些，我今兒守了正禮，晚上的事情就不歸我了。娘子晚上要不要出去看熱鬧？」

顧綿綿心裡雀躍起來。「好啊，咱們混在百姓裡一起看熱鬧。」

兩口子隨便穿著常服出了屋子，翠蘭早就備好了晚飯，見他們從屋裡出來，火速讓人端了上來。

顧綿綿有些懶懶地靠在衛景明身上，衛景明挾起一片菠菜葉子餵她，顧綿綿扭開臉。「我不想吃。」

衛景明又挾一塊豆腐，顧綿綿還是搖頭。「不想吃。」

最後，顧綿綿只吃了幾片雞湯燙的大白菜。

衛景明心疼壞了，摸了摸她的額頭。「可是累著了？」

顧綿綿笑道：「那麼多老誥命都沒事，我年輕力壯的，哪裡好意思說累？」

衛景明給她倒了一杯清水。「是不是新來的婆子做飯不合妳的口味？不行還讓孫嬤嬤做。」

顧綿綿搖頭。「胡說，我就是今日不想吃罷了。明日你既然不當值，咱們把師父請過來吧，不然咱們整天山珍海味地吃，師父和大哥冷鍋冷灶的，我哪裡能吃得下？」

衛景明點頭。「好，明日咱們去看師父。」

顧綿綿催他。「快些吃，咱們出去看熱鬧。」衛景明火速吃了一大碗飯，檢查了一下顧綿綿的衣衫，拉著她的手出門。

等兩口子到了大街上，外頭已經人山人海。二人都穿著常服，一個隨從都沒帶，在人群裡穿梭，很快到了宮門口。

今日宮門城樓上掛滿了燈籠，宮外百姓如潮水一般，顧綿綿抬頭看向城樓，只能看到上面的侍衛。

皇帝立新后，滿京城的百姓都跟著熱鬧。今兒晚上不宵禁，到處都是小攤販和看熱鬧的百姓。等吉時一到，皇帝帶著方皇后上了城樓，底下的百姓頓時都歡呼起來。

顧綿綿混在人群裡，看著方皇后穿著朝服對著下面招手。她抱著衛景明道：「官人你快看，我娘來了！」

衛景明笑道：「妳要不要和妳娘打個招呼？」

顧綿綿遲疑問道：「怎麼打招呼？」

衛景明拉著顧綿綿的手。「跟著我運氣。」他一步步帶著顧綿綿，讓她聚氣在喉間，對著樓上用內力高喊一聲娘。

顧綿綿幾乎是用盡了全身的力氣，對著城樓高聲喊了一聲。她喊的聲音非常大，並不是那種秘密傳音，而是人人都能聽得見。

等喊完之後，顧綿綿忽然淚流滿面。她想起方皇后孤寂的宮廷生涯，還有當年離開女兒的椎心之痛。從三歲以後，她再也沒喊過一聲娘，現在卻用這種奇特的方式喊了出來。

衛景明立刻抱著顧綿綿安慰。「綿綿，都過去了，妳看咱們現在的日子多好。」

這一聲傳得極遠，城門上的袁統領立刻警覺起來，這一聽就是練家子。他在人群中搜索，很快發現了衛家夫婦。袁統領了然，假裝是發現誰家丟了的孩子正在找娘。

方皇后正在揮的手頓了一下，她聽了出來，那是玄清門特有的傳音方式，可以讓人聽見，也可以讓人聽不見。女兒的聲音她記得，除了她，不會有別人。

方皇后的眼淚忽然掉了下來，她哽咽著用帕子擦了擦淚水。

皇帝奇怪。「皇后何故悲傷？」

方皇后笑著回道：「臣妾這是高興。」

皇帝摸了摸鬍鬚。「皇后不必擔心，朕欠妳爹的，都會還給妳。」

方皇后繼續看下面。「陛下您看，這底下都是您的臣民，也是臣妾的兒女。」

皇帝很高興。「朕果然沒看錯，皇后天生合該母儀天下。」

方皇后不想告訴他，她今天真的很高興，女兒終於喊了她一聲娘。

這場熱鬧，持續到子時才結束，衛景明拉著顧綿綿的手一起高高興興回了家。

轉天早上，顧綿綿只吃了一碗稀粥，兩口子一起往安居巷去。

鬼手李正一個人站在院子裡看天相，見到他二人，對他們擺擺手，讓他們自己隨意。

看了好久，鬼手李進了屋。

顧綿綿笑著問：「師叔，您看出什麼來了？」

鬼手李表情有些凝重。「紫微星旁邊多出兩顆異星，似乎影響了紫微星的動向。」

顧綿綿仔細想了想，忽然神色一變，她去看衛景明，衛景明也微微皺眉，希望事情不是自己想的那樣。

鬼手李並未多想，看向他們。「你們來做啥？昨日大典可順利？」

衛景明道：「順利得很，師叔，您一個人在這邊，我和綿綿都不放心，今日來請您老過去跟我們同住，要過年了，咱們一家子齊齊整整的才好呢。」

鬼手李端起旁邊的茶盞。「我老頭子性格古怪，還是不大適合跟你們一起住，我住在這裡怪好的。」

顧綿綿笑道：「師叔，您可不能騙我，說好跟我們住在一起的，我去給您收拾東西。」

說完，她起身就往東屋去，誰知這一起身太快，她感覺自己頭有些發昏。她用手撐住旁邊的小茶几，閉上眼又睜開，本來以為會好一些，哪知一陣黑暗直接襲來。

顧綿綿直挺挺往旁邊倒去，鬼手李離得近，一把拽住了她的袖子，衛景明如一陣風一樣飄了過來，堪堪抱住差點摔到地面上的顧綿綿。

他見顧綿綿緊閉著雙眼，渾身發軟，似乎是昏了過去。

衛景明大驚，輕輕拍了拍顧綿綿的臉。「綿綿，綿綿。」

顧綿綿一點動靜都沒有。

鬼手李問衛景明。「這是怎麼了？」

衛景明看向鬼手李。「師叔，綿綿昨晚就不對勁，吃得少，今早也隨意用了兩口粥，我本想著是這幾日累了，或者是見到娘娘有些情緒不穩，看樣子不是我想的這麼簡單。」

鬼手李少時跟玄清子多少學了些淺顯的醫術，伸手抓住了顧綿綿的手腕，稍微把了兩下脈後，他輕輕放下顧綿綿的手，對著衛景明就是一通罵。「你個憨貨，你媳婦有身子了，怎麼還讓她跑來跑去？」

衛景明傻眼了，他上輩子因為總是在宮廷裡混，怕惹上宮廷黑幕，故而沒有學醫術，又因為他身體有殘疾，顧綿綿從來不和他說孩子的事情，他也不大懂婦人有孕是個什麼樣子。

等鬼手李又罵他好幾句，他才回過神來。

他滿臉欣喜地將顧綿綿從地上抱起來，自己坐在旁邊的椅子上，又讓翠蘭拿了一張薄毯子過來，把顧綿綿裹起來。

等做完這些，他才抬頭看向鬼手李。「師叔，您是說真的嗎？」

鬼手李高興地摸了摸鬍子。「我老頭子雖然醫術不精，喜脈還是能把出來的。」

衛景明高興得感覺心都要跳出來了，他也不管鬼手李在場，在顧綿綿額頭親了一下。

「師叔，我先帶綿綿回去了，等我安頓好了她，再來幫您搬家。」

鬼手李揮揮手。「你不用過來，我晚上直接帶著華善過去，又沒多少東西。」

衛景明傻愣愣地點頭。「好，那我先回去了。」

鬼手李見他這樣子，知道他歡喜傻了。「快去吧，莫要讓你媳婦累著了。她雖然身體底子好，但近來頗多勞累和傷感，於身子不好。」

衛景明聽完囑咐，小心地抱著顧綿綿上了自家新添置的馬車，讓玉童小心駕車。

馬車轆轆往福貴巷去，衛景明看了看顧綿綿安詳的睡顏和平坦的小腹，心裡從剛才的狂喜到現在的五味雜陳。

我和綿綿要有孩子了？

他從來沒想過，自己也會有孩子。上輩子多少人背地裡罵他，死太監，絕戶頭，他早就不在意了。重生而來，他只想和綿綿繼續過日子，沒想到他順利和綿綿成親後，還能有孩子。

他低頭看了看衛小明，默道：你有功勞。

他又看了看顧綿綿的肚子，滿腹歉意。爹對不起你，昨兒差點傷著你。

顧綿綿晃悠悠醒了過來，她睜開眼，發現自己躺在衛景明懷裡。「官人，我們怎麼走了？不幫師叔搬家了嗎？」

衛景明又在她額頭上親了一口。「綿綿，師父說妳有孩子了，讓我帶妳回家。」

顧綿綿欸了一聲，混沌的腦子過了好幾息才反應過來，然後忍不住驚喜地問道：「真的有了？」

衛景明笑道：「要是我撒謊，讓我再做太監。」

顧綿綿嗔怪他。「又胡說！」說完，她喜孜孜地摸摸自己的肚子。「我居然有孩子了？」

衛景明也輕輕摸了摸她的肚子。「綿綿，往後我不能再碰妳了。」

顧綿綿雙手捂住肚子。「你再敢碰我，我就真讓你做太監！」

衛景明笑著拿開她的雙手。「不敢不敢，小的再也不敢了！」

等到了家裡，衛景明非要抱顧綿綿進去，把她放在臥室裡，讓人做了一些清淡的小食送了過來。

兩口子在家裡膩了一天，當天晚上，鬼手李帶著薛華善搬了過來。

顧綿綿讓孫嬤嬤準備了一桌酒席，一家人在一起吃了頓團圓飯。

到了晚上，衛景明和顧綿綿一起，給顧季昌寫了封簡單的書信，略去了方皇后的事情。不是衛景明不想說，而是他的信件很有可能被袁統領察看。

信寫完後，徑直發往了青城縣。

——未完，待續，請看文創風1030《綿裡繡花針》3

傳家寶妻

文創風909～911

那年茶樓下，他的一笑值千金，
笑得她從此心海生波，再難相忘……

一笑傾心　弄巧成福／秋水痕

一次戀愛都沒談過就穿到古代當閨秀，小粉領楊寶娘無言極了，
雖然如今有個女兒控的太傅親爹，位高權大銀兩多，可以讓她在京城橫著走，
但高門水深，自家父親的後院不寧，她身為嫡女也別想耳根清靜，簡直心累，
幸好庶妹們與她和睦相處，一同上學玩樂，算是宅門日子裡的小確幸！
原以為千金生活不過如此，沒想到，竟有飛來豔福的一天──
一場偶遇，晉國公之子趙傳煒對她傾心一笑，從此和她結下……不解之緣？!
應酬赴宴能遇到，逛街買糖葫蘆也能遇到，去莊子玩才發現，兩家居然是鄰居，
這且不算，連她出門遇險亦是趙傳煒解的圍，要說他對她無意，鬼都不信！
她的心即將失守了，上輩子來不及綻放的桃花，這輩子該不會要花開燦爛啦～～
可兩家之間有些算不清的陳年老帳該如何是好，她和他，真有可能牽上紅線嗎？

2022年1月出版

食尚千金

文創風 1025~1027

既然世人皆知，她是錯養在相府的冒牌千金，
與其怨嘆命運弄人，不如努力活得比正牌還要出色，
在名門有貴女的優雅，回老鄉也有農家女的瀟灑~~

一雙巧手暖生香，滿腔摯情訴相思／霜月

在京城當不成名門閨秀，那就回鄉做她的農家女吧！
重活一世，被錯養成相府千金的消息一傳出，
她早就想好了退路，那就是遠離京城是非之地，
然後回鄉認親，當個平頭百姓，走在發家致富的路上！
人人皆誇她手巧，不只吃貨神醫歡喜地收她做徒弟，
就連在村中養病又嘴刁的六皇子也賞識她，成為開店大金主。
原本只是單純的合作夥伴關係，直到皇帝突然下旨指婚，
堂堂皇子的正妃，不選世家貴女，而要她區區一個農家女？
認真說起來，她只不過幫他煎了幾次藥、做了幾回吃食，
怎料一個峰迴路轉就發展成「以身相許」的階段了，
再看這位天之驕子從泡茶到煎藥都偏愛她來伺候，
這……到底是心悅她的人，還是心悅她的手藝啊？

天涯地角有窮時，只有相思無盡處／踏枝

2021年12月出版

媳婦好粥到

雖說這個朝代民風較開放，女子和離也很普遍，
但像她家婆婆這樣心疼她年紀輕輕就守寡，
並且還一心盼著她改嫁的，可也不多吧？
婆婆不僅幫忙相看、撮合，連嫁妝都替她存上了，
要她說，這根本超前部署，但她真沒想過要改嫁啊……

文創風 1020 **1**

顧茵繼承家裡的老字號粥鋪，生意極好，誰知她卻在加班時暈了過去，
再睜開眼，她居然穿越了，從粥鋪老闆成了農戶人家的童養媳，
說起這個原身，那是比她慘多了，親娘病逝後，親爹續娶，又生下兩兒，
後娘本就容不下原身，枕頭風吹了兩三回，原身就被賣給了武家夫婦，
這武家是地裡刨食的莊稼人，並沒有富裕到能買丫鬟回家伺候的地步，
實因長子武青意被術士批了命，說是剋妻的孤煞命，到十五歲都沒說上親，
眼看再拖下去不是辦法，武家夫妻才牙一咬，花錢將原身買回家當童養媳……

文創風 1021 **2**

在武家吃飽穿暖地過了三年，顧茵原身從黃毛丫頭長成了美人胚子，
可就在這時，朝廷突然開始強徵各家各戶的壯丁入伍攻打叛軍，
凡是家裡沒銀錢疏通關係的，男丁一個不留，都得上戰場拚命去！
當時已懷孕的武母無計可施，只能眼睜睜看著自家男人和大兒被徵召，
臨行前一晚，武母堅持讓大兒武青意和原身拜了天地，
五年多後，朝廷總算傳來消息，說是前線軍隊全軍覆沒，武家父子沒了！
也就是說，她這個童養媳如今還當上了熱騰騰、剛出爐的小寡婦？

文創風 1022 **3**

任顧茵怎麼想，未來的路都艱難得很，偏偏老天彷彿覺得她還不夠難似的，
在一個月黑風高、大雨滂沱的夜晚，有個採花賊摸到家裡來了！
這賊子是村裡有名的地痞流氓，里正是他親叔，縣老爺是他家親戚，
因為得知武家男人戰死，他便起了色心上門，幸好最後被婆媳倆合力制住，
但這朝廷自上到下是爛到了芯子裡，不然也做不出強徵男丁的混蛋事，
所以想抓這賊人見官怕是無用，他們婆媳叔子三人只得包袱款款，連夜閃人，
哪知半路卻聽說村中遭遇洪水，無人倖存！他們這下大難不死，定有後福吧？

文創風 1023 **4**

日子就算再難，也是得過，顧茵都想好了，她別的不行，廚藝可是頂尖的，
鎮上碼頭邊有許多賣吃食的攤販，於是她也尋摸個位置，做起了生意，
她最擅長的是熬粥及煲湯，至於其他白案點心做得也很不錯，
真不是她要自吹自擂，她煮得一手好粥，那是吃過會懷念，沒吃要想念，
一連十天，鎮上那位文老太爺的早膳都是吃她煮的皮蛋瘦肉粥，
文老太爺那是什麼人物？三朝重臣、兩任帝師啊！什麼樣的好東西沒嚐過？
連他老人家都讚不絕口的粥，能不好吃嗎？每天排隊的人龍就沒斷過！

文創風 1024 **5** 完

顧茵是真心把婆婆和小叔子當成家人的，就沒想過要改嫁，
何況穿來這兒後，她只想著怎麼吃飽穿暖了，哪有心思想別的？
正當她一個頭兩個大地返鄉掃墓時，她男人武大郎回來啦！
原來當年被朝廷徵召時，父子倆陰差陽錯，最後加入的竟是義軍，
因為到底是反抗朝廷的「叛軍」，所以多年來他們都不敢往家裡遞消息，
如今新朝建立，公爹成了英國公，而他竟是傳聞中能生撕活人的惡鬼將軍?!
唔……要不，她還是乖乖聽婆婆的話，帶著收養的小崽子改嫁吧？

文創風 1029

綿裡繡花針 2

國家圖書館出版品預行編目資料

綿裡繡花針 / 秋水痕著. --
初版. -- 臺北市 ：狗屋出版社有限公司, 2022.01
冊 ； 公分. --（文創風；1028-1031）
ISBN 978-986-509-287-0（第2冊：平裝）. --

857.7　　110020241

著作者　秋水痕
編輯　林俐君
校對　沈毓萍
發行所　狗屋出版社有限公司
地址　台北市104中山區龍江路71巷15號1樓
電話　02-2776-5889～0
發行字號　局版台業字845號
法律顧問　蕭雄淋律師
總經銷　知遠文化事業有限公司
電話　02-2664-8800
初版　2022年1月
國際書碼　ISBN-13　978-986-509-287-0

本著作物由北京晉江原創網絡科技有限公司授權出版

定價260元
狗屋劃撥帳號：19001626
網址：love.doghouse.com.tw　E-mail：love@doghouse.com.tw